Ta fille morte

DU MÊME AUTEUR

ZONE DE NON-DROIT, Jacqueline Chambon, 2013 ; Babel noir n° 118.
LA MARIONNETTE, Actes Sud, 2014.

Page 97, *Catch my Fall* a été écrite, composée et interprétée par William Broad, plus connu sous le nom de Billy Idol.

Titre original :
Dein Totes Mädchen

Cet ouvrage a été proposé à l'éditeur français par l'agence EDITIO DIALOG, Michael Wenzel.

ISBN 978-2-330-05803-6

ALEX BERG

Ta fille morte

roman policier traduit de l'allemand
par Denis Michelis

Jacqueline Chambon

1

Un long cri mélancolique s'éleva sur le lac, puis se perdit dans le froid glacial. Le radio-réveil sur la table de nuit indiquait huit heures trente. Caroline se retourna, tira la couverture jusqu'au menton et enroula ses pieds dans le duvet. Elle voulut se rendormir mais ne trouva pas le sommeil. Elle finit par s'allonger sur le dos. Son regard fixa le plafond et ses solives apparentes, puis les murs en madriers épais. Dans le salon qui jouxtait la chambre, elle entendit un bruit. Elle ne voyait rien, mais comprit que le chien s'était rapproché. À présent, il se trouvait au pied de son lit, tête levée, aux aguets. Rien ne lui échappait. Elle libéra sa main de la couverture, ses doigts tâtonnèrent dans le vide jusqu'à ce qu'elle sente sa fourrure noire et dense. Sous ses caresses, les muscles de l'animal se détendirent. C'est sa tante Andra qui lui avait soufflé l'idée de l'amener avec elle et c'est elle aussi qui avait persuadé Caroline de venir ici.

Caroline revit la silhouette élancée de sa tante, un lainage posé sur ses épaules, lui faisant signe avant de disparaître dans le rétroviseur. Sans grandes explications, Andra lui avait mis les clés de la maison dans la main en disant : « Là-bas il y a tout ce dont tu auras besoin. » Caroline s'était demandé ce que sa tante avait voulu dire. Il lui avait fallu une demi-journée pour atteindre le chalet au bord du lac. Elle avait ensuite marché jusqu'au bout du ponton, et son regard s'était perdu au loin, dans l'immensité recouverte par la neige. C'est alors qu'elle avait compris.

À travers la fenêtre, le jour commençait à poindre, un premier rayon de lumière fit apparaître les sommets des montagnes de part et d'autre du lac, et pâlir les étoiles. Le chien bondit, et tandis que Caroline repoussait la couverture, il se dirigea vers la porte d'entrée. Elle enfila des vêtements chauds et le suivit. Le thermomètre à la fenêtre indiquait moins vingt-quatre.

À l'intérieur, il faisait froid aussi. La grande cheminée vide du salon semblait bayer, le feu était éteint depuis bien longtemps. Sur le canapé en cuir, recouvert de pelisses, se trouvaient ses bagages, tels qu'elle les avait laissés la veille. Son regard parcourut la pièce et ses murs tapissés de livres reliés. Derrière ces reliures sommeillaient des histoires tout droit sorties de son enfance. Leur souvenir laissa Caroline songeuse durant quelques instants. Jusqu'à ce que le chien, impatient, la bousculât.

Dehors, l'air pur était glacial. Caroline enfonça son bonnet jusqu'aux oreilles et enfouit son menton et sa bouche dans son écharpe. Un épais brouillard s'était déposé sur le lac gelé. Les fantômes de la nuit, c'est ainsi qu'autrefois elle appelait ces lambeaux de nuages. Ils s'évanouirent lorsque le soleil les toucha.

Une buse s'était posée sur l'un des piliers gelés du ponton. Elle avait rentré la tête dans son plumage et, immobile, elle regardait au loin, là où les étendues de neige restaient vierges. Était-ce son cri qui l'avait réveillée ? Caroline resta un moment au bord du lac, observant l'oiseau. Le vent fit gonfler son plumage brun tacheté de blanc. Lentement, il tourna la tête, comme s'il venait de remarquer la présence de Caroline, et il la fixa de ses yeux jaunes qui rappelaient la couleur de l'ambre. Puis, il déploya ses ailes et prit son envol. Sans un bruit, il glissa sur le lac avant de disparaître dans le brouillard. Seul subsista son cri qui lui parvint quelques instants après. Le chien fourra son museau dans sa main, et elle essuya les larmes qui coulaient sur ses joues, terrassée par la solitude.

Trébuchant dans la neige, elle se précipita vers la maison. Elle devait refouler les images dérangeantes de ces derniers jours : le corps de Lianne sans vie, un corps étrangement contorsionné, ses yeux sans éclat, les fleurs au bord de la route et devant la porte de son appartement. Le cercueil de Lianne.

Des gens qui s'étaient recueillis autour. Des visages familiers et les autres. Caroline les avait croisés, telle une somnambule. Partir à tout prix. Loin de cette tombe sinistre, loin du bruit que faisait le sable en tombant sur le cercueil. Loin des larmes, de la tristesse, de la douleur qui menaçaient de la déchirer. Sa fille unique était morte. Emportée à jamais. À seulement vingt-sept ans. Pourquoi ?

Caroline s'arrêta, envoya un violent coup de pied dans la neige crissante et lança un cri de désespoir vers les arbres immobiles. Pourquoi ? Pourquoi elle ?

Rien ne bougeait, le silence qui suivit le son de la dernière syllabe était encore plus lourd qu'avant. L'air glacial s'engouffra dans ses poumons et la fit tousser. Sans un bruit, le chien surgit à ses côtés et lui donna de petits coups de museau. « Là, là », murmura-t-elle d'une voix rauque.

De retour à la maison, elle sortit une photo de son sac, celle qu'Andra lui avait donnée, et sans la quitter des yeux, elle se laissa tomber dans un fauteuil. Sur la photo, Lianne et Caroline étaient enlacées, leurs visages rapprochés fixaient l'objectif avec un sourire espiègle. La photo avait été prise quelques semaines avant la mort de Lianne. « C'est comme ça que tu dois garder ta fille dans ton cœur, l'avait exhortée Andra. C'est comme ça que tu dois te souvenir d'elle. »

Du bout du doigt, Caroline caressa délicatement les contours du doux visage de sa fille, plongeant son regard dans ses yeux bleu-vert. *C'est comme ça que tu dois te souvenir d'elle*. C'était si dur. Les autres photos, celles qui étaient sombres et laides, semblaient posséder plus de pouvoir que les souvenirs beaux et limpides. Peut-être qu'ils pâliraient si elle se taisait, si elle faisait comme si rien n'était arrivé.

Caroline se sentit soudain soulagée que personne ne sache où elle se trouvait sauf sa tante. Du jour au lendemain, elle avait tout quitté, avec seulement un sac de voyage et son chien pour tout compagnon. Abandonnant son portable dans une commode d'Andra.

Ici, dans le chalet au bord du lac, il n'y avait ni téléphone ni connexion internet. Si Andra voulait la joindre, elle devrait appeler la station-service du village. Le gérant, une fois sa journée de travail achevée, viendrait la prévenir, en cas d'absence, il lui glisserait un mot sous la porte. Comme avant.

En comprenant ce que ce mot signifiait, elle laissa échapper la photo. Car derrière ce mot, il y avait un monde, et pour y accéder, il lui fallait ouvrir une porte. *Avant*, ça voulait dire avant la naissance de Lianne.

*

Mais comment renouer avec une époque si lointaine que la mémoire et l'imagination en sont devenues depuis longtemps inextricables ?

Dix kilomètres la séparaient du village composé de quelques maisons, d'un supermarché, d'une station-service et d'un café mais plus elle approchait, plus elle avait l'impression d'être aspirée par son passé. Les conditions météorologiques l'obligeaient à rouler prudemment. La route, couverte d'une fine couche de neige tassée, était étroite. On l'avait déblayée et elle avait l'impression de se déplacer entre deux murs blancs. À gauche, on apercevait le lac qui semblait remplir toute la vallée. Les glaciers l'avaient découpée dans la montagne lors de la dernière glaciation. Sur les versants de la vallée, les branches des pins et des épicéas ployaient sous le poids de la neige, tombée en abondance.

Caroline aborda le dernier virage. Des maisons en bois, peintes en rouge foncé, se dessinaient à travers les arbres. De grosses stalactites pendaient du rebord des toits et renvoyaient la lumière du soleil. Une fumée montait des cheminées, vers un ciel limpide, d'un bleu profond. Cette ambiance paisible faisait pour un moment oublier la solitude et l'immensité de cette contrée scandinave de montagnes qui entourait la bourgade.

Il n'y avait pas beaucoup de véhicules garés sur le parking du supermarché, un bâtiment tout en longueur dont les murs aussi étaient peints en rouge foncé. Caroline sortit de sa voiture, mal à l'aise. Pour le moment, elle n'avait encore croisé personne. C'est d'ailleurs ce qu'elle souhaitait. Et elle avait encore moins envie de parler avec quelqu'un. À l'intérieur du supermarché, elle sentit son estomac se contracter. Elle comprit que sa décision de revenir en Suède, de retourner dans le village de son enfance, aurait des conséquences. *Que faisait-elle ici ?* Dans la solitude de la maison, ce retour dans le passé lui avait paru séduisant, mais à présent, il lui faisait peur. Lentement, elle s'engagea entre les rayons, remplit machinalement son panier avant de s'approcher de la caisse avec appréhension. Heureusement, la caissière la salua le plus naturellement du monde, comme si elles s'étaient rencontrées la veille. « Je suis contente de te revoir. »

Caroline lui rendit son sourire. Elle remarqua les rides autour de ses yeux, et les racines grises de ses cheveux noirs. Elle travaillait donc toujours ici, à la même caisse. Caroline se demanda si son mari travaillait encore à Göteborg et continuait à ne rentrer que le week-end. À l'époque, Caroline lui avait demandé pourquoi elle n'était pas partie s'installer avec lui, comme le faisaient la plupart des gens. « J'ai grandi près du lac. Je préférerais me séparer de mon mari plutôt que de partir d'ici », voilà ce que lui avait répondu la caissière.

Après avoir rangé ses courses dans sa voiture, Caroline traversa la route pour se rendre à la station-service. Une voiture la dépassa, et le chauffeur la salua. Automatiquement elle lui fit un signe de la main, pourtant elle ne l'avait pas reconnu.

Lorsqu'elle ouvrit la porte, le gérant de la station se fendit d'un large sourire. Lui non plus n'avait pas été épargné par l'injure des ans, il s'était empâté et son crâne, dégarni à l'époque, était à présent chauve. « On m'a déjà dit que tu étais ici, dit-il, le souffle court, en guise de bonjour. Ça fait un bail !

– Vingt-huit ans », confirma Caroline. Sans y penser, elle avait répondu en suédois, qui, depuis sa plus tendre enfance, était pour elle une autre langue maternelle. Elle fouilla dans son sac, à la recherche de petite monnaie. « Il faudrait que je passe un coup de fil.

– Tu connais le chemin », lui répondit-il.

Elle entra dans son bureau. La dernière fois que Caroline était venue, il n'y avait pas encore d'ordinateur mais le cendrier débordait déjà à l'époque. Elle s'assit et composa le numéro d'Andra.

« Je vais bien, s'empressa-t-elle de dire, avant que sa tante ne lui pose une question qui aurait entraîné une autre réponse. Et dans la maison, tout va bien aussi.

– Thomas est venu ici. »

Caroline s'en doutait.

« Tu ne lui as rien dit, au moins ?

– Bien sûr que non, mais j'ai un message pour toi au cas où tu te manifesterais.

– Je n'ai pas envie de l'entendre.

– Je m'en doutais, remarqua calmement Andra. Accorde-toi un peu de temps, mon petit. »

Comme il n'y avait plus grand-chose à dire, elle mit fin à la conversation et reposa le combiné. À travers la vitre, elle contempla le lac gelé et songea à ce que lui avait répondu autrefois la caissière. Ici, les hommes, la terre, le lac faisaient corps. Le lac était omniprésent et vital, comme l'air que l'on respire. Même l'hiver, lorsque tout avait gelé et que la neige recouvrait la terre. Alors les hommes creusaient un trou dans la glace et y pêchaient de belles truites aux écailles luisantes.

« L'argent est sur le bureau, dit-elle en sortant.

– À la prochaine, Lilli », cria le gérant et, malgré le pincement au cœur qu'elle ressentit, elle lui sourit. Personne sur cette terre ne l'appelait ainsi, sauf ses parents. Elle n'avait pas entendu ce prénom depuis bien longtemps.

*

Dans une région sur laquelle le temps n'avait pas de prise et qui semblait sommeiller comme la Belle au bois dormant, tout finissait par se savoir. Le gérant de la station-service n'était pas le seul à être au courant du retour de Caroline. Lorsque dans l'après-midi, elle rentra d'une courte promenade avec le chien, elle vit un pick-up rouge rouler en direction de la maison. La voiture, un modèle américain à huit cylindres, se rapprochait, rutilante, et Caroline sut immédiatement qui était le conducteur.

Une courte barbe rousse couvrait la moitié du visage anguleux de Björn Nyborg, et ses cheveux blonds étincelèrent lorsque, en franchissant le seuil de la propriété, il se pencha par la portière de sa voiture et lui adressa ce sourire radieux, insouciant et immuable qui faisait de lui la version scandinave de Robert Redford.

« Hej, je voulais juste voir comment tu allais. Et si tu avais besoin de quelque chose ! »

Elle eut l'impression de n'être jamais partie.

« Tout va bien, lui affirma-t-elle.

– Super », répondit-il en hochant la tête.

Ils se regardèrent en silence, et elle se demanda s'il savait quelque chose. Mais c'était impossible. Personne ne savait ce qui s'était passé, personne ne pouvait connaître les raisons de son retour. Elle détourna les yeux de Björn pour les fixer sur les sommets enneigés qui étincelaient sous le soleil d'hiver, respira l'air cristallin et s'efforça de penser à autre chose. Personne n'avait le droit de lui ravir la paix que lui promettait cette terre. Peu importe le reste, c'était là qu'autrefois elle avait vécu les années les plus heureuses de sa vie. C'était ça qu'elle voulait se rappeler et rien d'autre. Elle se racla la gorge. « Tu veux un café ? » Il hésita, passa une main sur sa barbe, et la suivit dans la maison qui, outre trois chambres et une salle de bains, se composait d'une pièce à vivre faisant office de salon, de salle à manger et de cuisine. Une véranda couverte faisait le tour de la maison. C'était là qu'autrefois Caroline et ses amis dînaient durant les longues nuits blanches d'été, enveloppés par la fumée d'encens qu'ils faisaient brûler pour se protéger des moustiques. Les Suédois disposent d'un très beau répertoire de chansons mélancoliques. Caroline et ses amis aimaient chanter. Et boire.

Björn retira son épaisse doudoune et déposa ses bottes à l'entrée. Une odeur de bois fraîchement coupé, de résine et d'huile de moteur l'auréolait. Son regard balaya les fauteuils devant la cheminée, avant de s'arrêter sur une photo d'elle et de Lianne posée sur la table basse. Elle se mordit les lèvres, mais Björn ne dit rien. Il s'assit à la table de la cuisine et remonta les manches de son pull-over bleu. Une cicatrice claire apparut. Cette cicatrice était aussi familière à Caroline que son propre reflet dans le miroir. Lorsqu'elle s'aperçut qu'elle la regardait fixement, elle détourna les yeux, mais il ne parut pas remarquer son embarras. Elle lui tendit une tasse de café et s'assit à côté de lui.

« Le temps est en train de changer », dit-il.

Elle le regarda : « Tu veux dire qu'il va neiger encore plus ? »

Il acquiesça. « Tu as tout ce qu'il faut ?

– Je crois, oui.

– Et assez de bois aussi ?

– Derrière la maison, il y en a en réserve pour tout un hiver.

– Bon, ça devrait suffire », dit-il en souriant.

En s'en allant un peu plus tard, il la remercia pour le café chaud et la salua en portant un doigt à sa tempe.

La voiture avait depuis longtemps disparu entre les arbres couverts de neige, et elle était toujours debout à la fenêtre. Björn ne lui avait pas demandé pourquoi elle était revenue après toutes ces années, ni combien de temps elle comptait rester. Elle était revenue, tout simplement. Si elle avait besoin de lui, elle savait où le trouver. C'est pour ça qu'il était venu la voir. À une certaine époque, il lui avait fait la cour à sa manière tranquille et franche. Il y avait bien longtemps.

Caroline débarrassa les tasses et les lava. Quelque part, dans les tréfonds de sa conscience, elle comprenait à quel point cet endroit, sa maison, lui avait manqué, et elle se sentit réconfortée. Lorsqu'elle s'éloigna de la fenêtre, elle entendit le cri du busard résonner dans le lointain.

Le crépuscule descendait et le vent se leva, charriant des nuages au-dessus des sommets. On aurait dit de grands bateaux brillants sous la lune. Björn avait sûrement raison. Le temps était à la neige.

Caroline ajouta quelques bûches dans la cheminée, et les flammes se mirent à danser. Le chien s'allongea devant avec un soupir de satisfaction. Elle s'assit à ses côtés sur le canapé et, dans le crépitement du feu, elle croyait entendre le froissement des pages du journal que lisait son père, et le cliquetis des aiguilles à tricoter de sa mère. Elle avait passé ici tant de longues soirées tranquilles avec ses parents, surtout en hiver, lorsque le crépuscule tombait dès l'après-midi et que la nuit enveloppait le monde jusqu'au matin suivant. D'autres souvenirs affluèrent. Le goût et l'arôme du gâteau à la cannelle qu'elle adorait devinrent si prégnants qu'elle se leva et se dirigea vers la cuisine pour voir si les vieux livres de recettes de sa mère s'y trouvaient encore. Elle les dénicha tout en haut du buffet. Depuis qu'elle s'occupait de la maison, Andra n'avait touché à rien.

Caroline ramena les livres au salon. Et lorsqu'elle les ouvrit, ils se changèrent en albums de souvenirs. Entre les pages, étaient restés un nombre incalculable de bouts de papier, de recettes écrites à la main, de listes de courses, de dessins qu'elle avait faits pour sa mère, et de mots que son père avait griffonnés. Elle reconnut les recettes préférées aux pages cornées et tachées de graisse. Avec une infinie prudence, elle passa sa main dessus pour les aplanir, comme si ce geste pouvait la rapprocher de ses parents morts tragiquement. Avait-elle su donner à la petite Lianne la même douceur, et veiller sur elle comme ses propres parents l'avaient fait ? Elle prit la photo posée sur la table basse, celle qui la représentait avec sa fille, et la glissa entre les pages d'un livre. Puis, avec précaution, elle le referma et le rangea, avec les autres, dans le buffet.

Toute la nuit, elle rêva de ses parents. Au matin, elle se sentit si seule qu'elle crut qu'elle ne pourrait pas le supporter. Mais ce sentiment d'abandon s'estompa à mesure que certains détails de son rêve lui revenaient : elle et Lianne, elle et ses parents, des bribes de conversation, des rires insouciants. Oui, ils avaient ri ! C'était l'une des impressions les plus fortes que lui avait laissée son rêve. Depuis la mort de Lianne, Caroline n'avait plus ri d'aussi bon cœur. Elle ne s'était jamais sentie aussi heureuse. Comment les êtres les plus importants de son existence pourraient-ils être fâchés contre elle, alors qu'elle les sentait si proches ? Caroline regarda au-dehors, vers le lac et les montagnes sur lesquels la neige tombait en gros flocons. Et pour la première fois, depuis des semaines, une étincelle d'espoir s'alluma en elle.

2

Elle ne se rendait pas compte qu'elle avait changé. D'autres le lui firent remarquer. La caissière du supermarché, Björn, et même Andra. Elles ne s'appelaient pourtant que rarement.

« Le Grand Nord semble te faire du bien, dit sa tante. Que fais-tu toute la journée ? As-tu recommencé à travailler ? »

Caroline éclata d'un rire coupable. « Je n'ai pas écrit une seule ligne depuis que je suis ici. »

« Tu as maigri », remarqua Björn quand ils se croisèrent par hasard en ville.

Elle toucha son jean au niveau de la taille. « Je suis souvent en vadrouille, dit-elle de façon évasive.

– En vadrouille. Bien. » Björn plissa les yeux et fit mine de regarder le ciel sans nuages. « Quelqu'un est arrivé et a demandé après toi. Un Allemand. »

Sa bouche devint soudain sèche.

« Environ un mètre quatre-vingts, mince, cheveux foncés, plutôt urbain, ajouta-t-il. Il est arrivé ce matin. Est-ce qu'il t'a trouvée ? »

Elle secoua la tête et déglutit.

Björn la détailla de la tête aux pieds. « Tu veux qu'on en parle ? »

« Nous avions l'intention de nous marier », lui avoua Caroline lorsqu'ils furent assis dans le seul café du coin, devant deux grandes bières posées sur une table éraflée. Dans un coin résonnait un juke-box fatigué.

« Vous marier, répéta Björn, et il but une grande gorgée. Je n'en ai pas eu une très bonne expérience.

– Tu t'es marié ? » Elle lui jeta un regard incrédule.

Il sourit d'un air gêné. « Elle était jolie et bonne cuisinière. »

Caroline soupira. « Et pourquoi ça n'a pas marché ?

– Elle voulait s'en aller d'ici. »

Caroline repensa à la caissière.

« Et maintenant, à toi. Raconte-moi ton histoire, dit Björn en interrompant ses pensées.

– Il n'y a pas grand-chose à raconter, répondit-elle après une brève hésitation. Thomas et moi étions ensemble depuis trois ans, il y a un mois, il m'a demandée en mariage.

– Et tu as accepté. »

Elle acquiesça.

« Que s'est-il passé alors ? »

« Je ne sais pas. C'était... » Elle s'interrompit.

C'était à l'enterrement de Lianne. Elle l'avait vu debout, près de la tombe, et elle avait su. « C'était... c'était pas le bon, dit Caroline en baissant la tête.

– Tu es donc partie », dit la voix de Björn.

Elle avait trop honte pour tenter de se justifier. Ce n'était pas la première fois qu'elle mettait fin de la sorte à une aventure amoureuse. Björn n'en perdait pas un mot, ils étaient revenus trente ans en arrière.

Il se racla la gorge. « Et maintenant tu sais pourquoi c'est pas le bon ? »

Elle leva la tête. « Il n'est pas fait pour cet endroit. »

Un sourire fugace se dessina sur le visage mal rasé de Björn. « C'est ce que je me suis dit lorsque je l'ai vu. » Il lui prit la main au-dessus de la table.

« Il faut que tu le voies.

– Je ne peux pas.

– Lilli, il a droit à une explication. »

Il lui tendit une serviette, et elle essuya ses larmes.

« Mais je ne sais pas comment lui expliquer.

– Lorsqu'il te verra, il comprendra. »

Caroline retourna chez elle et pour la première fois depuis deux semaines, elle prit la peine de se regarder dans un miroir. Elle comprit alors ce que Björn avait voulu dire. Elle avait l'air d'une vraie sauvageonne.

*

Thomas est ici. La phrase résonnait dans sa tête et l'empêchait de penser. Thomas ne savait rien de cette maison familiale en Suède. Elle appartenait à une autre vie. Une vie ô combien éloignée de la sienne. C'est pour ça qu'elle s'était réfugiée ici.

Andra ne lui avait sûrement rien dit. Caroline lui faisait confiance. Comment l'avait-il trouvée alors ? Elle se sentait prise au piège. Avant, elle avait été impressionnée par le caractère déterminé de Thomas. Le mot « échec » lui semblait étranger. Mais à présent, cette détermination la rendait nerveuse. Qu'allait-elle lui dire ? Comment mettre des mots sur le chaos qui régnait en elle ? Sur la douleur, l'effroi, la peur ? C'est parce qu'elle ne parvenait pas à l'exprimer qu'elle s'était enfuie. Elle avait besoin de temps. De recul. Pourquoi refusait-il de l'accepter ?

Et tandis qu'elle se débattait, en proie à ses doutes, une voiture immatriculée en Allemagne s'arrêta devant la maison.

Lorsqu'il reconnut Thomas, le chien bondit de joie. Dans l'ombre de la véranda, Caroline observait de loin cet élan de tendresse. Son cœur s'emballa lorsque Thomas leva les yeux vers elle. Il semblait fatigué. Les soucis lui avaient creusé les traits, et il paraissait plus âgé. Plus grave aussi. Elle se sentit à nouveau honteuse. Elle l'avait abandonné comme on abandonne, en grandissant, une peluche usée. Elle lut la douleur sur son visage. Thomas venait de comprendre à quel point ces trois semaines les avaient éloignés l'un de l'autre. Son regard incrédule s'arrêta immédiatement sur le jean usé, le vieux pull-over bien trop grand, qui avait appartenu à son père, et ses cheveux blonds négligemment tirés en queue de cheval. Comment pouvait-il savoir que jamais elle n'avait vraiment été cette femme parfaitement maquillée, en petite robe noire et escarpins ? Elle avait joué ce rôle pendant un certain temps, parce qu'elle croyait à un changement dans sa vie. La mort de sa fille lui avait rappelé qui elle était et où était sa vraie place. Et cette place n'était ni en ville ni auprès de Thomas. Et sans qu'elle n'ait eu besoin de dire un mot, il avait compris. Mais pour autant – et c'est exactement ce qu'elle redoutait – il ne s'avouait pas vaincu. Il ne fit pas demi-tour. Au contraire, il s'approcha d'elle lentement.

« Bonjour Thomas, dit-elle à voix basse.

– Bonjour Caroline. »

« Tu ne m'avais jamais parlé de cette maison. » Il n'y avait aucun reproche dans sa voix, pas même de l'étonnement. Sa main caressait le chien assis à ses côtés. Son regard balaya les innombrables livres et les grosses poutres, comme si cela pouvait l'aider à comprendre ce qui s'était passé.

Caroline ne répondit pas immédiatement. « Cela faisait presque trente ans que je n'étais pas venue ici, finit-elle par lui expliquer. Cet endroit ne signifiait rien pour nous.

– Alors pourquoi maintenant... »

Il avait l'air désemparé et cherchait ses mots.

« Et pourquoi de cette façon ? Tu as quitté l'appartement sans rien me dire, du jour au lendemain tu avais disparu comme par enchantement. Tu...

– Je suis désolée, Thomas, l'interrompit-elle. Je ne pouvais pas faire autrement. » Sa voix était plus froide qu'elle ne l'aurait souhaité.

Thomas sursauta, et Caroline tenta de se raisonner. Elle ne voulait pas lui faire de mal. Il avait parcouru mille cinq cents kilomètres pour lui parler. Elle prit une profonde inspiration, s'efforçant d'adoucir le ton de sa voix.

« Je suis vraiment désolée, Thomas, mais je devais partir. Si j'étais restée, je ne sais pas ce qui aurait pu arriver. »

Il contemplait les flammes dans la cheminée sans rien dire.

« Je t'ai cherchée partout. J'ai même failli lancer un avis de recherche.

– Un avis de recherche, répéta-t-elle le souffle coupé. Pourquoi ? »

Il se tourna vers elle et plongea son regard dans le sien. « Mais comprends ! J'étais fou d'inquiétude. Juste après l'enterrement de Lianne tu disparais sans laisser de trace, j'ai même cru que... » Il s'interrompit en voyant l'expression de son visage et se mordit les lèvres.

Caroline se mit à trembler sans pouvoir s'arrêter. Chaque fois qu'on lui rappelait la mort de Lianne, des images hideuses lui revenaient en mémoire, des images qu'elle ne maîtrisait pas. Elle se leva en chancelant, s'approcha de la cheminée et saisit un tisonnier. Encore tremblante, elle rassembla les braises, ajouta quelques bûches de bouleau, et observa les flammes qui dévoraient l'écorce claire avec avidité. Thomas ne se doutait pas du cauchemar qui l'habitait, il ne savait rien de l'horreur qui l'avait accompagnée jour et nuit à Hambourg. La mort de Lianne avait ouvert une porte qu'elle tentait désespérément de garder fermée depuis trente ans. L'effroi, le sentiment de culpabilité et les peurs de sa jeunesse l'avaient rattrapée, ils s'étaient unis au désespoir d'avoir perdu sa fille au point qu'elle n'arrivait plus à distinguer la réalité de l'imagination. Elle n'avait pu supporter ce sentiment de confusion et s'était enfuie, et ce n'était qu'ici, en Suède, dans les montagnes de son enfance, qu'elle avait recouvré la paix.

Ici, où tout avait commencé.

Thomas n'aurait pas dû la suivre. Il charriait avec lui des souvenirs, des images lugubres qu'elle ne voulait plus voir, qu'elle ne supportait plus. Qui s'imposaient à sa conscience sans qu'elle puisse leur échapper. Autour d'elle, les contours de la pièce s'estompèrent, elle se revoyait à Hambourg. *La pluie lui giflait le visage, le froid et l'humidité détrempaient ses chaussures dont le cuir se gorgeait d'eau, diluant ces taches qui ressemblaient à de la rouille, pendant qu'elle errait, sans but, dans la ville endormie, hantée par ce constat amer : tout ce qu'elle s'était ingénié à construire venait de s'écrouler, irrévocablement.*

Elle poussa un cri lorsque le chien lui donna un petit coup de museau, l'obligeant à se redresser. Thomas, toujours assis sur le sofa, l'observait. Lorsque leurs regards finirent par se croiser, il se leva et s'approcha de Caroline. Sans dire un mot, il posa ses mains sur ses épaules et l'attira contre lui, comme s'il percevait son déchirement intérieur. Elle se laissa aller sans opposer de résistance, la laine rêche de son veston frôlait sa joue, elle entendait battre son cœur. Il avait un cœur solide, puissant.

« Reviens, Caroline. »

Durant un court instant, elle voulut y croire, faire simplement comme si rien n'était arrivé. Des larmes lui montèrent aux yeux. Elle parvint à les retenir. « Je ne peux pas », murmura-t-elle.

Elle sentit ses lèvres effleurer ses cheveux. « Pourquoi ? »

Elle laissa la question sans réponse.

Il la lâcha et fit un pas en arrière. La pièce parut soudain plus petite, trop petite pour deux. L'illusion d'avoir été si proche de lui un instant se dissipa, il ne resta plus que le silence. Lourd de sens. Dans la cheminée, les bûches s'effondrèrent en faisant voler les étincelles. Le bruit les fit sursauter tous les deux. Caroline se frotta nerveusement les mains. « Il est tard, dit-elle.

– Bientôt dix heures trente, confirma Thomas en jetant un coup d'œil à sa montre. L'heure pour moi de partir. » Il saisit sa veste posée sur le rebord du canapé. « J'ai réservé une chambre à Tannas.

– Mais c'est à plus d'une heure de route, laissa-t-elle échapper.

– Le choix des hôtels dans cette région n'est pas très large », remarqua-t-il sèchement.

Caroline se ressaisit. « Ce serait plus prudent de coucher ici. »

Surpris, Thomas laissa tomber sa veste. « Tu le souhaites vraiment ? »

Non, eut-elle envie de répondre. Son souhait le plus ardent était qu'il s'en aille. Il n'était pas à sa place ici. Pas dans cette maison. Il était un corps étranger dans ses souvenirs d'enfance et d'adolescence. Mais la route qui menait à Tannas était tristement célèbre pour le passage du gibier. À plusieurs endroits, des rennes et des élans la traversaient régulièrement, en particulier la nuit.

« Je vais te préparer le lit dans la chambre d'amis », annonça-t-elle simplement sans répondre à sa question.

Devant la cheminée, le chien se redressa en s'étirant. Indécis, il promena son regard sur Caroline puis sur Thomas, et se dirigea vers sa gamelle, les frôlant tous deux au passage. Ses pattes crissaient sur le parquet ciré et ce bruit donna soudain à Caroline la chair de poule.

« Caroline ? » Thomas fit un pas vers elle.

« Ça va », se défendit-elle. Et elle respira profondément pour combattre une soudaine nausée. « Ça va aller. »

Quel beau mensonge. Rien n'allait.

« Tu es toute pâle. »

Il avait l'air effrayé. « Ce n'est rien », se défendit-elle.

Elle s'éclipsa pour aller chercher du linge dans le placard du couloir. Lorsqu'elle ouvrit la porte de la chambre, elle appuya un instant le front contre le chambranle afin de rassembler ses forces. Ce n'est rien, se répéta-t-elle. Toujours chancelante, elle enfila l'oreiller dans la taie.

*

Elle ne parvenait pas à s'endormir. C'était évident. Immobile, elle scrutait chaque bruit qui émanait de la chambre d'à côté. La maison était sonore. Elle se souvint qu'enfant, allongée dans son lit, elle guettait les chuchotements de ses parents à travers la cloison : le bruissement de la couverture, le grincement du sommier ou le froissement imperceptible des pages d'un livre. Les yeux fermés, elle respirait l'odeur des draps fraîchement lavés, se blottissait sous son duvet et se sentait alors en sécurité, assurée de l'amour de ses parents. Jeune femme, elle avait progressivement perdu ce sentiment innocent et insouciant de sécurité mais elle savait quel pilier il avait représenté dans sa vie. C'est finalement cette confiance originelle qui l'avait aidée à surmonter la perte prématurée de ses parents. Qui l'avait soutenue. Jusqu'à la mort de Lianne. Ensuite, tout s'était écroulé.

À côté, elle entendit Thomas se retourner dans son lit puis allumer. Elle l'imaginait mettant ses lunettes pour regarder l'heure. Comme il devait regretter sa décision de l'avoir suivie jusqu'ici.

Ils s'étaient connus un dimanche. Un jour de novembre, gris et pluvieux. Si elle avait eu le moindre pressentiment de ce qui allait advenir, peut-être aurait-elle dirigé ses pas dans une autre direction.

« J'ai essayé de comprendre pourquoi tu étais partie du jour au lendemain, lui avait-il dit quelques heures auparavant. D'accepter que tu me laisses sans nouvelles, en me disant que cela t'était peut-être impossible. »

Comprendre. Accepter. Thomas avait toujours eu une approche rationnelle et pragmatique des choses. Thomas. Un homme qui préférait l'ironie légère aux grands drames. C'était pour cela qu'elle l'avait admiré au début, et aimé peut-être plus tard.

« Vous ne trouvez pas que l'amour de l'art donne de l'appétit ? » C'étaient les premiers mots qu'il avait prononcés au musée de Hambourg. Et tandis qu'elle restait étendue sur son lit, écoutant dans la chambre d'à côté le bruit d'un livre qu'on ouvrait et qu'on feuilletait, elle se souvint que c'était le son de sa voix qui lui avait fait lever les yeux. Puis leurs regards s'étaient croisés et soudain son cœur s'était mis à battre dans la petite salle d'exposition, presque intime. Elle avait été prise au dépourvu, et avait esquissé un sourire tout en feuilletant le catalogue de l'exposition sans lui répondre. Puis elle s'était tournée vers les tableaux, en attendant qu'il quitte la salle, mais il n'avait pas lâché prise. « Et vous, qu'est-ce que vous éprouvez devant un Max Ernst ?

– Je ne sais pas », avait-elle répondu, incertaine, et lorsqu'il comprit qu'elle prenait sa question au sérieux, il avait éclaté de rire. Un rire franc, communicatif, qui avait dissipé sa nervosité et sans réfléchir, elle avait accepté son invitation à goûter le gâteau au chocolat de la cafétéria du musée. D'après lui, il complétait parfaitement l'univers du peintre.

Dans la chambre à côté régnait à présent le silence. Le bruit des pages s'était tu, Thomas avait cessé de lire. Était-il en train de fixer les murs comme elle, en proie à des sentiments contraires ? Ses doigts pétrissaient le drap et elle comprit qu'elle aurait préféré, en dépit de tout, avoir Thomas à ses côtés.

Leur relation avait suivi son cours tranquillement. « Je ne t'ai jamais vue aussi détendue, lui avait avoué Lianne à cette époque. Thomas te fait du bien. » Peut-être était-ce pour cette raison qu'elle avait accepté de l'épouser.

Elle s'assit sur le rebord de lit et tendit une fois encore l'oreille. Pas le moindre bruit. Elle finit par rejeter la couverture et se leva. Comme prévu, la lumière brûlait dans la chambre de Thomas, et seul le rai de lumière passant sous la porte éclairait la maison plongée dans l'obscurité. Caroline hésita. C'était elle qui avait fixé la frontière. Ne valait-il mieux pas en rester là plutôt que céder à sa propre faiblesse par sentimentalité ?

Elle entendit le lit grincer. Puis la porte s'ouvrit et l'ombre de Thomas la recouvrit en partie, ne laissant dans la lumière que ses jambes et ses pieds nus sous le vieux tee-shirt qu'elle enfilait pour dormir.

Thomas l'observa un moment en silence. « Tu venais me rejoindre ? » finit-il par demander, en essayant de masquer la résignation qui filtrait dans sa voix. Elle comprit l'ampleur des dégâts qu'elle avait causés.

Elle hoqueta. « Je ne voulais pas te réveiller. » Elle frotta ses pieds glacés sur ses mollets.

« Je n'arrive pas à dormir, dit-il.

– Oui… je sais… », murmura-t-elle.

3

À Stockholm, dans son bureau de la préfecture de police, Ulf Svensson s'étira et éteignit son ordinateur. La journée avait été longue et il se sentait épuisé. C'était l'un de ces soirs d'hiver, où il rêvait de partir vers le Nord du pays. À cette période de l'année, la ville de Stockholm n'était pas particulièrement radieuse. Cela faisait des années qu'il n'était pas allé à Härjedalen, une région dans le Sud du Jämtland, juste à la frontière norvégienne. Les derniers hivers, il les avait passés en Autriche, en Suisse et même en France. Là-bas les montagnes étaient plus hautes, les pistes plus excitantes et pourtant quelque chose lui manquait. « Tu es un Scandinave, lui avait un jour dit un collègue de la région du Vallet en haussant les épaules. Vous autres, vous n'êtes pas pareils. » Vraiment ?

Dans la vitre, il surprit le reflet de sa silhouette à la fois imposante et élancée. Puis il observa la ville au loin. Dans l'obscurité, les rues de Stockholm se résumaient à des bandeaux de lumière, les bâtiments ressemblaient à de brillants vaisseaux spatiaux prêts à décoller. Ulf n'avait guère envie de rentrer chez lui. Depuis deux jours, il n'avait plus de chauffage. Son appartement se trouvait dans un vieil immeuble du quartier de Södermalm, au sud de Stockholm. En ce moment, il faisait si froid qu'au petit matin les fenêtres étaient gelées de l'intérieur, et Ulf songeait de plus en plus à passer la nuit au bureau. Il saisit son manteau posé sur le dossier de sa chaise et glissa son smartphone dans sa poche. Pour le moment, il comptait aller boire une bière chez Stefan, dans son bar habituel, ensuite, il verrait bien.

Dans l'immense open space d'à côté, l'équipe de nuit arrivait. À travers la vitre, Ulf voyait les collègues se saluer et s'échanger les dernières infos. Il était sur le point d'éteindre la lumière, lorsqu'il entendit le fax bourdonner dans un coin du bureau. Deux feuilles en sortirent. Ulf y jeta un coup d'œil et retint un juron. Depuis que la délégation à la sécurité et à la circulation routière avait obtenu, deux semaines avant, une nouvelle ligne, il recevait sans cesse des demandes d'identification de conducteurs étrangers coupables d'infractions. Il décrocha son combiné. « Ulf Svensson, brigade criminelle, annonça-t-il. Je vois que vous n'avez toujours pas fait le ménage dans votre liste de numéros abrégés. »

À l'autre bout du fil, son confrère se racla la gorge. « Nous avons encore des problèmes avec notre nouveau système, mais je vais y remédier, dit-il pour s'excuser. On attend un technicien dès demain.

– Très bien, parce que c'est la dernière fois que je fais suivre, rétorqua Ulf sans se laisser impressionner. Dorénavant toute demande d'identification finira immédiatement à la poubelle, et vous verrez où passera votre budget. » Il raccrocha, attrapa les deux feuilles, prêt à en faire cadeau à sa corbeille, lorsque son regard tomba sur une photo radar : il s'agissait d'une femme, fin de la quarantaine, cheveux blonds mi-longs, très séduisante. Il fronça les sourcils. Elle lui rappelait quelqu'un, mais qui ? Il avait affaire quotidiennement à tellement de gens, et en plus, il n'était pas très physionomiste.

« Hej, Ulf, ton chauffage serait-il en rade, pour que tu sois encore là ? » demanda un collègue costaud et barbu de la brigade des stupéfiants quand Ulf traversa l'open space.

Ulf grimaça un sourire : « C'est l'amour du travail qui me fait rester, Bent, un concept qui t'échappe totalement, non ? Mais, pour l'instant, je descends chez Stefan.

– Après une dizaine de bières et quelques schnaps, peu importe que ton chauffage fonctionne ou non », lui rétorqua Bent avec un clin d'œil.

« Tu vas bien trouver quelqu'un pour t'accueillir et te réchauffer, non ? lança une de ses collègues en soulevant l'hilarité générale.

– J'y pense », répliqua Ulf. Il était connu pour profiter de ce genre d'occasion. Mais aucune de ses conquêtes n'était restée bien longtemps avec lui. Personne ne pouvait expliquer pourquoi. Il y avait eu des rumeurs comme dans toute grande entreprise, mais depuis vingt ans elles se heurtaient au sourire souverain d'Ulf.

Il monta dans l'ascenseur, appuya sur le bouton du rez-de-chaussée et s'adossa contre le miroir. La photo de la femme, sortie par erreur de son fax, continuait à le hanter, mais pourquoi ? L'ascenseur n'avait pas dépassé le quatrième étage qu'il le savait.

Un instant après, il se précipita dans son bureau, ignorant les railleries de ses collègues. Il fouilla hâtivement la corbeille et examina la photo prise par le radar. Sa bouche devint sèche. Il saisit l'autre feuille, trouva la plaque d'immatriculation de la voiture, chercha un numéro de téléphone sur son registre, et attendit avec impatience d'avoir quelqu'un à l'autre bout du fil. Il était déjà tard mais il eut de la chance. Ses collègues danois à Padborg, dont le travail consistait à s'occuper de toute requête concernant les pays scandinaves, étaient encore au bureau. La nervosité lui nouait le ventre tandis qu'il leur transmettait le fax de la délégation à la sécurité routière. Dix minutes plus tard, la réponse arriva. Ses yeux fixèrent les lettres écrites sur le papier, le nom qu'elles formaient puis il se prit la tête entre les mains.

Un léger coup sur la vitre derrière son bureau le tira brusquement de sa torpeur. C'était Bent. « Ça va ? demanda l'enquêteur de la brigade des stups.

– Oui, répondit machinalement Ulf, ça va. »

Bent hocha la tête et sortit. Ulf se passa la main sur les yeux. Il finit par se lever et s'approcha de la baie vitrée qui courait tout le long de la façade du bâtiment. Mais cette fois, il ne perçut pas les lumières mouvantes des rues au-dessous ni celles de l'avion sur le point d'atterrir. Des images de ces dernières décennies se bousculaient devant ses yeux, des souvenirs qu'il refusait de regarder en face.

– Pourquoi maintenant ? maugréa-t-il en appuyant son front contre la vitre. Pourquoi précisément maintenant ?

*

À quatre heures du matin, Stefan mit Ulf à la porte de son bar. « Écoute, Ulf, je t'appelle un taxi. »

Ulf refusa d'un geste de la main. Il était ivre au point de ne plus pouvoir parler. Comme il s'engageait dans la rue en titubant, il fut ébloui par les phares d'une voiture et s'adossa contre le mur d'une maison. *Surtout pas rentrer.* Ces trois mots lui trottaient dans la tête sans pour autant faire sens. Il devait bien avoir une raison pour ne pas rentrer, pourtant il ne s'en souvenait plus. Mais où aller alors ? Pendant qu'il réfléchissait, il fut pris de nausées et vomit sur le trottoir.

Quelque part, au-dessus de lui, une fenêtre s'ouvrit : « Casse-toi ! On veut pas de clochard par ici ! »

Une autre voiture le dépassa. Il avait encore envie de vomir. C'était sûrement dû à l'air froid. Il eut l'impression de cracher son âme, mais lorsque ce fut fini, ses idées devinrent plus claires. Les mains tremblantes, il prit un mouchoir dans la poche de sa veste pour s'essuyer la bouche. Il reconnut alors le bâtiment de la préfecture de police, deux cents mètres plus loin, de l'autre côté de la rue.

D'abord, le gardien de nuit ne voulut pas le laisser entrer. « Tu es complètement ivre, dit-il, rentre chez toi. Je t'appelle un taxi. »

Ulf secoua la tête. « Pas de chauffage », bredouilla-t-il. Il fut le premier surpris de s'en être souvenu.

Le gardien se racla la gorge. « Bon, eh bien, si on ne peut pas faire autrement. » C'était un homme sec, au visage sérieux, proche de la retraite. Il aida Ulf à gagner l'ascenseur et appuya sur le bouton du huitième étage.

À l'étage, toutes les lumières étaient allumées. Ulf plissa les yeux et zigzagua entre les tables en direction de son bureau. Aucun des policiers encore présents ne pipa mot jusqu'à ce que la porte se fût refermée derrière lui. Il réussit encore à enlever sa veste et à la rouler en boule pour en faire un oreiller, puis il s'allongea par terre au pied de son bureau. Il s'endormit immédiatement.

*

À son réveil, la première sensation fut le mal de tête et un grognement lui échappa quand il se cogna contre quelque chose de dur. Devant lui se tenait son collègue Håkan Bergström. Il était aussi grand qu'Ulf mais plus massif, et son air posé, presque bon enfant, poussait souvent à le sous-estimer. Il tendit à Ulf un verre qui contenait un liquide gazeux. Rien qu'en le voyant, son estomac se contracta. « Je t'en prie... », dit-il en repoussant le verre, mais Håkan fut sans pitié. « Tu es à la tête de la brigade criminelle. Tu ne peux pas dormir par terre comme un pauvre diable. Que vont penser les collègues ?

– Je suis un pauvre diable, gémit Ulf. Et je me moque bien de ce que les collègues peuvent penser.

– Arrête de faire ta chochotte. »

Ulf se redressa en jurant à voix basse et saisit le verre. Il le but d'une traite en faisant la grimace. Lorsque le liquide froid atteignit son estomac, il dut lutter quelques secondes pour le garder. Puis il s'appuya prudemment contre son bureau. À ce moment, il remarqua à quel point il faisait froid et il chercha sa veste à tâtons. « Tu as ouvert la fenêtre ? » demanda-t-il sur un ton accusateur.

Håkan le regarda en acquiesçant. « Quand je suis entré ici, il y a une demi-heure, ça empestait comme dans une cellule de dégrisement. »

Ulf s'humecta les lèvres et prit une grande inspiration. « Et ça sent toujours ? »

Håkan fit non de la tête.

« Alors ferme la fenêtre. » Ulf se leva avec difficulté. « Je vais aux toilettes. »

Dans les sanitaires, il se pencha sur le lavabo et ouvrit le robinet. Lorsque l'eau glacée coula sur ses cheveux bruns très courts et dans sa nuque, il en eut le souffle coupé, mais ça lui redonna rapidement le sens de la réalité. Plus rapidement d'ailleurs qu'il ne l'aurait souhaité, car resurgirent alors les souvenirs de la veille et, avec eux, la raison pour laquelle il s'était saoulé à mort. Il tira quantité de papiers du distributeur pour se sécher énergiquement les cheveux. Puis il leva la tête et se regarda dans la glace. On aurait cru un zombie. Son visage était pâle, ses yeux injectés de sang. D'accord, il allait avoir cinquante ans. À son âge, une cuite pareille, ça laissait des traces. Sa veste était froissée, et le col de sa chemise taché. Mais s'il avait bonne mémoire, il avait une chemise propre dans le tiroir de son bureau. Lorsqu'il traversa l'open space, à nouveau le même silence. Il fit semblant de l'ignorer.

« Je prends le reste de la semaine, expliqua-t-il à Håkan pendant qu'il rassemblait ses affaires. Je serai de retour lundi.

– Attends », dit Håkan en essayant de l'arrêter. Ils travaillaient ensemble depuis près de vingt ans, et ils savaient presque tout l'un de l'autre. « Qu'est-ce qui se passe ?

– J'ai pas envie d'en parler. »

Håkan secoua la tête. « Tu ne vas pas t'en tirer comme ça, Ulf. »

Ulf se laissa tomber sur sa chaise. « Håkan, je ne *peux* pas en parler. Pas encore. J'ai besoin de ce congé.

– Tu comptes aller où ?

– Je vais à Härjedalen. »

Le visage de Håkan se renfrogna. « Et ce sera quoi la version officielle pour les collègues ? »

Le sourire d'Ulf traduisait une immense lassitude. « Dis-leur que je pars à cause d'une femme.

– Personne ne me croira, rétorqua sèchement Håkan. Ce n'est pas ton genre. »

Ulf saisit sa veste. Non, personne ne le croirait. Il avait travaillé dur à peaufiner son image. Soudain, il remarqua que Håkan le scrutait. « Bon sang, c'est vraiment à cause d'une femme, constata son collègue, toujours aussi incrédule. Ulf…

– Je te fais confiance, conclut Ulf, la main posée sur la poignée de la porte.

– Mais tu ne comptes pas conduire dans cet état ? s'inquiéta Håkan.

– Plus tard, le rassura Ulf. D'abord, je dois passer chez moi. » Il appela un taxi.

*

Dans le quartier de Södermalm, une camionnette de chauffagiste était garée devant l'immeuble de la rue Götgatan. La porte d'entrée était ouverte, des câbles traînaient un peu partout, les ouvriers avaient posé des tuyaux en cuivre contre le mur. De la cave montait le sifflement des fers à souder. Ulf poussa un soupir et monta l'escalier jusqu'au troisième étage. Pour le dépanner, son propriétaire avait fait installer un radiateur dans la cuisine et dans la salle de bains, mais il n'y avait toujours pas d'eau chaude. Ulf mit la machine à café en route et gagna la salle de bains pour se débarrasser de ses vêtements sales. Si la mixture que lui avait fait avaler Håkan était dégueulasse, elle s'avérait terriblement efficace. Il se rasa, se savonna devant le lavabo, et avala un café tout en préparant son sac. Il s'assit enfin à la table de la cuisine et contempla pour la centième fois la photo de la femme qu'un radar avait flashée au beau milieu de la Suède. Une photo étonnamment nette, on remarquait même la petite ride du lion. Elle avait l'air préoccupée. À moins qu'elle ne fût tout simplement fatiguée. Ulf en avait la gorge nouée. Elle était toujours aussi attirante, une beauté naturelle, et il se demanda si elle avait gardé son côté imprévisible qui l'avait tant fasciné à l'époque.

Aurait-il dû en parler à Håkan ?

À Håkan qui était marié depuis vingt-trois ans ? Chez les Bergström, Ulf se sentait chez lui, et il était devenu aussi proche de Håkan que de sa femme Mette. Mais il avait dû se rendre à l'évidence : ces deux-là vivaient dans un autre monde.

Il ferma les yeux quelques instants, et sentit la fatigue l'envahir malgré la caféine et l'aspirine. Avec les conditions météorologiques hivernales, il fallait compter six heures pour arriver à Sveg. Il jeta un coup d'œil à l'horloge au-dessus de sa gazinière. Il était seulement neuf heures trente et Håkan avait évidemment raison. Après les excès de la nuit dernière, son taux d'alcool dans le sang n'avait pas baissé au point de pouvoir envisager de conduire. Il se leva d'un air décidé, se dirigea vers sa chambre et, après avoir réglé le réveil de son portable sur trois heures, se laissa tomber sur son lit. Il s'endormit en un quart de seconde. Et bien sûr, il se mit à rêver d'elle. Comment aurait-il pu en être autrement ?

*

Il emprunta la E4 qui longeait la côte en direction du nord. Juste après Gävle, il bifurqua vers l'ouest et s'enfonça dans un paysage recouvert de neige. Une fois qu'il eut quitté l'autoroute, les voitures se raréfièrent, et la forêt devint plus dense. Il roulait sous un ciel étoilé, et la température extérieure affichée sur le tableau de bord était de moins vingt-trois degrés.

Il agissait de manière totalement irrationnelle, il le savait mieux que personne. Elle aurait pu se rendre n'importe où. Pourquoi précisément à Härjedalen ? Il était parti dans la précipitation, obéissant à son instinct, alors qu'il ignorait tout de son existence ces trois dernières décennies.

« Peu importe, dit-il à haute voix dans la nuit. Je voulais y aller de toute façon. » Pourquoi pas maintenant.

Dehors, le paysage lui devenait de plus en plus familier. Malgré l'obscurité, Ulf parvenait à repérer les ponts, les fermes et les croisements que son esprit associait immédiatement aux rivières et aux vallées. Cette immensité, cette aridité qui caractérisaient cette partie du Nord avaient toujours fait naître en lui des sentiments contradictoires. C'est dans ces étendues désertes qu'il avait grandi, sur ces terres écrasées de solitude, et souvent, dans sa vie quotidienne à Stockholm, elles lui manquaient terriblement. Mais il connaissait aussi le prix d'un tel isolement et les addictions que le froid et l'obscurité peuvent susciter chez les hommes.

Une station d'essence surgit devant lui, tel un phare dans la nuit. Le néon du panneau publicitaire éclairait crûment les alentours d'une lumière jaune. Et pendant qu'Ulf remplissait le réservoir, à travers la vitre, son regard s'arrêta sur les longues étagères de l'imposante boutique. L'époque où l'on n'y trouvait que des boissons, des cigarettes et des journaux était bel et bien révolue. Il y avait même, juste à côté de l'entrée, un présentoir de vêtements d'hiver. Derrière le bâtiment se trouvait un motel, un écriteau lumineux offrait des nuits à prix cassé.

Dans sa jeunesse, on n'aurait trouvé que deux pompes à essence devant une minuscule boutique proposant des accessoires auto. À la sortie du village durant les mois d'été, quelqu'un serait venu en charrette de la ferme, qui abritait à présent le motel, vendre des fruits, des légumes et des œufs frais.

Dix ans avant, cette transformation avait, à défaut d'autres sujets, passionné la presse locale, et ce pendant un bon moment. Puis d'autres journaux plus importants, régionaux cette fois, en avaient fait leur miel à coup d'éditoriaux. Cette station-service au milieu de nulle part avait atteint, du moins pendant quelque temps, une célébrité discutable. Même après le désintérêt croissant des médias, les affaires continuèrent à fleurir, et durant la saison estivale, il n'était pas rare que le week-end le motel fût comble de Stockholmois en partance vers le nord.

Pour l'heure, le motel, et son imposante façade tout en longueur, était plongé dans l'obscurité à part quelques fenêtres au rez-de-chaussée d'où sourdait un peu de lumière. Tout en remplissant son réservoir, Ulf continuait à l'observer, perdu dans ses pensées, tandis qu'à travers ses gants le froid mordant commençait à ankyloser ses doigts. L'endroit faisait resurgir en lui l'un de ses pires souvenirs. Durant des années, il l'avait évité comme on évite de retourner sur une scène de crime, et longtemps il avait préféré faire un grand détour. Mais avec le temps, la douleur s'était estompée et, avec elle, l'amertume. Il n'en restait qu'une mélancolie sourde. Malgré le froid qui s'insinuait dans ses chaussures, et le gel qui allait bientôt coller ses gants au pistolet de fer, il ne pouvait éviter de se souvenir de cet été, de ce lendemain de la Saint-Jean, alors que vingt-huit ans étaient passés depuis. Elle portait une robe d'été à grandes fleurs, couleur pastel, qui soulignait sa minceur. Si jeune. Si fragile. Des années après, il avait repéré une femme vêtue d'une robe semblable. Il l'avait suivie jusqu'à l'embarcadère, sur un de ces bateaux à vapeur qui naviguent entre les îlots rocheux, puis il avait attendu, le souffle coupé, qu'elle se retourne. Ce n'était pas elle, évidemment. Elle n'était jamais revenue.

L'idée de la revoir, de lui parler, et même de la toucher, au-delà du fantasme de la savoir vivante, lui paraissait presque surréelle. Qu'aurait-il fait si ça avait été vraiment elle ? S'il l'avait eue en face de lui. Qu'attendait-il au fond ?

Ils s'étaient séparés autrefois après une dispute. Ici, devant cette station-service. Soudain, il crut entendre une musique. Billy Idol bien sûr. Il chantait *Rebel Yell*. Elle était fan du chanteur britannique.

Tout en roulant, il s'était mis à chercher ses cigarettes dans la boîte à gants puis il en avait allumé une. À cause du vent qui s'engouffrait par la vitre, la fumée lui revenait en plein visage, et elle avait éteint la musique. « Ça me donne la nausée, lui avait-elle dit, sur un ton de reproche. Éteins cette fichue cigarette. »

Il l'avait regardée, déconcerté. Il faisait chaud. Il n'avait pas plu depuis des semaines, la nature était assoiffée. Un peu partout dans le pays, des feux de forêts s'étaient déclarés. Il y avait eu des morts, et dans l'air flottait une odeur de fumée, de bois carbonisé et de terre brûlante. Et elle se plaignait de l'odeur d'une cigarette. Il avait éclaté de rire.

Ils avaient atteint la station-service. La seule à des kilomètres à la ronde. Le toit construit au-dessus des deux pompes à essence n'offrait guère d'ombre et emprisonnait la chaleur du soleil de midi. Pendant qu'il faisait le plein, elle était sortie de la voiture sans un mot, en claquant la portière avec une telle force que le gérant avait quitté son abri.

« Est-ce que je peux me laver les mains quelque part ? » lui avait-elle crié par-dessus le toit de la voiture.

Il lui avait indiqué un robinet qui se trouvait sur le côté du bâtiment, et sur lequel on avait fixé un tuyau d'arrosage. Elle s'était accroupie, s'était lavé les mains et le visage puis, les yeux fermés, elle avait fait couler l'eau sur ses longs cheveux blonds. Sa robe à fleurs avait été trempée à plusieurs endroits.

Ulf avait remarqué le regard songeur du gérant pendant qu'il l'observait, sans aucune vulgarité, comme s'il admirait un personnage dans un tableau.

Cette scène, le charme insouciant de la jeune femme, lui avait rappelé les histoires de son enfance, les personnages féminins qui peuplaient les contes suédois. On aurait voulu la regarder éternellement.

Et pourtant il lui avait crié : « Il faut y aller ! »

Elle n'avait pas réagi, s'était laissée tomber dans l'herbe puis elle avait offert son visage au soleil en clignant des yeux. Comme s'il n'existait pas.

« Qu'est-ce que tu fais ? s'était-il impatienté. Alors, tu viens ? On ne va pas y passer la journée. »

Elle s'était lentement redressée, prenant appui sur son coude. « Je n'irai pas plus loin, avait-elle rétorqué.

– Pardon ? » Il l'avait regardée, sans pouvoir y croire. « Mais qu'est-ce que tu as aujourd'hui, bon sang ? Tu n'es pas comme ça d'habitude. »

Elle n'avait rien répondu, mais pour la première fois, il avait remarqué ses yeux pleins de larmes. Jamais elle n'avait pleuré en public. Que se passait-il ? Il avait hésité puis il avait fait un pas vers elle, mais elle avait levé la main et secoué la tête pour le repousser. Il s'était immobilisé, encore hésitant. Le soleil l'accablait, et il avait senti derrière sa nuque poindre une migraine. Le gérant, silencieux, toujours debout devant la porte de sa cabine, ne perdait pas une miette de leur dispute. S'ils avaient été seuls, il l'aurait traînée de la pelouse jusqu'à la voiture. Il avait dû se contenter d'un « Viens à la fin » tout en serrant les dents.

Elle n'avait pas bougé d'un pouce.

« Je m'en vais », avait-il menacé.

Aucune réaction.

Il bouillait intérieurement. Il avait fait demi-tour, était monté dans la voiture et, sans se retourner, il avait démarré en trombe en faisant crisser les pneus.

S'il avait su qu'il la voyait pour la dernière fois, jamais il ne serait parti. Jamais.

Vingt kilomètres plus loin, il s'était calmé et avait fait demi-tour. Mais elle avait disparu sans laisser de trace. L'herbe sur laquelle elle s'était allongée portait encore son empreinte. Chaque fois qu'il repensait à ce moment, il sentait cette herbe fine et ce soupçon d'humidité sous ses doigts. Il avait posé la main à cet endroit comme si les plantes allaient se mettre à lui parler et lui donner un indice pour la retrouver.

Cela avait été le début d'un mois de cauchemar. Dans sa tête, il avait sans arrêt rejoué cette dernière scène. Cherchant des signes qu'elle aurait pu lui donner. Elle l'avait abandonné. C'était la seule conclusion qu'il tirait de cette histoire, et la honte qu'il en concevait prendrait parfois le pas, durant les années suivantes, sur la tristesse de l'avoir perdue. Il avait eu beau enquêter et même lancer des avis de recherche, Caroline était restée introuvable. Elle s'était volatilisée. Le gérant de la station d'essence lui avait juste dit qu'elle avait attrapé son sac à main et regagné la route. Personne n'avait jamais su ce qui était arrivé par la suite. Tandis qu'il repensait à cette histoire, la photo prise par le radar et le souvenir de ce jour d'été se fondaient en une seule image. Qui était-elle aujourd'hui ? Quelle femme allait-il rencontrer ? Pourquoi avait-elle disparu à l'époque ?

Ces questions le taraudaient encore lorsque, deux heures plus tard, il emprunta le chemin étroit qui menait au lac. Il parcourut les derniers mètres, le moteur éteint, dans la plus totale obscurité.

Une lumière chaude s'échappait de la fenêtre et éclairait le devant de la maison où était garée une petite voiture. Son cœur s'accéléra lorsqu'il vit la plaque d'immatriculation allemande, ce qui renforça l'espoir qu'*elle* était bien là, dans cette maison où ils avaient fait naguère des projets d'avenir.

Il resta longtemps assis, jusqu'à ce que le froid pénètre dans son Audi. Sans remettre le moteur en marche, il laissa doucement la voiture reculer sur la pente et ne redémarra que lorsque la maison fut hors de vue.

Comment allaient-ils combler le vide qui avait séparé leurs existences ? Existait-il encore un lien capable de les rapprocher ? Il le saurait le jour où il se retrouverait en face d'elle.

4

Björn Nyborg travaillait devant la fenêtre sur son ordinateur portable quand il perçut du coin de l'œil un mouvement à l'entrée de la propriété. Il crut d'abord à une illusion, car le soleil, qui se levait du sommet des montagnes et inondait le lac, l'aveuglait au point qu'il dut mettre la main en visière. Un homme grand et mince avançait vers la maison. Il portait de lourdes bottes d'hiver, un pantalon molletonné et une doudoune sombre. À cause du froid mordant, il avait enfoncé son bonnet sur la tête et mis les mains dans ses poches. Björn reconnut immédiatement l'homme sur l'allée, et il ouvrit la porte avant qu'il ait eu le temps de sonner.

« Hej, Ulf, dit-il avec un grand sourire qui cachait sa surprise. Qu'est-ce qui t'amène chez nous dans le Nord ?

– Hej, Björn. » En voyant son ami, les yeux sombres d'Ulf s'éclairèrent. « J'espère que je ne te dérange pas. »

Björn secoua la tête en riant. « Au contraire. »

Un courant d'air glacial s'engouffra dans la maison quand Ulf entra, et Björn Nyborg s'empressa de fermer la porte.

« Entre vite, pose tes affaires. J'ai mis du café à chauffer. »

Ulf retira son bonnet, ses bottes et son manteau, et suivit Björn dans la salle à manger. Il regarda d'un air surpris la table couverte de papiers et de documents.

« C'est plutôt calme dans le bâtiment en ce moment, dit Björn comme pour justifier le désordre. Le moment idéal pour s'attaquer à la compta. »

Ulf approuva d'un signe de tête.

« C'est toujours toi qui t'en occupes ?

– Grâce à ça, je garde une vue d'ensemble, répondit Björn en clignant des yeux, puis il entassa les papiers sur le côté et referma son portable. Depuis quand es-tu là ? »

Ulf tira une chaise vers lui. « Depuis hier soir.

– Et tu loges chez Maybrit ? »

Ulf fit oui de la tête.

« J'ai rencontré ta cousine, il y a deux jours, dit Björn, étonné. Elle ne m'a pas dit que tu comptais venir.

– Je l'ai seulement appelée hier après-midi, juste avant mon départ. »

Ulf se frotta les yeux, et Björn remarqua la ride profonde entre ses sourcils et sa pâleur, malgré ses joues rougies par le froid. « Il s'est passé quelque chose ? » demanda-t-il.

Ulf regarda à travers la vitre les stalactites suspendues au toit dans lesquelles jouait le soleil. La joie de retrouver son ami avait disparu de son visage. Ses traits s'étaient à nouveau durcis. Il se racla péniblement la gorge. « Elle est ici, non ? » finit-il par dire, sans regarder Björn.

Elle. Björn savait à qui Ulf faisait allusion.

« Oui, elle est ici », répondit sobrement Björn, et il se demanda comment Ulf pouvait être au courant. Peut-être était-ce Maybrit qui avait vendu la mèche. Depuis le départ de ses parents, Ulf avait réduit les contacts avec sa cousine à l'essentiel. Ils s'étaient brouillés à propos d'un terrain près du lac qui appartenait à la famille.

« Quand est-elle arrivée ? » Ulf évitait toujours son regard, et Björn comprit que sa première intuition était la bonne : Ulf ne tenait pas ses informations des gens du village.

« Il y a deux semaines et demie », répondit Björn, et il se leva pour aller chercher du café dans la cuisine.

Ulf le suivit. « Lorsque je suis arrivé hier soir, je suis allé chez elle », commença-t-il.

La main de Björn serra l'anse de la cafetière. « Je suis resté dans ma voiture pour observer les fenêtres éclairées, mais je n'ai vu personne. » Ulf s'adossa à côté de son ami contre le buffet. « Tu l'as vue, n'est-ce pas ? » Son attitude était trop nonchalante, sa question faussement lapidaire.

« Deux ou trois fois, répondit Björn après une brève hésitation.

– Et alors ?

– Nous n'avons pas beaucoup parlé.

– Tu ignores donc pourquoi elle est revenue après toutes ces années ? »

Ce n'est qu'après avoir versé le café que Björn réagit. « C'est pour elle que tu es ici. Uniquement pour elle ?

– Oui, répondit Ulf sans détour.

– Je pense qu'il vaudrait mieux que tu retournes à Stockholm. »

Ulf renâcla, incrédule. « Sans même l'avoir vue ? »

Björn acquiesça.

« Pourquoi ?

– Pour la même raison qu'on ne cherche pas à ouvrir un cercueil vingt ans après pour voir ce qu'il reste », lui rétorqua Björn.

Ulf s'apprêtait à répliquer mais il secoua la tête, perplexe.

« Elle n'est pas seule ici, ajouta Björn prudemment.

– Pas seule ? répéta Ulf. Je ne comprends pas. »

Cette fois ce fut Björn qui se racla la gorge. « Ils devaient se marier. Mais elle a changé d'avis.

– Tu veux dire… » Ulf chercha ses mots. « Tu veux dire qu'elle est…

– Elle l'a plaqué, elle est partie, sans dire un mot. »

Ulf éclata d'un rire amer mais ne dit rien. Björn lui en sut gré. À l'époque, Dieu sait s'il avait souffert pour son ami. Et il aurait pu tuer Caroline pour tout le mal qu'elle lui avait fait.

« Tu sais bien que je ne repartirai pas sans la voir ?

– C'est bien ce que je craignais. » Björn lui tendit une tasse de café et Ulf l'entoura de ses mains, sans dire un mot. Il avait besoin de s'accrocher à quelque chose. Ses yeux fixaient le parquet. Vingt-huit années n'avaient pas suffi pour refermer la plaie. Björn était peiné de voir son ami dans cet état.

« Viens, lui dit-il pour changer de sujet. Allons nous asseoir à côté, ça fait cinq ans que tu n'es pas venu. Tu as sûrement pas mal de choses à me raconter. »

Ulf leva les yeux, surpris. « Je ne suis pas venu ici depuis cinq ans ? Incroyable. Je me posais justement la question sur la route en venant, mais… » Il s'interrompit et prit une gorgée de café chaud. « Je ne peux même pas te dire pourquoi je ne suis plus revenu après que mes parents se sont installés chez Irène. Tu te bats avec la vie et le temps passe sans que tu t'en aperçoives. Tu ne ressens pas la même chose ?

– Entre nous, ça s'appelle vieillir », répliqua Björn non sans ironie.

Un sourire furtif éclaira le visage d'Ulf. « Tu as sans doute raison. Mais tu aurais pu venir me voir à Stockholm. »

Björn se gratta la tête, gêné. « Tu ne vas pas me croire, mais je ne suis allé à Stockholm qu'une seule fois.

– Trop de gens dans un espace trop restreint ? » présuma Ulf.

Björn afficha un sourire moqueur.

« Tu n'as pas changé.

– Tu sais bien qu'ici rien ne change vraiment », répliqua Björn.

Le soleil inonda soudain la pièce, faisant danser la poussière. Au loin, le silence fit progressivement place au bruit d'un scooter des neiges.

« Tu vas encore à la chasse aux ours ? » demanda Ulf.

Adolescents, ils étaient souvent allés chasser le grand ours brun avec leurs pères. On racontait qu'il y avait plus d'ours que d'hommes à Härjedalen, et durant leurs virées à travers les immenses forêts entrecoupées de marais, il était rare, en effet, qu'ils croisent un humain. Sous les arbres, au milieu des marécages, les chaussures détrempées par la boue des chemins, le corps assailli par les moustiques à l'affût dans les buissons de myrtilles, ils guettaient le grand prédateur. La chasse à l'ours était dangereuse, des animaux réputés imprévisibles, et Björn se souvint combien il était excité et retenait son souffle quand un ours approchait suffisamment pour être à portée de fusil et que son père pointait son arme. Ils ne tuaient jamais plus d'un ours à la fois. De toute façon ils n'auraient pas eu la force d'en porter un autre, même à quatre.

« Les chasses sont toutes vendues depuis plusieurs années, répondit Björn. Nous avons des clients qui viennent d'Allemagne, d'Autriche, et depuis peu de Russie, comme s'ils n'avaient pas assez d'ours là-bas ! » Il fit une grimace. « Personnellement, j'aurais préféré qu'on puisse éviter cela. »

Ulf haussa les épaules. « En même temps, il faut bien que vous viviez de quelque chose. »

Björn ne releva pas cette remarque. Désormais Ulf n'appartenait plus à la vallée.

Ils continuèrent, durant un bon moment, à évoquer leurs souvenirs, puis le téléphone de Björn se mit à sonner. Ulf se leva en soupirant. « Je t'ai retenu suffisamment longtemps, tu dois avoir du travail.

– Combien de temps vas-tu rester ? demanda Björn tandis qu'Ulf enfilait ses bottes.

– Je dois être à Stockholm au plus tard lundi après-midi », répondit Ulf.

Björn hésita. « Si ce qu'on m'a dit est vrai, l'Allemand qui a rendu visite à Lilli devrait s'en aller aujourd'hui. »

En entendant ce prénom, Ulf leva les yeux vers Björn, un regard qui trahissait soudain sa nervosité. « Attends une journée avant d'aller la voir », ajouta-t-il.

Ulf se redressa et posa une main sur l'épaule de son ami. « Merci.

– Pas de quoi. »

Devant la porte, Ulf se tourna une dernière fois vers Björn. « Je n'ai jamais compris pourquoi elle ne t'avait pas choisi à l'époque. Non seulement tu es le plus facile à vivre de nous deux, mais en plus tu es le plus beau. » Et il ajouta avec un sourire ironique : « Même aujourd'hui ! »

Björn ne répondit rien, il regarda la longue silhouette d'Ulf descendre la route, se retourner pour lui faire un signe, avant de disparaître entre les arbres. Il ferma soigneusement la porte, retourna dans la salle à manger baignée de soleil, débarrassa les tasses à café et finit par se rasseoir devant son ordinateur. Il y avait eu une époque où il aurait donné n'importe quoi pour gagner le cœur de Caroline. Puis il l'avait méprisée pour ce qu'elle avait fait subir à son ami. Jamais il n'avait eu l'occasion de lui en parler, et lorsqu'ils s'étaient revus, ce n'était plus pareil. Quelque chose la poursuivait, qui l'angoissait. Il ne lui avait posé aucune question. Si elle avait voulu se confier, elle l'aurait fait. Quand elle aurait besoin de lui, elle viendrait le chercher. Sans aucun doute. Ça s'était toujours passé ainsi entre eux. Ils n'avaient pas besoin de beaucoup de mots pour communiquer. Il se demanda si cela aurait été plus correct d'en parler à Ulf. À l'époque. Et à présent. Si cela aurait changé quelque chose.

5

« Et personne ne s'est étonné, personne ne t'a demandé pourquoi tu étais revenue au pays après tant d'années ? Personne n'a voulu savoir ce que tu avais fait pendant tout ce temps ? » Le regard de Thomas était tellement sceptique qu'elle avait failli, malgré le sérieux de la situation, éclater de rire.

« Bien sûr qu'ils veulent savoir, avait-elle rétorqué. Les gens d'ici ressemblent à tous les autres, tu sais. La différence, c'est qu'ils sont un peu plus patients. »

Il était parti à la tombée du jour et jusqu'au dernier moment il avait espéré qu'elle le retiendrait. De son côté, elle s'était sérieusement demandé si sa présence changerait quelque chose, s'ils finiraient par se rapprocher et mettre les choses au clair. Finalement elle avait cessé d'y penser. Et pourtant, elle avait dû prendre sur elle pour ne pas courir derrière sa voiture, alors qu'elle s'engageait sur la route neigeuse, pour ne pas se raccrocher à cette habitude, à cette sécurité qui la rassurait. Se reverraient-ils un jour ? Ne seraient-ils pas alors des étrangers l'un pour l'autre ? Avec le temps, le souvenir de toutes ces années aurait perdu de son acuité, serait devenu vague et insignifiant. Cette impression, elle l'avait ressentie toute la nuit. C'était le genre de situation qu'elle n'arrivait pas à gérer, et c'est pour cette raison qu'elle s'y dérobait.

« C'est lâche », lui avait-il reproché.

Elle ne l'avait pas nié.

Dans la maison demeurait la présence de Thomas et avec elle les souvenirs de Hambourg. Elle n'arrivait pas à y échapper. Ce matin elle avait la sensation que les pièces de la maison, pourtant si chaleureuses, s'étaient changées en tombeau. De nouveau ce silence et cette brusque solitude l'oppressaient et la menaçaient. Elle avait éprouvé la même chose après la mort de ses parents. Comme Lianne, ils avaient péri dans un accident de voiture. Un terrible accident qui aurait pu être évité. Elle était restée de longues heures assise dans la maison, refusant de croire à ce qui s'était passé, puis elle s'était rendue au bord du lac, là où la voiture avait subitement quitté la route, elle avait suivi sa trajectoire, trouvé les bris de verre, aperçu les traces de sang. Ces images troublantes avaient tourné dans sa tête sans arrêt, jusqu'au jour où elle n'avait plus supporté son désespoir et sa solitude. Mais à l'époque, tous l'avaient entourée. Björn avait été le premier à la soutenir. Puis Ulf. Et Maybrit. Elle avait la gorge serrée rien que d'y penser.

Thomas, lui aussi, avait tout essayé pour qu'elle ne sombre pas dans l'abîme qui l'attirait inexorablement après la mort de Lianne. Aujourd'hui encore il ignorait la vérité sur ce qui s'était passé. Sinon l'aurait-il suivie jusqu'en Suède ? Elle sentit à nouveau cette boule dans sa gorge. La mort était irrévocable, elle était comme un mur derrière lequel une vie disparaissait. Un mur contre lequel elle frappait de ses poings, jusqu'au sang.

Elle se ressaisit et se força à revenir à la réalité. Il fallait qu'elle sorte pour se changer les idées. Elle avait quelques achats à faire, la visite impromptue de Thomas l'en avait empêchée la veille. D'un geste décidé, elle attrapa ses clés de voiture et appela le chien.

C'était une matinée calme, avec un ciel clair traversé par quelques nuages. Il gelait à pierre fendre mais l'air était sec. Le chien, fou de joie, bondit dans la neige et aboya après une mésange. Elle était perchée sur une branche à côté de la porte du garage, gonflant ses plumes. L'hiver, les animaux et les oiseaux ne se montraient guère. Seules les traces dans la neige attestaient leur présence. Preuve que la vie n'avait pas complètement quitté ce désert de glace.

La porte du garage était coincée, elle jura à voix basse quand la neige tombant du toit atterrit dans son cou, lui donnant la chair de poule. La porte finit par s'ouvrir en gémissant. La mésange s'envola et se posa sur un bouleau devant la maison, le chien lui courut après et appuya ses pattes avant sur le tronc. Son aboiement résonna jusqu'aux flancs boisés des montagnes qui renvoyèrent l'écho au-dessus du lac.

« C'est vraiment un endroit perdu ici, avait trouvé Thomas lorsqu'ils étaient descendus au bord du lac l'après-midi de son arrivée. Et pour une femme, être seule ici... » Son regard avait erré sur ce paysage de montagnes enneigées. Des montagnes aux sommets dénudés sur lesquels le vent soufflait, même les jours d'accalmie, saupoudrant le bleu profond du ciel d'un délicat voile de neige. Puis il avait de nouveau objecté. « Tu n'as pas peur ? » Son regard et sa voix trahissaient ce sentiment d'impuissance des citadins face à la nature.

Peur ? faillit-elle lui demander. Pourquoi devrais-je avoir peur ? Il n'y a rien d'effrayant ici à part les coupures de courant en hiver. Mais elle n'avait rien dit. En revanche, elle lui avait répondu : « J'ai le chien, et puis je sais tirer.

– Tirer ? *Tu* sais... te servir d'une arme ? »

Elle lui avait montré les fusils de chasse de son père et le revolver. « Pour le coup de grâce », avait-elle expliqué à Thomas pendant que ses doigts caressaient tendrement le métal lisse et noir. Son père avait toujours nettoyé l'arme avec soin. Dieu sait qu'il avait aimé sa précision et son élégance. Thomas avait reculé, visiblement il avait mal interprété son geste. « Sans doute tout le monde ici a une arme chez soi », avait-il remarqué sans réussir à cacher son dégoût. Elle s'était contentée d'acquiescer. Bien sûr que tout le monde possédait une arme. C'était évident, ils allaient tous à la chasse.

Le fossé qui s'était ouvert entre eux s'était un peu plus creusé. Il y avait tant de choses qu'il ignorait et peu à peu l'image qu'il avait d'elle commençait à s'effriter. Elle n'y était pour rien. Après tout, elle ne lui avait pas demandé de venir.

Elle sortit la voiture du garage. Le chien, qui avait sauté sur la banquette arrière, haletait dans sa nuque. Elle se demanda si elle n'allait pas profiter de l'heure matinale pour se rendre à Sveg. Ce chef-lieu de cinq mille habitants se trouvait à soixante-dix kilomètres – par ce temps d'hiver, il faudrait compter une heure de route.

À l'entrée d'un virage, en voyant une voiture arriver en face, Caroline leva le pied. Les branches des arbres avaient plié sous le poids de la neige et rendu une partie de la voie impraticable. Elle s'arrêta et fit un appel de phares afin de signifier au conducteur de passer. L'Audi démarra, et l'homme lui adressa un signe de la main en guise de remerciement. Elle ne vit pas grand-chose de lui. Son visage était presque entièrement dissimulé sous son bonnet et derrière des lunettes de soleil. Lorsqu'elle atteignit les premières maisons du village au bout de cinq kilomètres, elle avait déjà oublié l'incident.

Elle s'arrêta à la station-service et descendit de la voiture. Le chien, tout excité, la suivit jusqu'au petit bâtiment où le gérant leva les yeux au tintement de la clochette de la porte.

« Hej, Lilli, lui lança-t-il. Tu es bien matinale.

– Hej, hej, répondit-elle. Je comptais aller à Sveg. »

Il leva en l'air ses mains charnues en guise d'avertissement. « Je te conseille de bien réfléchir avant. Ils ont dit que le temps allait changer vers midi. »

Caroline poussa un soupir et jeta un regard en direction du lac. Le ciel était d'un bleu éclatant, et rien ne laissait présager un danger imminent. Le gérant suivit son regard. « Il est parfois préférable de ne pas savoir ce qui se prépare derrière la montagne », dit-il avec un large sourire. Ce qui le fit ressembler au bonhomme Michelin du vieux panneau en tôle accroché juste derrière lui.

« Dans ce cas, j'aurais intérêt à m'y rendre une autre fois, acquiesça-t-elle, suivant son conseil, et elle se tourna vers le supermarché situé en face de la station. Je pourrai sûrement acheter la plupart des provisions ici. » Elle se retourna, le gratifia d'un « Je te remercie ! » et la porte se referma derrière elle.

Sur le parking du supermarché, il y avait peu de voitures mais toutes impressionnaient par leur taille et leurs marques prestigieuses. Caroline savait qu'il était difficile de gagner sa vie dans cette partie reculée de la Suède, mais la plupart des habitants semblaient fort bien s'en tirer. Elle se souvenait que Björn lui avait parlé d'investissements dans le tourisme, du développement des pistes de ski et des chemins de randonnée aménagés pour les estivants.

Elle décida de laisser le chien dans la voiture et mit le chauffage. « Je reviens tout de suite », le rassura-t-elle en lui caressant la tête avant de l'enfermer. Ses grands yeux marron la suivirent, et il colla son museau humide contre la vitre. Quand elle entra dans le supermarché, la chaleur s'abattit sur elle.

Elle ouvrit son épaisse veste d'hiver, déposa ses gants dans le panier et se mit à explorer les rayons. À Hambourg, elle avait certes l'habitude d'un plus grand choix de produits mais ici d'autres délices l'attendaient. Elle prit un Fjälyoghurt au rayon frais. Dans son enfance, elle allait ramasser des airelles le long des rivières, et sa mère en faisait un dessert succulent en y ajoutant du yaourt. Elle mit également un paquet de Wasa dans son panier, en souvenir de son père et du soin qu'il mettait à les diviser en triangles réguliers pour ensuite les tartiner de beurre salé. Combien toutes ces choses simples lui avaient manqué !

Elle venait juste de payer et de rassembler ses achats quand elle vit entrer une grande femme élancée, dans un manteau gris matelassé, et dont l'élégance naturelle, voire aristocratique, attirait irrésistiblement les regards.

« Maybrit ! » s'écria Caroline.

Maybrit Svensson se retourna. Depuis l'arrivée de Caroline, elles ne s'étaient pas encore croisées. Sur le visage sévère de la femme se dessina la surprise, vite remplacée par une autre expression que Caroline ne parvint pas à déchiffrer.

« Caroline, dit enfin Maybrit et la façon dont elle prononça son prénom ressemblait plutôt à un constat qu'à un bonjour. Ça fait longtemps. » Il n'y avait ni joie ni chaleur dans sa voix.

« Vingt-huit ans », répondit Caroline.

Maybrit la dévisagea.

« Vingt-huit ans. Ça fait longtemps, en effet. »

Caroline essaya de comprendre l'attitude hostile de Maybrit. Cette femme brune n'avait jamais facilité la vie à personne, déjà à l'époque. Malgré leurs caractères très différents, elles avaient pourtant été amies, attirées l'une vers l'autre comme les deux pôles d'un aimant.

« Comment vas-tu ? » demanda Caroline sans montrer sa déception. Après l'accueil chaleureux qu'on lui avait réservé depuis son arrivée, cette rencontre lui faisait l'effet d'une douche froide.

« Bien, merci, dit Maybrit en jetant un regard furtif sur les sacs de provisions de Caroline. Tu comptes rester un moment ?

– C'est fort probable, confirma Caroline. J'habite dans notre maison familiale. Peut-être auras-tu envie...

– Je suis très occupée », coupa Maybrit. Elle voulut mettre fin à la conversation d'un signe de tête, mais Caroline essaya de la retenir. « Maybrit, attends... » Elle ne pouvait pas laisser partir sa vieille amie comme ça. « Dis-moi, demanda-t-elle précipitamment avant de changer d'avis. Comment va... elle hésita, comment va Ulf ? » Sa voix tremblait malgré elle.

« Ulf ? » répéta Maybrit, étonnée et fronçant les sourcils.

Caroline se força à rester calme. Près de trois décennies s'étaient écoulées. Son émotion était ridicule. Complètement irrationnelle. « Tu dois sûrement savoir ce qu'il fait. C'est ton cousin, après tout, ajouta-t-elle en s'efforçant de garder son sang-froid.

– Je le sais effectivement, rétorqua froidement Maybrit. Il est ici. »

Plus tard, Caroline fut incapable de se souvenir comment elle avait pris congé de Maybrit et de quelle façon elle était parvenue à regagner sa voiture. Elle ne recouvra ses esprits que lorsqu'elle se retrouva au bord du lac, en contrebas de sa maison. Elle enfonça ses doigts dans la neige tombée sur le débarcadère, ses joues brûlantes réclamaient cette froideur blanche. L'air glacial qu'elle respira avidement semblait déchirer ses poumons. Le froid et le silence absolu finirent par la ranimer, mais les paroles de Maybrit résonnaient en permanence dans ses oreilles, tel un écho : *Il est ici... ici... ici...*

Comment avait-elle pu être assez naïve pour replonger aveuglément dans son passé ? Qu'avait-elle attendu ? Ni Björn ni personne n'avaient mentionné le nom des Svensson en sa présence, mais cela ne les avait pas fait disparaître pour autant. Tomber sur eux avait seulement été une question de temps.

Son regard glissa au-dessus du lac. Les arbres qui s'étendaient sur l'autre versant appartenaient à la famille Svensson – une forêt parmi tant d'autres. Ils possédaient de nombreuses terres et, grâce à une exploitation judicieuse, ils avaient ramassé une petite fortune à une époque où beaucoup de propriétaires terriens s'étaient fait arnaquer par les grandes entreprises de l'industrie papetière. Les Svensson comptaient parmi les plus vieilles familles établies dans la vallée. On disait à l'époque que leur arbre généalogique remontait à Härjulf Hornbrytare, ce Viking qui s'était approprié la région et l'avait défendue contre les Suédois et les Norvégiens. Elle portait toujours son nom : Härjedalen, la vallée de Härjulf. Caroline n'avait jamais cru à cette histoire, ils étaient trop nombreux à se réclamer de leur parenté avec Härjulf, mais la famille Svensson avait un statut particulier dans la région. Les pères de Maybrit et d'Ulf étaient frères, des hommes grands aux cheveux foncés, et il semblait que ce trait caractéristique avait marqué toutes les générations du clan. La famille Svensson fournissait des maires, des élus locaux, et Caroline se souvenait qu'à vingt et un ans, la sœur d'Ulf avait l'ambition de faire une carrière politique au niveau national tandis que Maybrit commençait des études de droit. Caroline soupira. Elle n'aurait jamais eu sa place dans cette famille.

Comme s'il percevait soudain son besoin de compagnie, le chien surgit à ses côtés. Caroline s'accroupit, le caressa et enfouit sa tête dans son pelage noir. Depuis combien de temps Ulf se trouvait-il dans la vallée ? Et tout en respirant l'odeur du pelage humide, elle se demandait d'où lui venait la certitude qu'il ne vivait pas ici, qu'il était seulement en visite. Elle se releva lentement. S'il avait vécu ici, elle l'aurait su, elle aurait senti sa proximité. Le chien s'étira, courut vers le rivage et disparut dans la neige molle et profonde qui bordait l'étroit sentier menant à la maison. Il eut du mal à revenir et s'ébroua avant de la précéder en bondissant.

Caroline le suivit, toujours plongée par ses pensées. Maybrit allait-elle parler à Ulf de leur rencontre ? Serait-il content de savoir qu'elle était revenue ? Peut-être était-il marié, avait-il des enfants ? Était-il tout simplement venu faire du ski en famille…

Le chien avait déjà atteint la maison. Une ombre noire au milieu de toute cette blancheur. Soudain elle l'entendit aboyer. Elle sentit brusquement à quel point ses pieds et ses mains étaient gelés et regarda l'heure. Elle avait passé plus d'une heure au bord du lac, et par cette température ! Il lui fallait sortir les courses de la voiture, ensuite elle allumerait un feu dans la cheminée, sortirait un des livres de son père de la bibliothèque et…

Elle s'arrêta net lorsqu'elle tourna au coin de la maison. Une voiture était garée dans l'entrée de la propriété, juste derrière la sienne. Une Audi grise. Un homme s'appuyait contre le capot. Il avait enfoncé son bonnet pour protéger son visage contre le froid et enfoncé ses mains dans les poches de sa veste matelassée. Le chien cessa d'aboyer lorsqu'il la vit arriver et l'homme dirigea son regard sur elle. Il n'y avait aucun doute, c'était lui.

6

Debout à la fenêtre de son salon, Maybrit Svensson contemplait le lac. Par temps clair, elle arrivait à l'embrasser du regard dans toute sa longueur. L'été, il ressemblait à un diamant étincelant, serti dans les flancs de la montagne ou à un pan de ciel bleu tombé par hasard. En hiver, il se fondait entièrement dans le paysage qui l'entourait. Elle aperçut au loin un skieur de fond qui avançait énergiquement sur l'étendue de ce désert blanc. Les scooters avaient également laissé leurs traces sur la glace enneigée, dont une se perdait juste en dessous de la maison du lac.

Cette vue exerçait, comme toujours, un effet apaisant sur l'âme de Maybrit. Dans son enfance, elle passait déjà beaucoup de temps, seule, à cet endroit. Très vite, elle s'était sentie en osmose avec le paysage, et depuis, elle n'avait jamais imaginé vivre ailleurs. Pourtant, elle avait essayé, notamment durant ses études. Stockholm ne se trouvait qu'à cinq heures de route, mais malgré tout, elle était tombée malade, au point de devoir les interrompre. Les médecins avaient diagnostiqué une boulimie. Son grand-père était formel : c'était le mal du pays et il l'avait rapatriée contre la volonté de ses parents qui auraient souhaité que leur fille découvre le monde. « Tu passeras ta vie au bord du lac, comme moi, lui avait-il assuré, et un jour, tu prendras ma place. » Son grand-père avait parfaitement compris son désir d'isolement, se mettant systématiquement de son côté lorsque les amis ou la famille exprimaient leur désaccord. Il savait à quel point elle avait du mal à vivre en société, et même à se faire des amis, et qu'elle était terrorisée à l'idée de partir dans le vaste monde comme ses cousins Ulf et Irène. « Je n'ai pas besoin de voir autre chose pour savoir que je veux vivre ici », avait-elle affirmé à ses parents, et elle avait réussi à leur imposer des cours par correspondance. De son vivant, son grand-père avait su la protéger. Quelques années avant sa mort, il avait tenu sa promesse en lui léguant sa maison, dans laquelle elle vivait toujours, ainsi que suffisamment de terres et de biens immobiliers pour faire d'elle une femme indépendante. Mais cela n'avait pas été son cadeau le plus précieux. Son cadeau le plus précieux avait été ce réservoir presque inépuisable d'histoires qui, dès son enfance, avaient stimulé son imagination et qui l'avaient encouragée à continuer, à se battre malgré les obstacles, à continuer à avancer quand la situation devenait sombre et inquiétante. Et ça avait été souvent le cas, comme aujourd'hui au supermarché, au moment où Caroline lui était apparue. Caroline qu'elle n'avait pas vue depuis tant d'années, qui avait disparu de sa vie du jour au lendemain, comme si elle n'avait jamais existé. Sa seule et unique amie.

Stupéfaite, elle avait regardé ce visage si familier, qui lui paraissait à la fois différent et inchangé. Comment était-ce possible ? Elle aurait voulu toucher ce visage, les fines ridules autour des yeux, la ligne amère qui entourait la bouche et témoignait de la souffrance et de la douleur. Tant de questions avaient brûlé ses lèvres : Que s'est-il passé ? Où étais-tu ? Elle avait pourtant été incapable de les poser, elle était restée pétrifiée par le torrent d'émotions qui la submergeait, et elle avait choisi le rejet et la distance comme refuge. Et tout ce qui était resté de cette rencontre fortuite, la seule image gravée dans sa mémoire et qui la hantait sur le chemin de retour à travers le silence de l'hiver, c'était la déception qu'elle avait lue dans les yeux de Caroline.

Elle avait envie d'être seule afin de mettre de l'ordre dans ses pensées, mais en tournant dans le chemin enneigé qui conduisait à sa maison, elle aperçut la voiture d'Ulf à travers les arbres. Après avoir ouvert la portière, il l'aida à porter les courses, et, en repensant à Caroline, elle vit sous un nouveau jour les cernes sous les yeux et la pâleur inhabituelle de son visage. La visite inattendue d'Ulf lui parut soudain logique. Elle n'était pas seule avec ses doutes. Il y avait quelqu'un que le retour de leur vieille amie perturbait encore plus.

« Je viens de tomber sur Caroline au supermarché, dit-elle laconiquement, en rangeant ses courses dans le frigo. Tu savais qu'elle était ici ?

– Caroline ? » Ulf s'efforça de garder un ton neutre. « Tu veux dire... Lilli ? »

Quelle comédie !

« Oui, je parle de Caroline Wolff », coupa-t-elle, en constatant avec une certaine satisfaction que son cousin luttait pour ne rien laisser paraître sur son visage.

« Tu lui as parlé ? finit-il par demander, la voix empreinte de la même tension, de la même impatience qu'elle avait sentie chez Caroline.

– Nous avons juste échangé quelques mots. Elle m'a demandé de tes nouvelles. »

La phrase lui fit l'effet d'une bombe. Sans dire un mot, il se leva, prit sa veste et se précipita vers la porte. À l'époque, seul son grand-père n'avait pas semblé regretter la disparition de Caroline. « Pour Ulf, c'est beaucoup mieux comme ça », avait-il dit. Il était déjà très âgé à cette époque et sa voix était cassée mais ses paroles avaient gardé un certain poids au sein de la famille. Cela faisait trop longtemps qu'il était le maître du destin de la famille Svensson pour qu'ils puissent ignorer son avis. À présent, cette remarque lui revint en mémoire, dans ce salon qui avait été celui de son grand-père et qui rappelait les tableaux de Carl Larsson à tous ceux qui le voyaient, et elle se demanda ce que le vieil homme aurait pensé du retour de Caroline.

La sonnerie du téléphone l'arracha à ses pensées. Björn était au bout du fil. « Ulf est là ? demanda-t-il.

– Pourquoi tu ne l'appelles pas sur son portable ?

– Parce qu'il est éteint. »

Maybrit serra les lèvres. « Je présume qu'il est chez *elle*. »

À l'autre bout du fil, Björn se racla la gorge. « Il faut qu'on se voie pour parler de certaines choses. »

7

Elle était plus mince que sur la photo. Plus sévère aussi. Ses cheveux étaient réunis en une grosse tresse. À première vue, cela la rajeunissait. Et elle semblait rayonner d'énergie. Mais lorsque le soleil d'hiver, de sa lumière crue, perça un des gros nuages qui défilaient dans le bleu du ciel tels des navires de guerre, Ulf vit de fines ridules sur son visage, surtout autour de sa bouche, cette bouche qui n'avait, malgré les années, rien perdu de sa sensualité. Ses lèvres étaient toujours légèrement retroussées comme si elle faisait la moue en permanence.

Toutes ces impressions, il les absorba en quelques fractions de seconde, incapable de chasser cette pensée qui s'imposait à sa conscience : Caroline n'était ni morte ni infirme – elle était en vie, respirait depuis trois décennies sur la même planète que lui *et elle ne s'était jamais expliquée*. Il fut envahi par une telle colère qu'il n'arrivait plus à respirer dans cet air glacial. Il n'avait qu'une envie après ces vingt-huit ans, c'était de hurler : *Pourquoi ?*

Ce « Pourquoi ? », qui l'avait torturé toutes ces années, ne l'avait jamais lâché, était devenu une véritable obsession. Il aurait voulu secouer cette femme qui se trouvait devant lui. Il aurait voulu la frapper. Qu'elle ressente la douleur qu'il avait lui-même éprouvée lorsqu'elle l'avait quitté d'une minute à l'autre. Il aurait voulu qu'elle vive ce désespoir qu'il avait connu pendant tous ces jours où il l'avait cherchée en vain. Il se redressa tel un robot et fit un pas vers elle, ignorant le chien qui se trouvait toujours devant lui et dont le léger grognement sonnait comme un avertissement. Et qui avait la taille et le gabarit impressionnants d'un rottweiler. L'animal avait cessé d'aboyer lorsque Caroline avait tourné au coin de la maison, sans pour autant quitter Ulf des yeux, et désormais il se rapprochait de lui d'un air menaçant. Sous l'épaisseur de ses gants, Ulf serra les poings, il avait peur de perdre son sang-froid.

Caroline rappela le chien d'un sifflement court et aigu. Le chien hésita, finit par obéir et courut vers elle avant de s'arrêter net, toujours sur ses gardes. Ulf n'attendit pas plus longtemps. Brusquement, il monta dans sa voiture et démarra sans se retourner.

Il lui fallut conduire dangereusement pendant plus de trois quarts d'heure sur une route verglacée avant d'être capable de s'arrêter. Il se trouvait à présent dans un petit lotissement, devant une auberge. Le moteur continuait à tourner, et il s'adossa au siège, les yeux fermés. Il transpirait, une douleur lancinante vrillait l'arrière de son crâne, mais sa colère était retombée. Il arrivait de nouveau à penser. À analyser les choses. Il n'était pas le seul dans sa famille à être irascible. Il respira profondément. Que se serait-il passé sans la présence du chien ? Il se passa la main sur le front. Aurait-il fait du mal à Caroline ? Il la revit devant le mur de sa maison. Elle l'avait regardé comme s'il était un fantôme. Peut-être n'aurait-il pas dû resurgir sans s'être annoncé. D'où tenait-il la certitude qu'elle avait envie de le revoir ? Uniquement parce qu'elle avait demandé de ses nouvelles ? Elle avait eu largement le temps de reprendre contact sans pour autant le faire.

Il coupa le moteur, descendit et se fraya un chemin à travers la neige en direction de l'auberge. Il avait besoin d'un café. À travers les fenêtres, il vit de la lumière, mais les portes étaient verrouillées. Ulf frappa à la porte, et finit par envoyer un coup de pied, frustré de ne pouvoir entrer. Rien ne bougea. On entendait juste aboyer un chien dans une maison voisine. Ulf jura, retourna à sa voiture et secoua la neige de ses bottes avant de monter. Pendant un moment, il continua à fixer l'entrée de l'auberge, dans l'espoir que le patron changerait d'avis, mais en vain. Au lieu de cela, la neige se mit à tomber, et de gros flocons s'amoncelèrent sur son pare-brise. Une lumière grise, diffuse, se répandit à l'intérieur de la voiture et, au bout de quelques minutes, Ulf se trouva isolé du monde extérieur. Il prit son portable dans la boîte à gants et l'alluma. L'écran affichait trois appels. Deux venaient de Björn, un de Maybrit.

Il était toujours en colère. Ce n'était pas l'humeur idéale pour retourner chez Caroline. Mais il était pourtant venu pour cela. Il fallait qu'il lui parle, il fallait qu'il comprenne ce qui s'était passé à l'époque. Ensuite, il retournerait à Stockholm et reprendrait sa vie d'avant. Il mit un certain temps à se calmer, puis finit par démarrer tout en faisant le numéro de Björn. « Tu as essayé de m'appeler, dit-il lorsque Björn répondit.

– Oui, il faut que je te parle, où es-tu ? »

Ulf mentit « Je reviens de Sveg.

– On peut se voir ? »

Ulf revint sur la route. La nuit commençait à tomber. « Je serai là dans une petite heure. Tu peux déjà réserver une table au Fjällkrogen. »

La neige devenait de plus en plus dense, et il mit plus de temps que prévu pour revenir. Il alluma la radio pour se distraire mais, au bout de quelques minutes, il était tellement agacé par les voix hystériques des présentateurs qu'il l'éteignit.

Réflexion faite, le conseil de Björn de retourner à Stockholm et de laisser le passé tranquille ne lui semblait plus aussi aberrant. La colère inattendue qu'il avait ressentie en revoyant Caroline l'avait fait réfléchir et lui avait rappelé son grand-père. Le vieil homme était coutumier de véritables crises de rage, et Maybrit était la seule parmi tous les membres de la famille à pouvoir, dans ces moments-là, le raisonner – même lorsqu'elle était encore une enfant. Dès qu'il apercevait sa petite-fille, celui que tout le monde appelait le Vieil Ours se calmait un peu, car il savait qu'elle avait peur des éclats de voix et des accès de colère. Ulf avait parfois envié Maybrit d'être aussi proche de leur grand-père car le vieil homme était un maître dans l'art de conter les histoires, et il connaissait Härjedalen comme sa poche. Ses fils n'avaient pas vraiment hérité de ce tempérament volcanique mais Ulf savait qu'il n'en était pas à l'abri pour autant. Cette tendance à éclater de colère s'était manifestée dès l'adolescence. Elle s'était accentuée par la suite, radicalement accentuée. Un jour, une course poursuite avait très mal tourné. Un assassin avait pris deux enfants en otages et menacé de les faire exploser à coups de grenade si ses revendications n'étaient pas prises au sérieux. Ulf avait sauvé les enfants. Quant à l'homme, il l'avait tué, aveuglé par la rage. Grâce au soutien et surtout au silence de ses collègues, Ulf n'avait pas été suspendu. En revanche, Håkan l'avait obligé à suivre une thérapie. Depuis, Ulf avait réussi à mieux se contrôler car il connaissait désormais la mécanique et les signes avant-coureurs de ses accès de violence. Mais il savait aussi que, dans certaines situations, il était incapable de se maîtriser. Comme aujourd'hui en revoyant Caroline.

Dans la vallée, les premières maisons apparurent. Il neigeait toujours et il voyait trouble à cause du manque de visibilité. Le Fjällkrogen était bien éclairé et, derrière une fenêtre, Ulf aperçut Björn en train de flirter avec une serveuse. Penché sur elle, une main posée sur l'avant-bras de la fille, il lui murmurait quelque chose à l'oreille. Elle le regardait d'un air sans équivoque, le désir se lisait dans ses yeux comme dans un livre ouvert. Elle était plus jeune que lui. Dans les vingt ans. Ulf secoua la tête, amusé par la situation. Björn avait toujours eu ce pouvoir sur les femmes. Sans doute le mélange irrésistible de son charme juvénile, de ses yeux bleu glacier et de ses cheveux blonds mal coiffés.

Ulf descendit de voiture en soupirant. Tout en montant les marches du restaurant, il actionna le verrouillage centralisé de sa voiture mais le clic de la fermeture l'arrêta net. Y avait-il eu autrefois quelque chose entre Björn et Caroline ? Et aujourd'hui ? Ils s'étaient vus récemment, et à plusieurs reprises. Était-ce pour cette raison que Björn lui avait conseillé de retourner à Stockholm ? Non, c'était impossible. Et d'ailleurs si c'était le cas, cela ne le regardait pas.

Sa colère envers Caroline avait laissé place à une sorte de désillusion qu'il aurait bien voulu éprouver avant de venir. Cela lui aurait évité le déplacement. Ce qu'il s'était passé entre lui et Caroline remontait à près de trois décennies. C'est ce qu'il avait compris lorsqu'il s'était retrouvé en face d'elle. Ils avaient vécu chacun de leur côté, lui avait poursuivi un fantôme, couru après un souvenir. On ne pouvait pas rattraper le temps perdu, et la colère qu'il avait éprouvée était aussi une colère contre lui-même.

Il monta les dernières marches du Fjällkrogen et pénétra dans une grande pièce de style rustique où il fut assailli par la chaleur, la musique et le bruit des conversations. Au-dessus du comptoir trônait une tête d'ours empaillée, juste à côté deux fusils disposés en croix ainsi que des sacoches en cuir que naguère portaient les chasseurs. Il salua le patron, commanda une bière et se dirigea vers la table située dans un coin du restaurant, où Björn l'attendait. Il venait à peine de retirer son manteau que déjà la serveuse leur apportait les boissons.

Björn leva son verre à la santé de son ami, et Ulf but une première gorgée. La bière était glacée, exactement comme il l'aimait. Avec avidité, il vida presque son verre aux deux tiers. Björn l'observa en secouant la tête.

« C'est tout ce que tu as retenu de ta visite chez Caroline ?

– Comment tu sais que je suis allé la voir ?

– Elle m'a appelé. »

Ulf but le reste de son verre. Lorsqu'il le posa sur la table en bois, Björn lui saisit le bras. « Qu'est-ce qui s'est passé ? »

Ulf secoua la tête et commanda une autre bière. « Tu ne vas pas te saouler », protesta Björn d'un ton calme.

Ulf lui lança un regard ironique : « Donne-moi une raison de ne pas le faire.

– Il faut qu'on parle.

– Ça, je suis capable de le faire même saoul. » Au fond de lui, il avait assez de colère pour causer du dégât. Il la sentait bouillonner, prête à jaillir. L'alcool avait toujours été le meilleur remède pour la calmer.

Björn ne le lâcha pas. « Caroline est assez troublée.

– Elle n'a aucune raison de l'être, nous n'avons pas échangé un mot.

– Justement. »

Ulf serra les poings, mais se retint. « Bon sang, Björn ! s'écria-t-il. Si c'est ce que tu veux entendre, eh bien oui, tu avais raison. C'était une erreur de revenir ici et de vouloir la revoir, après toutes ces années. Voilà ce que j'ai compris lorsque je me suis retrouvé en face d'elle.

– Ça s'appelle péter les plombs », suggéra Björn.

Ulf acquiesça, sans un mot.

« Très bien, je comprends. N'empêche qu'elle est prête à discuter. »

Le calme de Björn finit par calmer Ulf. Il passa une main sur son menton. Il n'était pas venu ici pour se disputer. « Et elle t'a dit pourquoi elle voulait me parler ?

– Non, elle ne me l'a pas dit. »

Ulf observa son verre de bière. « Comment est-elle à présent ? demanda-t-il prudemment. Est-ce qu'elle a changé ? »

Björn ne répondit pas tout de suite. « Elle est plus mûre qu'avant. Plus posée, dit-il enfin. Mais qui de nous ne l'est pas ?

– Et sinon ? »

Björn haussa les épaules, mais Ulf perçut dans son geste une légère hésitation. En tant que policier, il savait interpréter le langage corporel de ses interlocuteurs. Il attendit, en silence.

« Visiblement il s'est passé quelque chose, finit par dire Björn. Quelque chose qui semble lui peser. Mais elle n'en parle pas.

– Ce n'est pas son genre de parler…

– C'est vrai, elle a toujours pris ses décisions seule, en son âme et conscience.

– Et pourquoi est-elle revenue après tout ce temps ? Pourquoi ici ? »

Björn fit une grimace où se lisait l'amertume. « Elle dit qu'être revenue ici lui a fait prendre conscience de ce qu'elle avait tant cherché durant toutes ces années. » Il secoua la tête. « Quelle idée affreuse ! »

Ulf déglutit. Björn ne lui donnait que des bribes d'informations, des impressions furtives, mais c'était suffisant pour qu'il comprenne que Caroline n'avait pas changé, qu'au fond elle était restée la même. La même femme qu'il avait aimée, adorée. Il ne voulait plus y penser.

« Elle t'a expliqué ce qu'elle a fait pendant toutes ces années ?

– Elle est restée évasive. Trop évasive.

– Elle vivait bien à Hambourg, non ? »

Björn le dévisagea. « Comment tu le sais ? »

Ulf se mordit la lèvre. Quel idiot ! « Tu ne m'avais pas dit que son copain venait de là-bas ? dit-il afin de se tirer d'embarras.

– J'ai dit ça ? Peut-être. » Björn fronça les sourcils. « Du moins, elle a passé ces dernières années à Hambourg. Avant, elle a pas mal voyagé à travers le monde.

– Pour ça, il faut avoir les moyens.

– C'est ce que je lui ai fait remarquer. Disons que son travail le lui permettait.

– Elle a au moins parlé de ça !

– Je sais juste qu'elle a été traductrice, et parfois interprète. »

En écoutant les révélations de son ami, Ulf se revoyait avec Caroline, durant de longues soirées d'hiver, potasser leurs cours de français la veille des examens. Elle avait toujours eu des facilités pour les langues, peut-être parce qu'elle avait grandi en parlant à la fois le suédois et l'allemand. Il retint un soupir. Il avait espéré découvrir un indice grâce à Björn, et comprendre pourquoi elle était réapparue justement aujourd'hui. *Quelque chose a dû se passer. Quelque chose qui lui pèse, mais quoi ?* Il n'y avait probablement qu'une façon de le savoir.

« Tu as dit qu'elle voulait discuter avec moi », dit Ulf pour ramener Björn au début de la conversation.

Björn tira un stylo de la poche intérieure de sa veste qui reposait sur le dossier de sa chaise. Puis il griffonna un numéro de téléphone sur un sous-bock et le tendit à Ulf. « Appelle-la. »

Ulf y jeta un rapide coup d'œil. C'était un numéro de portable suédois.

« Maintenant ?

– Pourquoi pas ? »

Ulf tourna le sous-bock entre ses doigts et jeta un œil à l'horloge derrière le comptoir. Björn avait raison. Il n'était pas si tard. Pourquoi attendre jusqu'à demain ? « Très bien, dit-il en prenant son manteau. Je reviens. »

Dehors, le froid lui gifla le visage et lui coupa le souffle. Le silence était tel qu'il crut percevoir les battements de son cœur.

La neige avait cessé de tomber. La couverture nuageuse commençait à se déchirer, et la neige encore fraîche brillait à la lueur de la lune montante. Ulf sortit le portable de son manteau et composa le numéro.

« Allô, répondit Caroline après deux sonneries.

– Hej, c'est moi, Ulf. »

Il y eut un moment de silence, et Ulf crut que la liaison avait été coupée.

« Ulf, répéta-t-elle. Je suis contente d'entendre ta voix. »

Il avait cru pouvoir contrôler son émotion, mais sa façon de prononcer son prénom et le son de sa voix, qui n'avait guère changé, lui donnèrent le frisson.

« Est-ce que tu serais d'accord si je passais te voir un peu plus tard ? demanda-t-il en espérant qu'elle n'entendait pas à quel point il était ému.

– J'en serais très heureuse », dit-elle simplement.

L'estomac noué, il laissa retomber le portable dans sa poche.

8

J'en serais très heureuse. Elle l'avait dit avec une telle facilité. Sa main parcourut l'épaisse couverture en laine qui se trouvait à ses côtés sur le vieux canapé en cuir, et d'un geste absent, elle en lissa les plis. Le feu renvoyait des ombres dans la pièce, des ombres qui dansaient sur les murs et le long des rangées de livres qui les tapissaient. Le chien dormait à ses pieds, il devait probablement rêver car sa respiration était lourde et profonde.

Comment revoir un homme qu'on avait abandonné sans explication dans une station-service, il y a tant d'années ? Qu'en attendait-il ? Et pourquoi était-il là ? Quand il s'était sauvé précipitamment et sans un mot, elle avait eu peur. Elle avait couru jusqu'à la maison et appelé Björn. Il avait tenté de la calmer, mais elle avait senti au son de sa voix qu'il se faisait du souci pour Ulf et qu'il avait hâte d'interrompre la conversation pour l'appeler. Ulf n'avait pas changé, il était resté dur avec lui-même – et avec les autres. Après son coup de fil à Björn, elle s'était débarrassée de ses vêtements avec des doigts gourds, manteau matelassé, pantalon de ski et écharpe, et les avait laissés en tas dans la cuisine. Puis elle avait gagné la salle de bains, en essayant de se persuader que, si elle tremblait de tout son corps, c'était à cause de cette heure passée près du lac. Oui, elle ne grelottait qu'à cause du froid. Elle n'aurait su dire combien de temps elle était restée sous la douche, les yeux clos, laissant l'eau chaude couler sur son visage et envelopper son corps, avant de retrouver un semblant de calme.

Elle ne pouvait plus penser qu'à Ulf. Lorsqu'elle l'avait vu devant elle, en chair et en os, un flot d'images s'était libéré. Des impressions d'un passé lointain avaient soudain resurgi, comme si elle avait feuilleté un album de photographies. Il avait suffi d'une simple étincelle pour que s'embrase ce désir qu'elle s'était pourtant efforcée de réprimer durant toutes ces années.

Caroline prit la couverture en laine et s'en couvrit les épaules. Un geste qu'elle faisait déjà enfant. Depuis, la couverture s'était usée à plusieurs endroits mais elle n'avait rien perdu de son éclat. Il n'y avait pas dix minutes qu'Ulf avait appelé. Elle entendait encore le son de sa voix. Son hésitation avant de lui demander s'il pouvait venir. Elle savait combien cette phrase lui avait coûté. Puis sa propre réponse. *J'en serais très heureuse.* Mais l'était-elle vraiment ? Le son de sa voix avait accéléré les battements de son cœur, ce cœur qui continuait à battre trop vite après avoir raccroché. Depuis qu'elle avait vu Ulf remonter sans un mot dans sa voiture, elle ne désirait qu'une chose. Le revoir. Lui parler. Mais d'un autre côté, ces retrouvailles lui faisaient peur. Car elle avait vu dans ses yeux quelque chose qui lui rappelait involontairement son grand-père : de la dureté. Il y avait autre chose aussi. Elle avait reconnu sa voiture. Quelques heures avant sa visite, elle l'avait déjà croisé brièvement. L'Audi gris foncé qu'elle avait vue passer sur la route recouverte de congères qui menait au village était bien sa voiture. Depuis quand était-il arrivé ? Et combien de fois avait-il roulé jusqu'à sa maison sans qu'elle le sache ?

Caroline respira profondément lorsque la lumière des phares éclaira la pièce. En entendant la voiture s'engager dans l'allée, elle posa la couverture et se leva. Une portière claqua. Le chien fut immédiatement en éveil et courut jusqu'à la porte. « Du calme », lui intima-t-elle, sur quoi il fit un pas en arrière et s'assit.

On frappa à la porte.

Elle se passa la main dans les cheveux, se frotta les mains contre son jean et déglutit nerveusement. Puis elle se força au calme et déverrouilla la porte.

Dehors, Ulf lui tournait le dos, il fixait l'obscurité, au-delà de la véranda, mais lorsqu'elle lui ouvrit, il se retourna immédiatement.

Sa tension était aussi visible que le petit nuage qui se formait devant sa bouche dans l'air froid.

Leurs regards se rencontrèrent.

« Hej, Lilli. »

Et vingt-huit années s'évanouirent.

« Hej, Ulf. »

Ils étaient tous deux incapables d'en dire plus.

Le froid ramena Caroline à la raison. Ses doigts serrèrent la poignée de porte à laquelle elle se cramponnait. « Je suis... désolée... balbutia-t-elle puis elle se racla la gorge. Tu ne veux pas entrer ? »

Ulf ne réagit pas tout de suite, comme s'il devait d'abord reprendre ses esprits. « Oui... avec plaisir, merci », finit-il par répondre. Il portait bien son âge. Dans la lumière du couloir, elle remarqua les petites rides autour de ses yeux et de ses lèvres. Elles se creusèrent lorsqu'il lui adressa un sourire gêné en lui tendant une bouteille enveloppée dans du papier kraft. « C'est pour m'excuser, dit-il. Je me suis vraiment conduit comme un idiot cet après-midi. » Il était plus grand qu'elle. D'une tête. Et dans le couloir étroit, elle le sentit soudain très proche. Involontairement elle s'écarta d'un pas. « Il ne fallait pas », répondit-elle d'une voix hésitante.

Lorsqu'elle prit la bouteille, leurs doigts s'effleurèrent. Elle retira vivement la main et sentit son regard se poser sur elle. « Ça va ? » demanda-t-il. Il semblait plus déterminé, plus sûr de lui que par le passé. Son visage aussi avait changé : plus carré, plus viril.

Elle acquiesça mécaniquement.

« Tu es sûre ? »

Non. Elle fut soudain troublée de le sentir si près, des émotions qu'elle croyait oubliées refirent surface.

« Tu peux accrocher ton manteau ici », dit-elle afin d'éluder sa question, puis, la bouteille à la main, elle se dirigea vers le salon. Le chien la suivit et reprit sa place devant le canapé, mais Ulf s'arrêta, comme enraciné sur le seuil.

« Rien n'a changé, absolument rien », remarqua-t-il, étonné. Il avait remonté les manches de son pull-over noir et enfoncé les mains dans les poches de son jean. Son regard se perdit sur les innombrables étagères remplies de livres qui reflétaient la lumière du feu. « C'est… » Il cherchait les mots justes.

« Comme avant ? » dit-elle en terminant la phrase à sa place.

Il se dirigea vers le canapé et fit glisser ses doigts sur le cuir usé du dossier, sur les fourrures.

« Non, c'est plutôt comme un voyage dans le temps. »

Elle sourit malgré elle. « C'est un peu ce que j'ai ressenti aussi. »

Leurs regards se croisèrent. Les mots restèrent en suspens entre eux et le silence s'élargit. Seulement rompu par le crépitement des bûches. Caroline sentait les questions qu'Ulf avait sur le cœur et percevait à la lumière des flammes la contraction de ses traits. « Tu n'étais réellement jamais plus revenue par ici », dit-il.

Elle secoua la tête. « Non, je… » Elle ignorait ce qu'elle devait répondre, s'il y avait même quelque chose à dire, et elle comprit soudain à quel point cela aurait été plus simple si Björn avait été là. Ou bien Maybrit qui aurait calmé le jeu. Que pouvait-on dire à l'homme qu'on avait abandonné sans raison apparente ni justification ? Qu'on l'avait fui en parcourant la moitié du globe ? Aujourd'hui, cet homme avait presque cinquante ans. Comment pouvait-il comprendre les sentiments et les angoisses de la jeune femme qu'elle avait été et dont elle-même n'avait pas toujours compris les réactions, même des années plus tard ? Aujourd'hui, elle n'abandonnerait plus Ulf sans donner une explication, elle ne disparaîtrait plus sans un mot, mais il lui était impossible de revenir en arrière. Elle pouvait seulement s'excuser d'avoir agi de la sorte. Comme une mère s'excuse pour le comportement de son enfant, mais pas plus. Allait-il s'en contenter pour autant ?

« Ce n'était… ce n'était pas bien de partir comme ça. » C'était difficile de faire le premier pas. « Aujourd'hui encore, j'ai honte de ce que j'ai fait. » Elle déglutit. « À l'époque, je ne voyais pas d'autre issue. »

Pendant un long moment, il ne dit rien. Il se dirigea seulement vers la cheminée, s'accroupit et saisit un tisonnier. Lentement, il rassembla les braises et posa dessus deux nouvelles bûches. « Pourquoi, Lilli ? Pourquoi ? » finit-il par demander, en évitant de la regarder.

Elle regarda ses cheveux courts, ses larges épaules qui se dessinaient sous le pull-over moulant.

Par où commencer ?

Malgré les années de séparation, elle se sentait en confiance, comme s'ils s'étaient quittés la veille. Mais pouvait-elle pour autant lui ouvrir son cœur ? Et saurait-il la comprendre ?

« Commence tout simplement par le début, avait-elle toujours conseillé à sa fille. Le reste viendra tout seul. »

Elle posa la bouteille qu'Ulf avait apportée sur la table et s'assit sur le canapé.

Commence tout simplement par le début.

« J'étais enceinte », murmura-t-elle.

Ulf ne réagit pas. Elle se demandait s'il l'avait entendue, lorsqu'il se retourna. Son visage était gris. « Que s'est-il passé avec l'enfant ? demanda-t-il d'une voix blanche.

– Elle est… elle est morte », répondit-elle en hésitant. Sa voix était à peine audible.

« Elle ? »

Caroline acquiesça.

« Quand ? »

Elle prit sa respiration en tremblant. « Il y a quatre semaines. »

Elle vit l'effroi s'inscrire sur son visage, et elle attrapa la couverture, la ramena sur sa poitrine et y enfouit ses doigts, car elle sentait que son aveu avait libéré quelque chose. Jusqu'à ce moment précis, Lianne n'avait jamais vraiment existé dans cette maison. C'est pour cette raison que Caroline y avait trouvé refuge. Ici, elle n'entendait pas les rires de Lianne enfant, ni le bruit de ses petits pieds. Ni la porte claquée par l'adolescente en colère. Sa fille n'était jamais venue ici, même adulte. Il n'y avait pas eu de conversations, pas de soirées passées ensemble devant la cheminée. Dans cette maison, il n'y avait eu que l'enfance de Caroline et la vie avec ses parents. Mais désormais, ce temps était révolu. Lianne était là. Caroline pouvait entendre sa voix, son rire, elle ressentait à nouveau ce vide abyssal, cette souffrance qui l'avait submergée après la mort de sa fille. Tout le malheur que cela avait engendré. Sans le vouloir, elle frissonna face à cette situation sans issue et ses doigts s'enfoncèrent si fort dans le vieux lainage usé qu'il se déchira. Elle pressa son visage dedans. Ne pas pleurer, surtout ne pas pleurer. Si elle commençait, jamais plus elle ne pourrait s'arrêter.

Elle sentit la main d'Ulf sur son épaule. Elle ne s'était pas rendu compte qu'il s'était assis à ses côtés. « Viens », murmura-t-il. Elle hésita puis, comme une enfant, elle se réfugia dans ses bras, se pressa contre lui, l'entoura de ses jambes et de ses bras. Ulf remonta la couverture sur ses épaules tout en la serrant très fort. « Tout va s'arranger, Lilli. »

Une digue céda en elle, emportée par un torrent de larmes. Des larmes qu'elle retenait depuis des semaines. Ulf lui caressait doucement le visage et les cheveux, comme on berce un enfant, tout en lui murmurant à l'oreille des paroles apaisantes.

Peu à peu ses sanglots s'apaisèrent. Sans bouger, elle reposait contre la poitrine d'Ulf, les yeux fixés sur les braises qui s'effondraient lentement. Elle se sentait épuisée. Cela faisait longtemps qu'elle n'avait plus été aussi fatiguée, mais d'une fatigue étrangement sereine.

Était-elle enfin arrivée à destination ?

Elle n'osa pas donner une réponse à cette question qui s'imposait pourtant à son esprit. Et si l'espoir s'appelait Ulf ?

« Hej, dit-il avec douceur. Tu te sens mieux ? »

Elle acquiesça d'un signe de la tête, elle avait peur d'être incapable d'émettre le moindre son. Les doigts d'Ulf jouaient avec la chaîne qu'elle portait autour du cou. Le silence n'avait plus rien d'oppressant. Il s'étendait sur eux comme un voile qui les protégeait du monde et de sa fureur. On n'entendait plus que la respiration lourde et paisible du chien et le crépitement des braises.

9

Un enfant. Tandis que son regard effleurait la cheminée pour aller se perdre dans la nuit derrière la baie vitrée, Ulf se sentit submergé par une vague de chaleur. Puis ce fut le froid. Une fille. Lianne. Caroline lui avait donné le prénom de sa propre grand-mère. Il avait l'impression d'avoir reçu un coup sur la tête. La gorge serrée, il essayait en vain de contrôler le flot d'émotions qui l'envahissait. Caroline était blottie contre lui, et il n'osait pas la regarder.

Dans son imagination, la possibilité d'une autre vie prenait forme. Il songea à Håkan et à sa famille. Aux yeux de ses collègues, fatigués d'avoir veillé toute une nuit au chevet de leurs enfants, aux angoisses de Håkan et à toutes les conversations qu'il avait eues, en père inquiet, avec ses filles qui allaient quitter le nid familial. À toutes ses visites chez les Bergström, aux questions à la fois curieuses et naïves des fillettes qui lui faisaient voir le monde sous un autre angle. Et il se dit que pendant qu'il les berçait sur ses genoux en leur racontant des histoires et en chantant avec elles, quelque part dans ce vaste monde, sa propre fille grandissait. Il chassa l'émotion que ces pensées faisaient naître en lui. Il n'était pas père, il n'avait jamais voulu l'être. La plupart de ses congénères se reproduisaient tous les jours en suivant tout simplement l'instinct biologique de transmettre leurs gènes, sans vrai désir de voir grandir leur progéniture. Mais... en aurait-il décidé autrement s'il avait eu le choix ?

Caroline en remuant le tira de ses pensées. Son corps chaud était serré contre le sien, ses cheveux exhalaient le même parfum qu'autrefois, il en avait l'impression en tout cas, et sa proximité avait quelque chose de familier qui était pourtant impossible. C'était dangereux de ne plus se durcir contre ce genre de situation, mais baisser la garde lui permettait de vivre intensément l'instant présent. De le fixer à tout jamais comme cette minute rare, précieuse, où deux êtres se frôlent – mais il savait que cet état ne durait pas, et encore moins dans leur cas.

Caroline ne semblait pas en avoir conscience. « Il est tard, n'est-ce pas ? » demanda-t-elle doucement.

La pièce était presque plongée dans l'obscurité, le feu dans la cheminée était sur le point de s'éteindre et seul le lampadaire devant la baie vitrée qui donnait sur le lac diffusait une lumière tamisée. Il essaya de lire l'heure sur sa montre. « Il est presque onze heures trente », finit-il par dire.

Elle se redressa, ses cheveux mi-longs lui tombaient sur le visage. Elle lui lança un regard incertain.

« Qu'est-ce qu'il y a ? demanda-t-il.

– Tu ne veux pas dormir ici ? Je n'ai pas très envie d'être seule. »

Ulf ne put s'empêcher de tressaillir. Accepter sa demande signifiait compliquer leurs retrouvailles qui l'étaient déjà bien assez. Mais pouvait-il, après ce qu'ils venaient de vivre, laisser Caroline face à elle-même ? Il se racla la gorge. « Si je dormais dans la chambre d'amis, est-ce que tu te sentirais moins seule ?

– Dans la chambre d'amis ? répondit-elle. Bien sûr. » Personne n'aurait pu dire si elle espérait autre chose. Ni au son de sa voix ni à l'expression de son visage.

Pendant qu'elle faisait le lit, il resta debout dans l'embrasure de la porte. La chambre d'amis était petite, le lit remplissait presque toute la pièce. Les murs, le plafond, tout était en bois. Son petit ami allemand avait-il également dormi ici ? Il n'osa pas le lui demander et préféra chercher des indices qu'il aurait pu laisser derrière lui. Mais la chambre semblait inhabitée depuis des mois. Caroline se retourna. « Il y a une brosse à dents neuve dans le placard de la salle de bains et…

– Il y a aussi des serviettes dans ce placard, si ma mémoire est bonne », se rappela-t-il. Ils avaient vécu dans cette maison, ils s'étaient aimés entre ces murs, ils y avaient fait des projets d'avenir. Et c'est ici que leur fille avait été conçue.

Caroline lui caressa furtivement le bras. « Merci », dit-elle d'une voix à peine audible.

Il voulait la retenir et ressentir à nouveau ce puissant sentiment d'intimité. Mais il la laissa partir. Il la suivit du regard tandis qu'elle disparaissait dans la salle de bains, fermant doucement la porte derrière elle. Puis il observa le lit et ses draps imprimés de fleurs jaunes. Allait-il pouvoir dormir dans cette pièce ? Il en doutait.

*

Il se réveilla le lendemain à cause du bourdonnement de son smartphone indiquant qu'il avait reçu un message. Il prit le téléphone et constata, surpris, qu'il était déjà neuf heures. Contre toute attente, il avait dormi. Vraiment dormi. Plus longtemps et plus profondément qu'il n'aurait imaginé.

Dehors, le jour tardait à se lever et, dans la maison, régnait le silence. Håkan, son collègue, lui avait envoyé un message de Stockholm. Ulf fixait son écran, lisant et relisant le message, car il n'arrivait toujours pas à croire que c'était le prénom de Caroline qui s'affichait. Il devait s'agir d'une erreur. Il fut tenté d'appeler Håkan mais la maison était trop sonore pour pouvoir téléphoner sans être entendu, surtout dans cette situation. Il se dépêcha d'envoyer un SMS et attendit fébrilement la réponse. Elle s'avéra claire, sans ambiguïté aucune. Il se leva, bouleversé. Caroline était déjà réveillée, une odeur de café arrivait jusqu'à lui et il y avait de la lumière dans la cuisine. Il ouvrit doucement la porte. Caroline était assise à la table. Elle regardait une photo et ne l'avait pas entendu entrer.

« Bonjour, Lilli. »

Le son de sa voix la fit sursauter. Elle retourna la photo, se leva et s'approcha de lui. « Bonjour, dit-elle, j'espère que je ne t'ai pas réveillé.

– Non, rassure-toi », répondit-il, le regard toujours fixé sur la photo retournée. Que voulait-elle cacher ? « Tu as bien dormi ? »

Elle esquissa un sourire. « C'était rassurant de te savoir à la maison. Et toi ?

– Très bien. Merci.

– Tu veux un café ? »

Non, eut-il envie de lui répondre. Je dois partir. Pourtant il acquiesça sans un mot et s'assit à la table.

Elle se leva pour prendre une tasse dans le placard.

« Noir, comme avant ?

– Tu t'en souviens ? demanda-t-il, étonné.

– Je viens de m'en souvenir », répondit-elle d'un air innocent, un peu trop désinvolte pour être sincère. Il but son café en regardant le soleil se lever derrière les montagnes. Les premiers rayons traversèrent la fenêtre, illuminant la pièce de reflets dorés. Lorsque Caroline s'assit à ses côtés et suivit son regard, il aurait tellement voulu faire revivre la tendre intimité de la veille, mais elle s'était évaporée. Après le message de Håkan, il se demanda s'ils pourraient encore la partager un jour. Le soleil n'avait pas encore atteint le lac. Noyée dans l'ombre, sa surface recouverte d'un manteau de neige s'estompait dans un brouillard bleu-gris. Un oiseau de proie en émergea, léger, comme en état d'apesanteur, avant de se poser quelques instants plus tard avec élégance.

« C'est son heure, dit Caroline en baissant la voix comme si elle avait peur de chasser l'oiseau. Parfois je rêve de m'envoler à l'aube et de tout laisser derrière moi. » La mélancolie inattendue de sa voix le toucha profondément, et il la considéra. Elle avait de nouveau ramené ses cheveux en arrière, et son profil aux pommettes saillantes se découpait très nettement sur le ciel clair, esquissant presque le profil d'un oiseau de proie. Il lutta contre une envie irrésistible de la protéger même si sa voix intérieure lui intimait de reposer la tasse et de s'en aller. « Quand on était petits, on nous racontait la légende du busard, tu t'en souviens ? »

Elle fronça les sourcils, pensive. « Il était tombé amoureux d'une femme… » Elle se retourna vers lui. « C'était ça l'histoire, non ? »

Ulf acquiesça. « Son amour lui donna suffisamment de force pour se métamorphoser en homme afin de vivre avec elle… commença-t-il.

– … mais en définitive, c'est elle qui abandonne son corps de femme pour le rejoindre, continua-t-elle et elle sourit furtivement en y découvrant un parallèle à son propre désir de fuite. Tu crois qu'ils ont été heureux ensemble ? »

Ulf regarda attentivement l'oiseau qui s'était posé sur un piquet au bord de l'eau et lissait son plumage. Le bonheur était une chose si éphémère, si fragile. « Enfant, j'ai toujours espéré que leur amour durerait au moins un certain temps », répondit-il en évitant soigneusement son regard.

Caroline ne semblait pas remarquer à quel point il était consterné. « Oui, la fin était si triste, continua Caroline, pensive. Il meurt, et elle se retrouve prisonnière dans le corps d'un oiseau et ne peut plus retourner dans le monde des vivants. » Elle leva la tête vers lui. « C'est ta grand-mère qui nous avait raconté cette histoire, tu t'en souviens ? Nous étions… »

Elle continua à parler mais il n'écoutait plus. « Tu as donné à ta fille, à notre fille, le prénom de ma grand-mère », coupa-t-il brusquement.

Elle dit, la gorge serrée : « Je… je voulais qu'elle ait quelque chose de toi, quelque chose qui vienne de ta famille. » Sa voix trahit son émotion. « Quelque chose qui puisse la lier à vous, qui puisse l'en rapprocher. »

Ses mots, et surtout ce regain de mélancolie dans sa voix l'agaçaient de plus en plus. Que s'était-il vraiment passé ? « Si cela était si important pour toi à l'époque, pourquoi n'es-tu pas simplement revenue avec elle ? »

Ses doigts s'agrippèrent si fort au dossier de la chaise que les articulations blanchirent. « Je ne pouvais pas.

– Pourquoi, Lilli ? Aide-moi à comprendre !

– Je… elle cherchait ses mots. J'avais peur. Tout… tout avait tellement changé après la naissance de Lianne. Soudain, elle était devenue le centre de ma vie. La seule chose qui comptait vraiment.

– Nous voulions nous marier, lui rappela-t-il d'une voix étouffée.

– Oui, je sais, j'avais même choisi ma robe. »

Il prit une profonde inspiration. Ils s'étaient même mis d'accord sur une date de mariage. Il se frotta les yeux et lutta contre la douleur qui le submergeait. Qu'est-ce qui lui arrivait ? Pourquoi toutes ces choses continuaient-elles à le toucher autant ? Il fallait arrêter de se torturer, il fallait s'en aller, passer un coup de fil à Håkan. Il se leva, décidé à partir.

« Je ne peux pas rester plus longtemps, Lilli. J'ai des choses à régler.

– Non, s'il te plaît, dit-elle, comme pour essayer de le retenir. Tu ne l'as même pas encore regardée. » Elle poussa la photo vers lui.

Son regard fixa la photo toujours retournée. Il secoua la tête. « Lilli, il me faut plus de temps. »

Ses doigts se posèrent sur la photo, et pendant un court instant, on aurait dit qu'elle allait la froisser. Mais elle la reprit simplement. « Je ne voulais pas te vexer », dit-elle pour s'excuser. C'est seulement... que je peux en parler avec toi. D'elle. De tout. Ce n'était pas possible avec... » Elle s'arrêta, se mordit les lèvres.

Thomas.

Il faillit lui demander si c'était bien le nom de l'autre, mais il se tut avant de tomber dans le piège. Il devait garder ses distances. *Il n'aurait jamais dû venir*.

À ce moment-là, il entendit le bruit d'une voiture. Le chien bondit et se mit à aboyer. À travers la fenêtre, Ulf reconnut le pick-up rouge de Björn.

10

Björn coupa le moteur. Il considéra d'un air songeur l'arrière de l'Audi gris foncé, garée juste devant lui. Puis il dirigea son regard vers la maison en bois sombre. Le soleil l'empêchait de voir à travers les fenêtres, mais Björn n'était pas dupe. Il savait qui était dans la maison.

« Il a passé la nuit chez elle. » C'est avec ces mots que Maybrit l'avait arraché à ses pensées au petit-déjeuner.

Il avait tenté de la rassurer. « Ulf est adulte. Il sait ce qu'il fait et dans quoi il s'engage.

– Je n'en suis pas sûre. »

Puis elle avait raccroché sans ajouter un mot. Quelques instants plus tard, le téléphone avait de nouveau sonné. « C'est ton ami, tu ne peux pas l'abandonner comme ça, livré à lui-même. »

Björn était habitué au ton autoritaire de Maybrit, il ne lui en voulait pas. Elle était inquiète, c'était sa façon d'exprimer ses sentiments. Il savait que sous la surface rêche battait un cœur généreux. C'était pour cela qu'il l'appréciait.

« Calme-toi, lui avait-il dit. Je vais aller faire un tour et leur rendre une petite visite. »

C'était Maybrit qui avait aidé Ulf après la disparition brutale de Caroline, et s'était occupée de lui. Elle seule savait à quel point il avait souffert. Les autres n'en avaient eu qu'une vague idée. Qui sait de quoi Ulf aurait été capable si elle n'avait pas été à ses côtés...

La porte de la maison s'ouvrit, et Björn vit le chien de Caroline arriver en bondissant vers sa voiture. Björn retira la clé du contact, descendit et se prêta volontiers à l'accueil exubérant de la grosse bête noire. Lorsqu'il se redressa, il découvrit Caroline sur le seuil de la porte. D'un pas alerte, il monta les quelques marches qui menaient à la véranda et lui fit la bise.

« Pour une raison que j'ignore, le chien t'adore, dit-elle en guise d'accueil.

– Tout le monde m'aime. » Il lui fit un clin d'œil. « Même toi.

– Je t'ai toujours aimé », reconnut-elle en lui passant furtivement la main dans ses cheveux en bataille.

Il lui serra la main et sourit. « Alors tu as sûrement un café pour l'élu de ton cœur.

– Il y en a dans la cuisine. »

Il lui emboîta le pas, suivi immédiatement par le chien.

« Hej, le salua Ulf, assis à table dans la cuisine. Qu'est-ce qui t'amène si tôt dans les parages ? »

Il avait l'air plus en forme que la veille mais ses doigts tapotaient nerveusement l'anse de la tasse posée devant lui.

« J'avais très envie d'un café chaud, si tu veux tout savoir », répliqua Björn en ouvrant la fermeture éclair de sa doudoune. Il remarqua que Caroline, qui se tenait debout près du buffet, se mordait nerveusement la lèvre inférieure. Et il se demanda ce qui avait bien pu se passer entre ces deux-là. Visiblement, l'intuition de Maybrit était bonne.

« Et puis sur le chemin je me suis dit que c'était un jour idéal pour faire du ski », continua Björn en improvisant pour gagner du temps. Caroline se tourna vers lui, la cafetière à la main. « Du ski ? » demanda-t-elle. Elle avait l'air si surprise que cela donna une idée à Björn. « Oui, aujourd'hui c'est samedi, enchaîna-t-il, autrefois, on faisait toujours du ski le samedi, non ? Regarde dehors. » Il pointa son doigt vers la fenêtre. « Cette nuit il est tombé plus de cinquante centimètres de neige. »

Caroline posa sa tasse sur la table et s'assit. « C'est une bonne idée. Vous devriez en profiter.

– Pourquoi vous ? Tu viens, bien entendu !

– Moi ? Pas question », se défendit-elle avec un rire gêné. Elle tira sur les manches de son pull-over bien trop grand pour elle et y dissimula ses mains.

« Je n'ai pas skié depuis des années.

– Ce n'est pas une excuse, Lilli. Tu fais exactement comme à l'époque. Tu montes jusqu'au sommet du Hovärken, tu orientes tes skis vers la vallée et lorsque tu arrives au niveau du télésiège, tu freines ! »

Caroline secoua la tête. « Sûrement pas. »

Björn but une gorgée de café et attendit.

« Je n'ai pas de matériel », dit Caroline dans un dernier effort pour se défiler, mais c'était du bout des lèvres. Björn lisait dans ses yeux l'envie de la montagne, le souvenir des descentes dans la poudreuse, la poussée d'adrénaline que provoque la vitesse.

« Tu peux louer tout le matériel que tu veux au village », lui assura-t-il. Il sentit le regard d'Ulf se poser sur lui, l'air interrogateur.

« Tu es vraiment sérieux, constata son vieil ami.

– Tu ne vas pas te dégonfler, toi aussi ! » protesta Björn.

Pour la première fois de la matinée, Ulf sourit. Caroline se frotta les mains sur son jean. « Dans ce cas, peux-tu m'emmener au village ? »

Björn afficha un large sourire : « Rien ne me ferait plus plaisir. » Puis s'adressant à Ulf. « Près du télésiège ou devant le magasin de location de ski ?

– Près du télésiège, répondit ce dernier. Tout mon matériel se trouve chez Maybrit, il n'est plus de la première jeunesse, mais ça devrait aller. »

*

Plus tard, sur la route qui les conduisait au village, Björn remarqua que Caroline semblait absente. « Qu'est-ce qu'il y a ? » lui demanda-t-il en lui prenant la main. Elle baissa les yeux et secoua la tête.

« Vous vous êtes disputés ?

– Non. »

C'est tout ce qu'elle avait dit. Mais à sa façon de prononcer ce mot, puis de tourner la tête vers la vitre de la voiture, il comprit que c'était bien plus important qu'une simple dispute.

Avec une infinie douceur, il serra une fois de plus les doigts de Caroline, puis il se concentra de nouveau sur la route. Elle devait avoir une bonne raison pour revenir en ce moment précis en Suède. Jusqu'à présent, il avait été trop mal à l'aise pour lui poser la question, mais ses craintes étaient fondées, car il percevait chez elle, chaque fois qu'ils se rencontraient, une inquiétude et une angoisse sous-jacentes. En plus, la présence de son ami Ulf n'avait rien arrangé, la tension restait palpable. Björn hésita. Il n'aimait pas se mêler des affaires des autres. « Je suis là, tu le sais, si jamais tu as besoin de parler », finit-il par lui dire.

Lorsqu'elle se tourna vers lui, un sourire discret éclaira son visage. « Je sais. »

Ils arrivèrent au magasin de location de skis, et Björn gara la voiture sur le parking. Alors qu'il tenait la porte du magasin à Caroline, il vit ses yeux briller devant les innombrables skis, bâtons, chaussures et masques. Comme hypnotisée, elle se dirigea vers une paire de skis et les effleura du bout des doigts.

« Tu sens déjà la neige sous tes skis ? » plaisanta-t-il.

Elle lui donna un petit coup amical dans les côtes. « Je risque d'avoir des courbatures affreuses demain.

– Oh, tu verras, ça ne sera pas si terrible que ça.

– Tu es sûr ? »

Il éclata de rire. « Tu devrais peut-être acheter un forfait pour la saison complète. Tu sais, une fois qu'on y a repris goût… »

Il remarqua avec satisfaction qu'elle commençait à se détendre.

*

Ulf les attendait près du télésiège. Il était habillé, comme autrefois, tout en noir, et Björn songea à toutes ces journées qu'ils avaient passées au cours de leur jeunesse à explorer les pistes. C'étaient leurs montagnes. Son père, lui-même un skieur passionné, avait l'habitude de dire : « Vous êtes nés sur des skis. » Puis avec Maybrit et Caroline ils avaient formé un quatuor. Björn observa Caroline qui n'arrêtait pas de piquer la neige avec ses bâtons, mais il était convaincu qu'elle retrouverait sans problème ses réflexes après deux descentes. Skier, c'est comme faire du vélo. Ça ne s'oublie pas.

Comme avant, Caroline prit place entre les deux hommes. Une rafale de vent agita la cime des arbres, leur soufflant de la neige sur le visage. Ulf chaussa ses lunettes de ski. Il était encore plus silencieux que dans la maison de Caroline, et cette humeur mélancolique commençait à inquiéter Björn.

Lorsqu'ils parvinrent à mi-hauteur de la station, un panorama grandiose les attendait. Devant eux s'étiraient des montagnes enneigées à perte de vue. Elles semblaient se fondre dans l'immense blancheur des nuages qui s'amoncelaient dans le ciel. Björn observa Caroline qui respirait profondément l'air glacé. Il s'élança pour la rejoindre. « Rien que pour la vue, ça vaut le déplacement, non ?

– Ça m'a tellement manqué, avoua-t-elle.

– On y va ? dit brièvement Ulf, qui arrivait juste derrière lui.

– Je vais d'abord y aller doucement, dit Caroline en jetant un œil sur la carte des pistes. Ça a beaucoup changé.

– Nous avons ouvert pas mal de nouvelles pistes ces dernières années. En fait c'est tout le versant ouest qui a été aménagé », dit Björn en lui montrant le réseau sur le plan.

Elle regarda vers le sommet dénudé de la montagne. Il était entièrement entouré de nuages. « Vous pouvez continuer à monter si vous voulez.

– Pour s'échauffer, il vaudrait mieux que nous descendions une fois tous ensemble », rétorqua Ulf. Et sans ajouter un mot, il s'élança, rapide et élégant, et les attendit au prochain virage. Au début, Caroline resta prudente, mais après avoir skié quelques centaines de mètres, Björn remarqua qu'elle gagnait en confiance, ses mouvements se firent plus déliés. Il la dépassa en riant, l'attendit puis la laissa passer à nouveau. Arrivés en bas de la vallée, devant la station, elle enleva ses lunettes de soleil et il vit ses yeux briller.

« Alors ? demanda-t-il.

– C'est génial ! » avoua-t-elle.

Ils firent encore deux descentes puis se séparèrent et Björn monta avec Ulf vers le sommet. Là-haut soufflait constamment un vent glacial qui balayait la neige comme une brume au-dessus du sol. Ils avaient l'impression de se trouver en suspension quelque part entre terre et ciel et le panorama était encore plus sublime qu'au niveau du télésiège qui se trouvait quelques centaines de mètres plus bas. Cette fois ce fut Ulf qui s'arrêta pour contempler les sommets. Puis il se tourna vers Björn. « Tu savais que Lilli avait une fille ? » Sa voix luttait contre le vent qui semblait lui arracher les mots de la bouche.

Björn regarda son ami, surpris. « Une fille ?

– Oui, et le père, c'est moi.

– C'est pour ça qu'elle a disparu du jour au lendemain ? »

Ulf acquiesça.

« Et où se trouve sa fille à présent ?

– Elle est morte. Elle a été tuée dans un accident de la route, il y a un mois. »

À peine eut-il fini sa phrase qu'Ulf prit son élan pour dévaler la piste à une vitesse vertigineuse. Björn vit la silhouette noire de son ami s'éloigner. C'était donc pour cela qu'elle était revenue. Une fille qu'elle avait perdue dans un accident. Et Ulf en était le père. Devant la gravité de la situation, Björn fit claquer sa langue. Pourtant il ne pouvait s'empêcher de penser que le manque de franchise de son ami cachait autre chose. Il s'élança derrière Ulf qu'il réussit à rattraper juste avant d'arriver au télésiège et le força à s'arrêter. « Tu as passé la nuit chez Lilli. Qu'est-il arrivé ? Vous avez couché ensemble ? » Après cette descente rapide, il était à bout de souffle, et ses paroles sonnèrent plus violentes que prévu.

Ulf enleva ses lunettes de soleil. Son regard était froid. « C'est l'impression que tu as eue ce matin ? »

Björn ne répondit pas tout de suite. « Pas vraiment, finit-il par reconnaître. Cependant… »

Mais Ulf avait déjà remis ses lunettes et était reparti. Björn resta songeur et se demanda s'il devait en discuter avec Caroline. Elle ne lui avait pas parlé de sa fille. Elle devait avoir ses raisons. Il s'appuya sur ses bâtons et regarda en direction de la vallée. Quelle tragédie. Il était probablement préférable de ne pas s'immiscer dans cette affaire tant qu'on ne lui demandait pas son avis. C'était déjà assez grave comme ça.

11

Caroline observait comment le soleil, en perçant un des gros nuages, dessinait les contours des sommets arrondis qui se perdaient à l'horizon comme des vagues pétrifiées. Quelque part là-bas, pas très loin, se trouvait la Norvège. Ce pays qui l'avait accueillie à l'époque et où elle avait mis au monde Lianne, au terme d'un sombre hiver glacial. Là, ne régnaient que la mer, le vent et des falaises sauvages. Et les cris des oiseaux qui ne se taisaient jamais. Le pêcheur qui l'avait ramassée comme un chat sauvage était un homme simple et honnête. Une forte fièvre avait emporté son épouse et il se réjouissait d'avoir une femme à la maison pour faire la cuisine et laver son linge. À la naissance de Lianne, il était en mer, c'est une voisine qui avait aidé Caroline, mais à son retour, il avait soulevé le nouveau-né avec ses mains abîmées par l'eau salée et les filets, et un sourire avait éclairé son visage. Il ne lui avait jamais posé de questions, ni sur son passé ni sur l'identité du père de l'enfant. Il était blond et costaud, et les jours où le souvenir de sa femme défunte se faisait trop douloureux, il se saoulait. Assis près du poêle, il avait l'habitude de boire un verre après l'autre d'un schnaps artisanal jusqu'à s'écrouler. Le lendemain matin, il repartait en mer dans l'obscurité par n'importe quel temps. Cet hiver-là, Ulf avait manqué à Caroline chaque jour, chaque heure, chaque minute puis avec le printemps était venu un matin où elle avait eu peur, pour la première fois, en voyant le bateau danser sur les vagues grises couronnées d'écume. Le jour même, elle avait quitté le pêcheur, qui avait juste acquiescé, sans dire un mot. Elle était partie, à nouveau confrontée au vide.

Le bruit du téléski et l'intonation chantante des voix suédoises la ramenèrent brusquement à la réalité. Il était midi, et la plupart des skieurs étaient déjà attablés dans l'auberge située près des remontées mécaniques, là où elle avait rendez-vous avec Björn et Ulf.

Elle avait peur d'affronter Ulf une deuxième fois, mais les hommes allaient s'inquiéter s'ils ne la voyaient pas arriver. Après leur intimité de la veille, le silence dans lequel Ulf se réfugiait était difficilement supportable et elle ne percevait plus que le rejet dans son attitude. Elle lui avait volé sa fille. Il n'osait pas le lui dire, mais au fond, c'était ce qu'il ressentait. Elle n'arrivait plus à interpréter l'expression de son visage. À l'époque, il aurait explosé, hurlé, il lui aurait fait des reproches. Elle avait connu ce genre de comportement avec Lianne qui avait hérité de l'irascibilité de son père et de son grand-père. Très souvent, elle avait cherché des ressemblances entre Lianne et Ulf, mais ce n'était qu'aujourd'hui, après l'avoir revu, qu'elle avait compris à quel point il revivait dans sa fille. Sa manière de renverser la tête quand il riait. Son rire. Sa façon de pincer les lèvres quand quelque chose ne lui plaisait pas. Tout cela lui rappelait douloureusement sa fille, mais c'était à travers elle que Caroline avait retrouvé Ulf, qu'elle avait pu se rapprocher de lui.

Elle poussa un soupir, s'élança et, dès qu'elle sentit la neige sous ses skis, elle retrouva son rythme et descendit la pente avec aisance. Björn avait raison, après une courte phase d'acclimatation, elle avait retrouvé ses marques. Elle vit les arbres défiler, dépassa deux snowboarders assis devant une bosse ainsi qu'une famille avec deux jeunes enfants. L'air glacial lui brûlait la peau, elle enfonça le menton dans son écharpe.

Au bas de la piste, elle tomba directement sur Ulf. Il avait déchaussé ses skis et se dirigeait vers l'auberge. Lorsqu'il l'aperçut, il s'arrêta pour l'attendre. Elle essaya de sonder son humeur, mais son visage était impénétrable. Elle se fit violence : « Alors, ça va ? » demanda-t-elle en déchaussant.

Il acquiesça. « Et toi ?

– Mes jambes sont lourdes et surtout j'ai faim. » Elle enleva ses lunettes de soleil et cligna des yeux, éblouie par le soleil.

Ulf lui désigna l'auberge. « Björn est déjà parti pour nous trouver une table. »

À travers les vitres embuées, Caroline put discerner les gens qui se bousculaient. « Apparemment, ça marche bien, la saison est bonne », remarqua-t-elle en se réfugiant dans un sujet anodin.

À son grand soulagement, il sauta sur l'occasion. « Dans toute la région, beaucoup d'infrastructures pour les sports d'hiver vont se développer, déclara-t-il. Tu as vu les lotissements récents où ils vont construire des chalets ? » Caroline était au courant. « Oui, sur le versant ouest de la montagne, du côté où se trouvent les nouvelles pistes. »

Il lui tint la porte. « Björn m'a dit qu'il y a eu quelques résistances au village.

– J'imagine, dit Caroline en montrant les gens autour d'elle. Tous ces touristes qui séjournent ici pendant la saison. Ce n'est sûrement pas facile à gérer. »

« Le tourisme fait vivre la région et permet aux gens de rester au pays, souligna Björn lorsqu'ils reprirent le sujet un peu plus tard à table. Nous ne pouvons plus nous contenter de pêcher des truites et d'élever des vaches comme nous le faisions il y a un siècle. Il existe bien une ferme dans le coin qui fonctionne comme au bon vieux temps – mais c'est devenu une attraction pour touristes. Ils font le plein de chambres, sauf en hiver et en automne, lorsque les chemins deviennent impraticables.

– Vous vous souvenez ? À l'époque, j'avais envie d'ouvrir un café par ici, lança Caroline.

– Et à présent ? » C'était Ulf qui posait la question. « Tu pourrais imaginer de vivre à nouveau ici ? » Ça sonnait comme une provocation, cela n'échappa pas à Caroline. Björn le comprit également, il arrêta de manger et la curiosité s'alluma dans ses yeux. Caroline toussota nerveusement. « Je n'ai pas l'intention de repartir, répondit-elle, entêtée. Et toi ?

– J'ai un boulot bien payé à Stockholm, dit-il sans regarder Caroline et il prit une autre tranche de pain dans la corbeille.

– À Stockholm ?

– Ulf a changé de bord, expliqua Björn. Dans le temps, il faisait du trafic d'herbe, et aujourd'hui il est à la tête d'une unité spéciale de la brigade criminelle », ajouta-t-il d'une voix désinvolte. Caroline n'en croyait pas ses oreilles. « Tu es officier de police ? À la brigade criminelle ? Vraiment ? » Elle ne savait rien de lui. Absolument rien. Elle en eut brusquement conscience.

Ulf ne se laissa pas déconcerter par son regard incrédule. « Tu n'étais pas au courant ?

– Non, comment veux-tu ? » Son cœur battait à cent à l'heure, elle avait peur que les deux hommes ne s'en aperçoivent. Le sang lui monta aux joues, ses mains se mirent à trembler. Elle prit son verre et s'y accrocha sans le porter à la bouche.

Ulf se racla la gorge. « Peu après ton départ, j'ai déménagé à Stockholm pour faire carrière dans la police. »

Elle passa la langue sur ses lèvres et s'efforça de soutenir son regard. Pourquoi était-il venu ici ? Que savait-il ? Il ne fallait pas qu'il se rende compte à quel point cette nouvelle la perturbait. Un long frisson lui parcourut l'échine. C'était long, vingt-huit ans. Il avait choisi de mener une vie tellement différente, loin de ce qu'elle aurait espéré, mais son choix n'était pas si aberrant compte tenu de la tradition familiale. D'une manière ou d'une autre les Svensson avaient tous fini par travailler pour les pouvoirs publics.

« Respect », répliqua-t-elle. Le ton léger de sa voix masquait son manque d'assurance. « Personnellement, je n'ai pas suivi une ligne aussi droite.

– En revanche, tu as pas mal voyagé, non ? dit Björn en venant à sa rescousse.

– C'est une façon positive de voir les choses, dit-elle en le gratifiant d'un petit sourire. On pourrait le formuler autrement et dire que toutes mes tentatives pour m'installer quelque part ont échoué. »

Et tu crois que tu vas rester ici ? crut-elle lire dans le regard d'Ulf, mais peut-être l'interprétait-elle faussement car il abandonna le sujet. « Et si nous remettions nos considérations psychologiques à plus tard ? Si on veut faire encore quelques descentes, il faut se dépêcher.

– J'ai déjà réservé une table pour ce soir au Fjällkrogen, ajouta Björn, Maybrit sera de la partie. »

Caroline hocha la tête. Tout cela allait bien trop vite. Elle jeta un regard furtif vers Ulf qui semblait pris au dépourvu, lui aussi. « Je suis vraiment fatiguée. J'aimerais me coucher tôt », dit-elle.

Mais il était difficile de dissuader Björn. « N'importe quoi, répliqua-t-il. Les remontées mécaniques ferment à quatre heures. Nous n'allons pas skier jusque-là. De toute façon, le ciel commence à se couvrir, et vers trois heures au plus tard, la visibilité ne sera plus aussi bonne. Je te ramènerai, tu prendras une douche et tu dormiras une heure ou deux. Je viendrai te chercher vers sept heures et demie. » Il ramassa ses gants et ses lunettes de soleil.

« Écoute, commença Ulf, nous devrions peut-être… »

Mais Björn le coupa net. « Pour me faire plaisir », supplia-t-il.

Ulf poussa un soupir et finit par consentir, Caroline se rallia à lui.

Lorsqu'il sortit du restaurant, elle le suivit des yeux – son bonnet noir lui fit brusquement penser au pêcheur norvégien. Ulf était devenu policier. Quelle ironie du sort ! Elle ne parvint pas à chasser l'inquiétude qui l'envahissait. Pour quelle raison était-il revenu dans la vallée à ce moment précis ? À quelle surprise devait-elle s'attendre ?

*

Björn tint parole et la ramena chez elle. Il commençait à faire noir lorsqu'elle rendit son matériel de ski, et quand ils arrivèrent chez elle, la nuit était tombée. Quelqu'un avait collé un bout de papier sur la porte. Dans l'après-midi, le gérant de la station-service était passé et avait laissé ce bref message : *Ta tante a appelé.* Elle avait oublié de dire à Andra qu'elle s'était acheté un portable à Sveg, quelques jours avant.

Caroline regarda fixement le message, ces quatre mots écrits à la va-vite sur un bout de papier. Ce n'était pas la première fois qu'elle se demandait si sa tante n'avait pas un sixième sens. Andra l'avait appelée quelques heures après que Caroline eut appris la mort de Lianne, alors qu'elles ne s'étaient pas téléphoné depuis plusieurs semaines. Cela aurait pu être un hasard, mais Caroline avait parfois le sentiment qu'elle était liée à sa tante par autre chose que leur relation familiale. Elle arracha le message avant que Björn ait eu le temps de le lire et fit sortir le chien.

« Je peux te laisser seule ? demanda Björn.

– Bien sûr, répondit-elle en allumant la lumière dans le couloir. Merci pour cette merveilleuse journée.

– Elle n'est pas finie, la prévint-il en regardant sa montre. Je reviens te chercher dans trois quarts d'heure. » Il descendit les marches pour regagner sa voiture. « Fais-toi belle ! » lui dit-il avant de monter et de démarrer. Le pick-up s'éloigna sur la route dans une sonore pétarade.

Caroline le regarda partir en secouant la tête, rappela le chien et entra dans la maison. Andra répondit à la deuxième sonnerie. « Ça fait du bien d'entendre ta voix, dit-elle.

– Quelque chose ne va pas ? » demanda Caroline.

Andra ne dit pas tout de suite ce qu'elle avait sur le cœur. « Cette nuit, j'ai fait un affreux cauchemar, finit-elle par avouer. Il y avait toi et… bon bref, cela n'a pas d'importance. C'était juste pour savoir si tout allait bien.

– Il y avait moi et qui ? » insista Caroline.

Andra ne répondit pas.

« S'il te plaît.

– Il y avait toi et… Ulf. »

Caroline se laissa lentement tomber sur la chaise la plus proche.

« Caroline, tu es toujours là ?

– Oui », dit-elle à voix basse. Elle se sentit prise de nausée.

« Qu'est-ce qu'il y a, ma petite ? Je suis désolée de t'avoir fait peur. »

Andra avait quatre-vingt-sept ans. Caroline ne voulait pas l'inquiéter. « Ce n'est rien, Andra. Je suis juste un peu fatiguée. J'ai fait du ski toute la journée, avec Björn. »

Sa tante parut soulagée, elle l'entendit à son rire. « Alors je suis rassurée. Il a toujours veillé sur toi. Et il est sûrement toujours aussi séduisant.

– Il l'est », avoua Caroline.

Après avoir raccroché, elle resta longtemps immobile sur la chaise, le téléphone à la main. Au bout d'un moment, le chien vint poser sa tête sur ses genoux. Elle le caressa, perdue dans ses pensées. Elle n'avait pas osé demander à sa tante ce qu'elle avait exactement rêvé. À présent, il était trop tard. Si elle la rappelait, sa tante aurait des soupçons.

Un affreux cauchemar.

Les mots d'Andra poursuivaient Caroline et l'empêchèrent de s'endormir lorsqu'elle décida de s'allonger un peu plus tard. Andra avait fait ce cauchemar et, sur le chemin du retour, Björn lui avait appris qu'Ulf n'avait plus mis les pieds dans la vallée depuis cinq ans. Caroline frémit. Tant de coïncidences. Ce n'était tout simplement pas possible. Elle devait partir, le plus vite serait le mieux. Son cœur battait à se rompre, elle sauta du lit, ouvrit l'armoire et sortit son sac de voyage. Sans choisir, elle y entassa ses vêtements, les uns sur les autres puis s'arrêta net. Où pouvait-elle aller ? Où trouver refuge ? Elle regarda le sac à ses pieds, le pull-over dans sa main, et les larmes lui montèrent aux yeux. La chambre devint floue. Que faire ?

Elle serra les poings, et la douleur de ses ongles enfoncés dans sa chair la ramena à la raison. Il ne fallait pas perdre la tête. Il fallait se calmer. Réfléchir. Elle s'assit sur le lit. La présence d'Ulf n'était pas une coïncidence, il avait peut-être appris qu'elle se trouvait ici et il était venu pour la revoir, lui parler. N'importe qui dans le village avait pu l'appeler. La plupart des gens savaient ce qui s'était passé autrefois. S'il y avait une autre raison à sa visite, ne l'aurait-il pas avertie depuis longtemps ? Il en avait eu l'occasion plusieurs fois, hier soir par exemple ou bien tout au long de cette journée qu'ils avaient passée comme des touristes ordinaires. Quand elle y pensait, elle n'arrivait pas à y croire. Pas plus que d'avoir accepté l'invitation de ce soir au Fjällkrogen, en compagnie de Björn, d'Ulf et de Maybrit. C'était absurde. Elle n'irait pas les rejoindre. Elle les avait déjà bien trop laissés s'approcher. Trop de proximité n'était pas une bonne chose. Pas dans sa situation. Elle passa nerveusement la langue sur ses lèvres et se rappela les paroles de Björn. *Fais-toi belle !* Quelle folie.

Malgré elle, son regard glissa sur les vêtements accrochés dans la penderie. Elle y était bien arrivée jusqu'ici. Pourquoi ne pas continuer ?

Il fallait juste faire preuve d'un peu de subtilité. N'était-ce pas plus raisonnable que de se sauver une nouvelle fois ?

Elle se leva, prit un petit haut dans la penderie et caressa la soie que la lumière faisait briller. C'était presque trop élégant pour le Fjällkrogen. La dernière fois qu'elle l'avait porté, c'était à Berlin en compagnie de Thomas. Son regard se posa sur le jean presque neuf accroché juste à côté. Elle oserait. Juste pour une dernière soirée. Elle essuya ses larmes et se rendit dans la salle de bains. Elle avait juste fini de se préparer quand elle entendit la voiture de Björn.

Il siffla d'admiration lorsqu'elle lui ouvrit la porte. « Mon Dieu, Lilli, tu es magnifique. »

Elle sourit, haussa les épaules, visiblement gênée. « Tu m'as bien dit de me faire belle, non ? »

Il déglutit. « Il va falloir que je me batte pour gagner tes faveurs, toute la soirée. Que j'écarte tous les prétendants...

– Ça va, coupa-t-elle, je ne serai sûrement pas la seule femme ce soir – et surtout pas la plus jeune.

– Schttttt. » Il l'aida à enfiler sa veste. En sortant, elle prit un foulard dans la penderie pour protéger ses cheveux de la neige qui avait commencé à tomber.

Quand, peu de temps après, ils entrèrent dans le Fjällkrogen et se dirigèrent vers la table où les attendaient Maybrit et son cousin, Caroline vit Ulf se redresser brusquement et la regarder, comme hypnotisé. Björn avait bien fait de réserver une table, car le restaurant affichait complet. La salle résonnait de musique et de clameurs joyeuses, les serveurs chargés de lourds plateaux de boissons et de nourriture devaient se frayer un chemin entre les tables et les musiciens étaient en train d'accorder leurs instruments. En les voyant approcher, Maybrit se leva et fit un pas vers eux. Elle était vêtue d'un pull blanc et d'un pantalon beige en velours côtelé, une tenue sobre mais néanmoins élégante. Elle salua Björn et se tourna ensuite vers Caroline. « Je pense sincèrement que je dois te présenter mes excuses. »

Caroline, surprise, serra la main de Maybrit. « Hej, Maybrit, ça fait plaisir de te voir. » Pendant un instant, elles se regardèrent sans rien dire, puis elles s'embrassèrent chaleureusement. Cela faisait du bien. Les cheveux châtains de Maybrit effleurèrent les joues de Caroline qui se rendit compte que sa vieille amie était restée fidèle au *N° 5* de Chanel. Ce parfum était tellement lié à Maybrit que, chaque fois qu'elle le sentait, Caroline pensait à son amie.

Ils s'assirent en face de Maybrit et d'Ulf, Björn commanda les boissons, et Caroline dit en désignant les musiciens, quatre hommes entre deux âges, habillés en jean et en tee-shirt. « Qu'est-ce qu'ils ont prévu ? »

Björn haussa les épaules. « Ils jouent des reprises, il y aura probablement des morceaux pour danser, mais aussi des trucs sentimentaux. » Il fit la grimace. « Les groupes qui s'aventurent par ici font rarement des tubes, ça n'a pas tellement changé, mais au moins ils mettent de l'ambiance. »

Une serveuse blonde apporta la bière qu'il avait commandée, elle échangea quelques mots avec lui que Caroline ne parvint pas à saisir à cause du bruit. Ensuite, il leva son verre pour trinquer. « Au bon vieux temps ! »

Caroline perçut le regard que Maybrit jeta sur Björn par-dessus le bord de son verre. Il y avait de la dérision dans ce regard, ce qui était typique de Maybrit, mais on y lisait aussi une tendresse inhabituelle. Caroline se demanda si cette amitié d'enfance entre Björn et Maybrit s'était au fil du temps transformée en autre chose. Leur attitude n'en laissait pourtant rien paraître. Caroline jeta un regard furtif vers Ulf. Il était occupé à essuyer les gouttes d'eau qui coulaient le long de son verre. En voyant Maybrit et Ulf côte à côte, elle se rendit compte à quel point ils se ressemblaient. Ils auraient pu être frère et sœur. Et pourtant Ulf avait quitté la vallée comme Caroline. Quel tournant leur vie aurait-elle pris si elle n'était pas partie ? Auraient-ils pris la décision de rester dans la vallée ? Lianne serait-elle encore en vie ou aurait-elle trouvé la mort ici, parce que le destin lui avait réservé une mort prématurée ? Cela existait-il vraiment ? Plus Caroline prenait de l'âge, moins elle croyait à la providence ou au destin, mais le coup de téléphone d'Andra l'avait profondément perturbée et ne la quittait pas. *J'ai fait un affreux cauchemar*. La voix d'Andra résonnait encore dans sa tête. Soudain il lui sembla qu'il faisait trop chaud dans le Fjällkrogen. Elle fit glisser le foulard de ses épaules, s'éventa pour se rafraîchir. Ulf leva les yeux et ses doigts se crispèrent tellement autour de son verre qu'elle crut qu'il allait le briser. Il regarda fixement le décolleté de son pull-over et le pendentif accroché au bout de la chaîne qu'elle portait, un bijou ancien. Sans le vouloir, elle entoura de ses doigts la fine bague en or, sertie d'une perle.

« La perle est vraiment belle, avait dit un bijoutier quand, quelques années avant, elle avait porté le bijou à réparer. Des perles de cette qualité sont de plus en plus rares de nos jours. Je pourrais travailler cette bague, la rendre un peu plus moderne, si vous voulez.

– Je la préfère telle qu'elle est, avait-elle répondu. C'est un souvenir. »

Caroline s'en voulait terriblement : elle avait oublié d'enlever la chaîne, mais après toutes ces années, ce bijou faisait littéralement partie d'elle-même, elle ne se souvenait même plus qu'elle le portait. Lentement, elle enleva sa main, et la bague retomba doucement sur sa peau. Elle n'osait pas regarder Ulf.

Björn sauva la situation, il la prit par le bras lorsque les musiciens se mirent à jouer. « Tu te rappelles que tu me dois la première danse ? »

Elle eut un petit rire nerveux. « Danser ? Moi ? Ce soir ? » C'était la dernière chose dont elle avait envie.

Mais Björn ne se laissa pas décourager. « Ce n'est pas tous les jours fête, Lilli, et, avec un clin d'œil, il la tira par la main vers la piste de danse. Crois-moi, la bière sera encore meilleure après. »

Le groupe jouait effectivement des reprises, et ils dansèrent sur le morceau *Katmandu* de Bob Seger. Björn chantait le refrain à tue-tête, tout en faisant tournoyer Caroline. À la fin du dernier accord de guitare, elle lui tomba dans les bras, à bout de souffle. Le morceau suivant était plus lent, Björn l'attira contre lui. Elle n'opposa aucune résistance, sentit son corps collé contre le sien pendant qu'ils glissaient sur la piste de danse. Björn avait toujours été bon danseur, peut-être parce qu'il avait fait de la musique dans sa jeunesse. Il avait le rythme dans la peau.

Elle lui dit le fond de sa pensée. « Tu restes l'homme le plus attirant que je connaisse. Comment as-tu réussi à échapper aux femmes pendant toutes ces années ? »

Elle sentit son rire sans vraiment l'entendre. Il la repoussa légèrement pour la regarder dans les yeux. « La seule femme dont j'avais envie était déjà prise, avoua-t-il. Et ma tentative obstinée de tester le mariage… bon, bref, tu connais l'histoire… a lamentablement échoué.

– Tu t'en es remis ? » demanda-t-elle.

À présent, ils se balançaient doucement au rythme de la musique. « J'ai fait une croix sur le mariage, répondit-il sans la quitter des yeux. Pour le reste, l'espoir fait vivre. »

Le mélange d'alcool et de fatigue avait un effet pernicieux sur Caroline. Elle sentait une étrange légèreté envahir sa tête. Elle avait envie d'embrasser Björn, de se laisser aller, de s'abandonner. Elle s'amusa à caresser sa joue, sentit la barbe naissante sous ses doigts, la chaleur de sa peau. Ils seraient heureux ensemble, ils étaient de la même trempe.

La musique s'arrêta.

Les mains de Björn restèrent posées sur ses hanches. Caroline sourit, recula d'un pas et lui serra furtivement les mains avant de regagner leur table.

Björn la suivit sans laisser transparaître ses émotions. Il la raccompagna poliment vers la table, la remercia et se tourna ensuite vers Maybrit pour l'inviter à danser.

12

« C'était quoi, ça ? demanda Maybrit dès que les autres ne purent plus les entendre. J'ai eu l'impression qu'elle allait t'embrasser. »

Björn prit Maybrit par la taille et l'attira vers lui, ils continuèrent à danser. « Tu ne serais pas un peu jalouse par hasard ?

– Ne gaspille pas ton charme à essayer de me séduire », dit-elle en le remettant immédiatement à sa place. Tu aurais dû profiter de la situation.

– Cela n'a jamais servi à rien de harceler Lilli », dit-il pour lui rafraîchir la mémoire.

Elle poussa un soupir. Il avait raison. Caroline était une femme à part. On ne pouvait pas faire pression sur elle et il était presque impossible de savoir ce qui se passait dans sa tête. Elle n'avait pas toujours été comme ça. Maybrit, d'un naturel effacé, voire farouche, se souvenait qu'elle avait toujours été fascinée par le caractère franc, impulsif de Caroline, comme un papillon de nuit est attiré par la lumière. Caroline avait été le genre de personne à exprimer ses émotions librement, elle n'avait jamais dissimulé ses opinions. Elle partageait ses joies et ses peines avec tout le monde, tout en restant imprévisible d'une manière absolument charmante. Comme Maybrit, Ulf avait été séduit par ce même charme magnétique, il avait toujours été captivé par son tempérament et sa façon d'embrasser la vie. Une fois adulte, cette fascination s'était muée en une passion dangereuse, mais Caroline n'avait jamais appartenu à personne, elle avait toujours pris la fuite et suivi sa propre voie. Jusqu'à la mort brutale de ses parents. Si l'un d'eux avait compris ce qui était arrivé à Caroline à ce moment-là, les choses auraient probablement pris une autre tournure.

« Te rends-tu seulement compte que nous sommes en train de payer pour les fautes que nous avons commises à l'époque ? » Elle adressa la question à Björn et regarda par-dessus son épaule la table où Caroline et Ulf étaient assis face à face, tels deux étrangers. « Ça me rend malade de les voir se regarder en chiens de faïence.

– Nous étions jeunes et immatures, dit-il. Arrête de te faire des reproches ! »

C'était facile à dire. Elle s'était fait des reproches pendant des années. Elle avait aussi fait des reproches à ses parents, qui n'avaient pas mieux réagi malgré leur expérience d'adultes. C'est du moins ce qu'elle avait pensé à l'époque. Plus tard, bien plus tard, elle avait compris que tout le monde avait été dépassé par les événements. Elle regarda Björn dans les yeux. « C'est toi qui as trouvé Lilli ce jour-là, n'est-ce pas ? »

Il hocha la tête.

« Tu n'en as jamais parlé à personne. »

Il hocha la tête à nouveau. Au bout de quelques minutes, il rompit le silence. « Ulf t'a parlé de la fille de Lilli ?

– Lilli lui a donné le prénom de notre grand-mère.

– Lianne ? » Björn ne put cacher sa surprise.

Maybrit acquiesça en souriant.

« Tu sais de quoi est morte la fille ? demanda Björn.

– Apparemment, dans un accident, c'est tout ce que je sais. »

Elle avait espéré que Björn en saurait plus qu'elle et pourrait la mettre au courant. Mais Caroline et Ulf savaient garder leurs secrets. Elle avait compris depuis longtemps qu'Ulf cachait quelque chose. Le matin, après sa visite chez Caroline, il était resté bizarrement silencieux. Il était monté dans sa chambre, avait longuement parlé au téléphone avec son collègue à Stockholm et on lui avait faxé quelques documents. Pétrifié par leur contenu, il les avait feuilletés, comme s'il ne pouvait pas en croire ses yeux. Il n'avait même pas remarqué qu'elle l'observait et elle avait compris qu'il ne s'agissait pas seulement d'une affaire courante, mais de quelque chose de très personnel. Elle ne l'avait pas vu dans un tel état depuis très longtemps. Affecté à ce point ! Et c'est à ce moment-là qu'un soupçon s'était mis à germer dans son esprit. Lorsqu'elle revint vers la table du restaurant pour constater que Caroline et Ulf ne s'étaient toujours pas adressé la parole, ce soupçon se mit à grandir. Ulf avait évidemment été témoin du petit flirt entre Caroline et Björn sur la piste de danse. Maybrit l'avait compris à sa façon de retenir son souffle et de serrer les lèvres. Pendant un instant, elle avait redouté un de ses éclats de colère légendaires, mais il n'avait pas perdu son sang-froid. Il devait y avoir une raison profonde, très grave, qui le poussait à ingurgiter verre sur verre d'eau-de-vie, même si par ici tout le monde avait l'habitude de boire pour oublier ses malheurs. Que n'aurait-elle pas donné pour pouvoir jeter un regard sur les documents contenus dans ce fax ! Dès qu'elle serait à la maison, elle chercherait le numéro de téléphone de Håkan Bergström, le collègue d'Ulf dont elle avait fait la connaissance il y avait bien longtemps. Ulf l'avait invité, lui et sa famille, à passer dans la vallée pour la fête du solstice. Il était grand temps de rafraîchir ces vieilles connaissances.

13

Ulf comprit que cette soirée était une erreur dès qu'il vit Caroline franchir la porte du Fjällkrogen. Elle avait troqué son pull-over trop grand et son jean usé sous lequel elle s'était cachée ces derniers jours contre une tenue nettement plus sexy ; ses cheveux étaient parfaitement coiffés, son visage maquillé avec soin. Elle était si belle qu'il en eut le souffle coupé. Une beauté qui émanait de ce charme si particulier qu'elle possédait, rien à voir avec les beautés classiques sur papier glacé. Quelques mèches de ses cheveux savamment ramenés en arrière lui encadraient le visage, son jean et son pull épousaient parfaitement ses formes, si bien que la plupart des hommes se retournèrent quand elle traversa la salle. Caroline ne s'en était pas rendu compte. Comme à son habitude, sauf que ce soir, elle avait l'air encore plus absente, plus seule.

Quelque chose avait dû se passer. Quelque chose qui l'accablait. Ce qu'avait dit Björn l'avant-veille semblait se vérifier. Oui, il s'était passé quelque chose, et il ne s'agissait pas uniquement de la mort de Lianne, c'était bien plus grave que ça. La mort de Lianne n'avait été que le début.

Il se servit un autre verre de schnaps et le but d'un coup sec. Très vite, il sentit une bouffée de chaleur envahir son corps et embrumer délicieusement son esprit. Penser allait s'avérer difficile, et ce n'était pas plus mal. Il évita soigneusement le regard de Caroline, et fit mine d'ignorer la mince chaîne en or qu'elle portait autour du cou. Il se rappela en avoir caressé les fins maillons lorsqu'il l'avait tenue dans ses bras la veille. À ce moment-là, il n'avait pas la moindre idée du bijou qui y était suspendu. Pourquoi avait-elle gardé sa bague ? Pourquoi la portait-elle désormais en pendentif ? Il l'avait observée avec Björn sur la piste de danse et il avait ressenti cette impulsion vulgaire de casser la figure à son vieil ami. Il ne fallait pas laisser Caroline semer le trouble entre eux. Surtout ne pas lui donner ce pouvoir sur lui. Mais ne l'avait-elle pas déjà ? À peine une heure avant, n'avait-il pas menti à son collègue à cause d'elle ? Il se servit un autre verre, dans l'espoir de faire taire toutes ces voix dans sa tête.

« Dis-moi, tu ne comptes quand même pas tout vider à toi tout seul ? »

Ulf leva les yeux. Björn se tenait face à lui et l'expression de son visage était en contradiction avec le ton railleur de sa voix. Arrête de te saouler, pouvait-on lire dans son regard. Ulf s'humecta les lèvres. « Pourquoi tu ne vas pas chercher quelques verres supplémentaires ? » demanda-t-il. Sa voix était étonnamment claire. « J'ai jamais aimé boire seul. »

Maybrit voulut dire quelque chose, mais un homme assis à la table d'à côté invita Caroline à danser. Ulf le connaissait : il possédait un magasin de location de scooters au village. Il était évident que Caroline se souvenait de lui. Il les suivit d'un regard désapprobateur quand ils gagnèrent la piste de danse. L'homme lui souffla quelque chose à l'oreille et Caroline éclata de rire.

« Tu veux que je te ramène à la maison ? » demanda Maybrit.

Ulf secoua la tête. « Pas la peine. Je trouverai le chemin tout seul. »

Il se leva. « Tu veux te débarrasser de moi ? » Le sang-froid de Maybrit l'avait toujours irrité.

« Non je veux juste éviter un scandale, répondit-elle calmement.

– Demain, je retourne à Stockholm, dit-il d'une voix amère. Comme ça, je ne risquerai plus de salir le nom des Svensson, tu n'auras plus de souci à te faire. »

Maybrit et Björn se regardèrent, ébahis. « C'est plutôt inattendu comme remarque de ta part », remarqua Björn.

Ulf ne répondit pas, ses yeux étaient rivés sur la piste de danse. Il fallait qu'il parle à Caroline. Il ne pouvait plus reculer. Ensuite, il partirait. Aux dernières notes de musique, il se leva. Maybrit lui prit le bras mais il secoua la tête. Il savait qu'il avait trop bu. Mais il était encore maître de son corps et de son esprit. Il lui fallait davantage qu'une demi-bouteille de schnaps et quelques bières pour le faire vaciller. Caroline était en train de quitter la piste de danse lorsqu'il lui saisit le poignet pour la retenir. Elle voulut lui résister, et son cavalier fit mine d'intervenir mais un seul regard d'Ulf suffit pour qu'il s'éloigne.

Ulf vit la peur dans le visage de Caroline. « Puis-je ? demanda-t-il ironiquement en lui enlaçant la taille. Nous devons parler.

– Ici ? lui dit-elle, horrifiée. Maintenant ?

– Ici et maintenant, confirma-t-il. C'est l'endroit idéal. »

Pour la première fois de la soirée, il sentit les effluves de son parfum qui lui rappelaient ceux d'un champ de fleurs. La Caroline qu'il avait connue autrefois portait le même parfum. Cette même odeur d'herbe écrasée, là-bas, près de la station-service, le jour d'été où il l'avait perdue. « Je n'ai pas envie de parler avec quelqu'un dans cet état, lui dit-elle en essayant de se libérer de son étreinte. Laisse-moi.

– Et c'est quoi au juste mon état ? demanda-t-il, comme pour la provoquer.

– Tu es ivre ». Il vit la colère briller dans ses yeux.

« Et tu ne t'es pas demandé pourquoi ?

– En quoi cela me regarde ? s'emporta-t-elle. Je n'ai rien à voir avec tout ça ». Elle tenta, une fois de plus, de se dégager.

« Ça ne te regarde pas ? Tu débarques ici, tu me racontes que j'ai eu une fille et qu'elle est morte, et tu crois…

– Je ne crois rien du tout, l'interrompit-elle. Et je suis prête à en parler quand tu le souhaites. Mais pas ici. Pas comme ça. »

Elle parlait avec un sacré aplomb, mais il se méfiait. Il voyait bien qu'au fond, elle avait peur. Elle était comme un animal acculé qui, pour se défendre, n'a pas d'autre choix que d'attaquer. Sa poitrine se soulevait trop vite, et elle respirait comme après une longue course. Se doutait-elle qu'il connaissait désormais son secret ?

La musique repartit de plus belle. Une musique synthétique, un rien planante, avec une ligne de basse bien familière. Lorsqu'il reconnut la mélodie, Ulf se figea. Caroline la reconnut en même temps que lui. Il le comprit tout de suite, non seulement à son raidissement, mais surtout en sentant ses ongles s'enfoncer dans son épaule. « *I have the time, so I will sing... yeah...* entonna le chanteur du groupe. *Catch my fall.* » La chanson vedette du groupe de Billy Idol.

Jusqu'où pouvaient nous conduire les souvenirs ? La chanson l'avait dégrisé. *Lost song of lovers, fellow travellers... yeah...* Il eut envie de fuir. Tout comme il avait fait, depuis toutes ces années, chaque fois que ces mélodies lui avaient immanquablement rappelé la femme qu'il tenait à présent dans ses bras. *If I should stumble...* Mais il était comme paralysé. *Catch my fall...* Combien de fois avaient-ils fait l'amour sur cette chanson ? Brusquement, tout revint : le goût de sa peau, le grain de beauté à l'intérieur de sa cuisse, ses mains parcourant son corps... Il desserra son étreinte, et Caroline fit un pas en arrière. Leurs regards se croisèrent. Ressentait-elle la même chose que lui ? Elle ouvrit la bouche comme pour dire quelque chose, changea d'avis et courut vers la table d'où Björn et Maybrit avaient suivi toute la scène. Caroline saisit son manteau et son foulard. Björn voulut la suivre alors qu'elle se précipitait vers la sortie mais Maybrit le retint. Ulf se tenait toujours au beau milieu de la piste de danse. Et tandis que la lumière tournoyait autour de lui, que des couples le frôlaient, il essayait d'interpréter le regard que Caroline lui avait jeté juste avant de partir.

« Qu'est-ce qui lui prend ? demanda-t-il, une fois arrivé à la table.

– Elle veut retourner chez elle, répondit Maybrit.

– À pied ? »

Sa cousine acquiesça.

« C'est de la folie. Elle n'est pas habillée assez chaudement, et il y a un sacré bout de chemin jusqu'à sa maison. » Il saisit ses clés de voiture posées sur la table, mais Maybrit mit tout de suite la main dessus.

« Tu as trop bu.

– Je n'ai jamais été aussi sobre, Maybrit.

– Tu ferais mieux de rester ici. » À présent, c'était Björn qui s'en mêlait.

« Comme toi, tu veux dire ? »

Le froid et l'obscurité l'assaillirent lorsqu'il sortit du restaurant. Maybrit avait raison, bien sûr. Il n'aurait pas dû conduire, mais qui viendrait le contrôler dans ce coin perdu ? Il retrouva Caroline à la sortie du village. Il la reconnut grâce à la lueur d'un réverbère. Elle portait le même jean qui ne la protégerait pas du froid, et un manteau en duvet dans les poches duquel elle enfonçait les mains faute d'avoir des gants. Pourquoi Björn et Maybrit ne l'avaient-ils pas dissuadée de sortir dans ces conditions ? Elle accéléra le rythme lorsqu'elle entendit sa voiture s'approcher. Il ouvrit la vitre. « Monte, Lilli, je te raccompagne chez toi. »

Elle l'ignora.

« Bon sang, Lilli, il fait trop froid. »

Il arrêta sa voiture et, sans couper le moteur, il sortit et courut derrière elle. Au bout de quelques mètres, il réussit à l'atteindre et lui agrippa le bras afin de la retenir. « Sois raisonnable, Lilli. Tu ne peux pas marcher dix kilomètres, habillée comme ça. Pas avec ces températures. »

Lorsque finalement elle se tourna vers lui, il vit que son visage était couvert de larmes. « Laisse-moi tranquille, lui cria-t-elle. On ne peut pas revenir en arrière. Ce qu'il y a eu entre nous est terminé. Ce ne sera plus jamais comme avant.

– C'est pour ça que tu pleures ?

– Je viens de perdre ce qui m'était le plus cher au monde. Je n'ai pas envie de perdre tout le reste. Je n'aurais jamais dû revenir. À présent je comprends tout ce qui m'a empêchée de le faire pendant tant d'années. Tout s'efface, les vieilles images, les souvenirs… »

Depuis leurs retrouvailles, elle n'avait jamais encore ouvert son cœur avec autant de franchise. Elle s'arracha de son étreinte, et se remit à marcher.

« Lilli, cria-t-il, je retourne demain à Stockholm. »

Elle s'arrêta net. En quelques pas, il la rattrapa. « S'il te plaît, laisse-moi te conduire chez toi.

– Chez moi », répéta-t-elle sur un ton sarcastique. Ulf comprit que ces deux mots ne signifiaient plus rien pour elle. Mais elle le suivit jusqu'à la voiture. Elle resta silencieuse jusqu'à ce qu'ils soient arrivés.

La maison était plongée dans le noir. Seule la lune renvoyait quelques reflets sur les fenêtres, et les flocons de neige scintillaient dans la lumière des phares comme si quelqu'un avait jeté en l'air des millions d'éclats de diamant.

« Tu vois cette poussière d'étoiles ? » demanda-t-il.

Elle essuya ses larmes et lui adressa un sourire fatigué.

« Poussière d'étoiles, répéta-t-elle d'une voix lointaine. C'est comme ça qu'on les appelait. Les flocons ne brillent que s'il fait suffisamment froid, n'est-ce pas ?

– La neige ne brille pas à Hambourg ?

– À Hambourg, elle ne tient jamais. Et souvent, elle est sale et triste.

– Comme à Stockholm. »

Elle ne faisait pas mine de descendre.

« Tu pars demain ? » demanda-t-elle après un silence.

Il acquiesça et attendit. Il était sûr qu'elle allait ajouter quelque chose, et il ne s'était pas trompé, mais la question qu'elle lui posa sonnait comme un aveu de culpabilité. Elle aurait mieux fait de se taire.

« Pourquoi es-tu venu ? » demanda-t-elle sans parvenir à cacher la tension dans sa voix. Il admira son audace. Ou bien était-ce le courage du désespoir ? Il fut tenté de lui répondre avec la même franchise. De jouer cartes sur table. De lui montrer les documents qu'il avait en sa possession depuis cet après-midi, des documents qu'il avait dans la poche de sa veste. Il n'avait pas osé les laisser chez Maybrit.

« J'avais des choses à régler avec Maybrit », répondit-il négligemment.

Elle parut soulagée mais il faisait trop sombre dans la voiture pour qu'il en ait le cœur net. Il remarqua juste qu'elle s'était redressée. « Tu… voulais qu'on parle, lui rappela-t-elle d'une voix hésitante.

– C'est fait », répondit-il et il renonça à lui poser les questions qui lui brûlaient les lèvres, des questions sur Lianne, cette fille qu'il n'avait jamais connue. Il espéra qu'il ne serait pas obligé de se justifier auprès de Håkan pour toutes les autres questions qu'il allait enterrer en même temps.

Caroline passa une main sur le tableau de bord.

« Dommage que nous n'ayons pas eu plus de temps pour nous.

– Ce soir, je n'ai pas eu l'impression que tu avais une envie folle de passer du temps avec moi.

– Je suis désolée d'avoir été si distante, dit-elle pour s'excuser. C'était trop pour moi, et puis il y a eu cette chanson…

– Oui, c'était vraiment *too much* », admit-il.

Elle lui lança un regard en biais. « Et tu as pensé à quoi à ce moment-là ?

– À quoi j'ai pensé ?

– Oui, c'est ce que je viens de te demander.

– Tu veux vraiment le savoir ? »

Elle fit oui de la tête.

« À ton grain de beauté à l'intérieur de la cuisse. »

Un sourire joua aux coins de ses lèvres.

« Tu l'as encore ?

– Tu veux le voir ? »

Il eut soudain la bouche sèche. La gorge nouée.

« *Sorry*, dit-elle. Je n'aurais peut-être pas dû te poser cette question. » Elle regarda la maison. « Je ferais mieux de rentrer. Le chien doit être en train d'aboyer à pleins poumons. »

Elle ouvrit la porte et sentit un froid glacial la mordre. Il lui saisit le bras. « Lilli ? »

Elle se rassit sur le siège. « Oui ?

– J'ai été heureux de te revoir. »

Elle lui prit la main. « Moi aussi. Prends soin de toi. »

Elle claqua la portière de la voiture derrière elle. Elle n'avait jamais aimé les longs adieux. Il attendit qu'elle soit devant la porte d'entrée avant de redémarrer. Tandis qu'il faisait marche arrière, il vit le chien bondir de la véranda. L'animal surgit dans la lumière des phares et s'ébroua dans la neige. Dans la maison, il vit une lumière s'allumer. La voiture s'engagea sur la route, il changea de vitesse et appuya sur la pédale de l'accélérateur. Quitter Caroline n'était pas une chose facile. Mais il n'y avait pas d'autre issue. Pas dans leur situation. Il jeta un dernier œil dans le rétroviseur. Lorsque l'élan sortit du bois et s'élança sur la route, c'était déjà trop tard. Ulf freina de toutes ses forces, et perdit le contrôle de sa voiture que l'animal heurta de plein fouet. Il y eut un bruit effroyable. La dernière chose dont il se souvint fut cette énorme tête d'élan écrasée, et le sang qui coulait le long du pare-brise fissuré. Ensuite plus rien. L'obscurité totale.

*

« Ulf ! » La voix lui parvenait de loin. La voix de Caroline.

« Bon sang, Ulf, réveille-toi ! » Quelque chose de froid le gifla au visage et il reprit conscience. Il voulut ouvrir les yeux mais ses paupières étaient trop lourdes...

« Ulf, réveille-toi ! » Quelque chose de froid atterrit à présent sur la poitrine. « Bon sang. » Il avait de la peine à parler. « Mais qu'est-ce que tu fais ? » Il parvint enfin à ouvrir les yeux. Il était assis au volant de sa voiture. Progressivement le brouillard dans lequel son esprit était plongé s'estompa et les souvenirs affluèrent. « Il y avait un élan...

– C'était un jeune mâle, oui... »

En se redressant, il sentit une douleur vive. Il se força à respirer pour lutter contre le vertige. Cligna des yeux. Il sortit de la voiture avec difficulté et s'appuya contre la portière.

La bête gisait dans une mare de sang qui se détachait de la neige si blanche. Il voyait trouble. « Il est mort sur le coup ? »

Caroline secoua la tête, il venait seulement de remarquer qu'elle tenait une arme dans ses mains. « Ses pattes avant étaient cassées, dit-elle tranquillement.

– Alors tu sais encore tirer ? murmura Ulf.

– On n'oublie pas, c'est comme pour le ski. » Elle lui jeta un regard sceptique. « Tu peux m'aider à le déplacer vers le bas-côté ?

– Je crois que oui. »

Il s'appuya contre la voiture. Une fois de plus, il prit une grande inspiration. L'airbag, pour une raison inconnue, ne s'était pas déclenché. Ulf se palpa le front. Du sang collait à ses doigts et il comprit que sa tête avait heurté le volant.

« Tu n'avais pas ta ceinture, lui dit Caroline sur un ton de reproche.

– Non, je… » Il se tut lorsqu'il vit les dommages causés par l'accident. L'avant de son Audi était complètement plié, le pare-brise en miettes.

« Si je n'avais pas bu, j'aurais probablement pu l'éviter, remarqua-t-il en guise d'autocritique.

– C'est possible, en même temps on ne saura jamais, cela ne sert à rien de ressasser. »

Ils saisirent l'animal par les pattes arrière et le tirèrent aussi loin que possible. « S'il avait été adulte, on n'aurait pas pu le bouger d'un centimètre », dit Ulf en haletant. À cause de l'effort, il se sentit soudain nauséeux. Il se détourna avant de tomber à genoux.

« Et merde, je crois que je… » Il ne réussit pas à finir sa phrase et vomit sur la neige, juste à côté de la bête morte.

« Tu as un traumatisme crânien, constata Caroline lorsqu'il se releva en gémissant. Ou alors le coup du lapin.

– N'importe quoi, répliqua-t-il. C'est à cause de l'alcool. »

Caroline le raccompagna dans son Audi. Lorsqu'ils arrivèrent devant la maison, Ulf sortit de la voiture et comprit tout de suite qu'il fallait y aller doucement. Sa tête lui tournait toujours. Avec difficulté, il se traîna jusqu'à la véranda.

« Je n'ai pas enlevé les draps de la chambre d'amis, dit-elle. Tu dois te reposer, c'est ce que tu as de mieux à faire. Pour le reste, on verra demain.

– Tu as probablement raison », dit-il en regardant sa montre. Il était presque minuit, et la perspective de s'allonger au chaud et de fermer les yeux balaya toute objection. Arrivé à la porte, il vit que la neige commençait de tomber. Le vent s'était brusquement levé et faisait valser les flocons. Le temps allait changer. Mais Ulf était incapable de penser plus avant.

14

La sonnerie de son portable tira Björn Nyborg d'un sommeil agité. Les yeux encore fermés, il finit en tâtonnant par mettre la main sur l'appareil. « Oui ? »

L'interlocuteur était le gérant de la station de ski. « Il y a un problème. Les revêtements sont en train de se détacher, et la tempête s'annonce plus forte que prévue.

– La tempête ? Mais elle n'est prévue que pour demain, non ? demanda Björn, déjà à moitié hors du lit.

– C'est un vent d'est, avec des chutes de neige importantes », répondit son interlocuteur.

Au même moment Björn entendit le vent hurler autour de la maison.

« J'arrive dans dix minutes. » Il appela son associé. « Prépare-toi, je viens te chercher. »

Il eut juste le temps d'enfiler une combinaison de neige et d'attraper sa caisse à outils. Dans le coin, il était le seul entrepreneur du bâtiment et devait être prêt à intervenir. Quand on l'appelait comme aujourd'hui en pleine nuit, il avait toujours les outils de base sous la main pour ne pas perdre de temps. Ce sens de l'organisation, il l'avait hérité de son père. Tout comme son entreprise. Le vieil homme vivait juste à côté, dans la maison où Björn était venu au monde et avait grandi. À quatre-vingts ans, il était encore de bon conseil.

Peu après le retour de Caroline, il l'avait amenée chez ses parents. Le visage de sa mère avait immédiatement rayonné de joie. « Lilli, ma petite, comme je suis heureuse de te voir », s'était-elle écriée avant de la serrer dans ses bras comme si elle était sa propre fille. Les deux femmes avaient tissé des liens solides après la mort des parents de Caroline. À l'époque, sa mère avait recueilli le plus naturellement du monde la jeune fille traumatisée et lui avait donné ce qui lui était le plus nécessaire : le calme et la sécurité. En revanche, sa mère l'avait prévenu : « C'est pas une femme pour toi, n'essaie même pas. Elle te ferait du mal. » Il avait obéi à cette mise en garde, sauf une fois. Depuis le temps que tous deux s'approchaient dangereusement de la ligne qui sépare les amis des amants, ils avaient fini par la franchir… Involontairement, il effleura la cicatrice qui courait le long de son avant-bras jusqu'au dos de sa main. À l'époque, il n'avait évidemment pas parlé à sa mère des circonstances de son accident, et elle n'avait jamais osé lui demander quoi que ce soit. Ni lorsqu'il était sorti de l'hôpital de Sveg avec son père, ni plus tard d'ailleurs. Pourtant, il avait toujours soupçonné qu'elle était au courant. Parfois le silence valait mieux qu'une longue explication.

Il soupira, fit un effort pour chasser ses souvenirs et se concentra sur la route sur laquelle il roulait avec la plus extrême prudence. Le vent poussait la neige devant lui en un épais nuage et, là où il n'y avait ni maisons ni arbres pour faire obstacle aux tourbillons, on voyait déjà se former les premières congères. À mi-chemin, il croisa un chasse-neige. Il le reconnut à ses lumières orange qui clignotaient frénétiquement dans le noir. Apparemment, Björn n'était pas le seul à avoir été tiré de son sommeil en plein milieu de la nuit. Son collègue l'attendait déjà. « Bon Dieu, il fallait que ça arrive cette nuit ! se lamenta Ole en montant dans la voiture de Björn. Avec un temps pareil !

– Et pourquoi pas ? demanda Björn. Mais rassure-toi, on sera bien payés.

– J'espère bien. »

Quelques instants après, ils arrivèrent à la station de ski. Lorsque Björn ouvrit la portière de son pick-up, il entendit tout de suite le bruit des revêtements qui s'entrechoquaient. Il fallait faire vite, si le vent s'engouffrait sous les panneaux en plastique, il les arracherait les uns après les autres. Cela tombait plutôt mal en pleine saison.

« Les panneaux sont sacrément lourds, cria Björn à Ole pour couvrir le bruit du vent et le claquement des panneaux. Fais attention, nous n'aurons pas de secours par hélicoptère aujourd'hui et la route de Sveg est probablement déjà fermée.

– Fais gaffe toi aussi ! » lui rétorqua Ole.

Le gérant de la station de ski avait installé de gros projecteurs de chantier qui éclairaient la scène d'une lumière puissante, presque aveuglante. Björn et Ole formaient un duo bien rodé et, malgré les conditions difficiles, ils travaillèrent avec calme et concentration.

À la grande surprise de Björn, ils eurent terminé au bout d'une heure.

« Venez vous réchauffer à l'intérieur et boire quelque chose », leur proposa le gérant du téléski mais Björn refusa poliment. Malgré sa combinaison, le vent l'avait glacé jusqu'aux os. Tout ce qu'il souhaitait, c'était prendre une douche très chaude et se recoucher. Il comprit immédiatement que sa décision de repartir avait été la bonne. Malgré les passages réguliers du chasse-neige, les conditions de circulation étaient si mauvaises qu'il lui fallut trois fois plus de temps pour rentrer chez lui qu'à l'aller. Lorsqu'il fut enfin arrivé, il vit de la lumière dans la maison de ses parents. Son père avait dû l'entendre partir. Lorsqu'il lui ouvrit la porte, il était encore en peignoir. « Le télésiège, oui, je pensais bien qu'il y aurait bientôt des problèmes, dit-il lorsque Björn eut fini de lui raconter son intervention nocturne. J'y étais il y a quelques jours et j'ai entendu un drôle de bruit. D'ailleurs le gérant comptait s'en occuper. Tout est réglé maintenant ?

– Pour le moment, oui. Quand la tempête se sera calmée, il faudra y retourner.

– Ça peut durer encore quelques jours, remarqua le père. Je viens d'entendre à la radio que ça allait s'aggraver. La télé ne marche déjà plus. »

Björn songea à Caroline. Sa maison se trouvait tellement à l'écart que les routes tout autour devaient déjà être impraticables. Il espérait qu'elle avait suffisamment de provisions. De retour dans sa propre maison, il lui envoya un SMS. Il ne reçut aucune réponse, le lendemain non plus alors que la tempête de neige avait redoublé d'intensité. Il se faisait de plus en plus de souci mais il tenta de se raisonner. Avec un temps pareil, le réseau devait être fortement perturbé. Les appels d'urgence qu'il reçut par la suite détournèrent son attention, et il finit par oublier son inquiétude.

15

Malgré sa fatigue, Caroline ne trouvait pas le sommeil. Inquiète, elle se tournait et se retournait dans son lit tandis que défilaient sans arrêt les images de l'élan mort et du corps inerte d'Ulf derrière le volant de sa voiture. C'est le chien qui l'avait prévenue de l'accident. Il avait aboyé avec une telle insistance et une telle fureur que Caroline s'était décidée à le suivre à l'extérieur. Elle avait aperçu l'élan blessé dans les phares de la voiture, le sang qui coulait de sa bouche et de ses naseaux, puis sa tentative désespérée de se relever avant de laisser retomber sa tête dans la neige – des images horribles. Elle n'avait pu s'empêcher de penser à Lianne, à sa mort atroce, si semblable à celle-ci. Mais contrairement à l'animal, Lianne aurait pu survivre si le chauffard qui l'avait percutée ne s'était pas enfui. Peut-être. Ce n'était pas sûr. Peut-être qu'elle serait quand même morte si elle avait été transportée plus vite dans un hôpital. Les médecins n'avaient pas cessé de le lui répéter. Il n'y avait pas que l'hémorragie qui avait causé sa mort, il y avait aussi les lésions des organes internes. Une différence qui changeait tout. Du moins pour la justice. Le souvenir cruel de la mort de Lianne et l'accident d'Ulf s'étaient fondus en une seule image au point qu'elle ne parvenait plus à les séparer. Elle était restée debout, hébétée, jusqu'à ce que le chien ose s'approcher pour lécher le sang chaud qui jaillissait de l'animal et commençait à teindre la neige en rouge.

Elle s'était alors précipitée dans la maison, avait saisi le fusil de son père et l'avait chargé sur le pas de la porte. Il suffisait de bien viser. Le bruit assourdissant du coup de feu avait retenti jusqu'au lac. Le chien s'était remis à aboyer, mais l'hémorragie avait cessé.

Et c'est seulement après – et c'était ce qui l'empêchait de trouver le sommeil – qu'elle avait remarqué Ulf. Ulf assis au volant, inconscient et les yeux fermés. Tremblante, elle avait posé l'arme avant d'ouvrir la portière. Elle avait immédiatement remarqué qu'il était blessé au front. Le sang avait commencé à sécher sur ses joues. Les pulsations de la carotide lui avaient montré qu'il n'était pas mort. Pour le ramener à lui, elle lui avait frictionné le visage avec de la neige tout en essayant de chasser l'affreuse pensée : si le chien ne l'avait pas alertée, Ulf serait mort de froid. Elle se demanda une fois encore à quoi Andra avait bien pu rêver. Après avoir tourné et retourné ces pensées dans sa tête, Caroline finit par s'endormir. Elle ne remarqua pas que le vent s'était levé, le vent dont Ulf avait senti les premières rafales juste avant de rentrer dans la maison. Elle se réveilla en sursaut. La tempête avait atteint son plus haut niveau de violence. Dans le noir, elle chercha son téléphone portable. Il était deux heures trente du matin et il n'y avait aucun réseau. Lorsqu'il l'entendit remuer, le chien, qui était couché au pied de son lit, s'étira puis vint poser sa truffe sur son oreiller. « Allez, couché ! » lui ordonna-t-elle doucement avant de s'enrouler dans sa couverture.

Elle n'avait pas écouté la météo depuis des jours mais au village tout le monde avait parlé d'une tempête imminente. Une tempête qui n'était pourtant attendue que le lendemain, en fin de journée. Elle resta allongée, ses yeux grands ouverts sur l'obscurité, épiant la maison qui craquait et gémissait de toutes parts. Soudain, il y eut un bruit effroyable juste devant sa fenêtre. Le chien bondit et se mit à aboyer. « Du calme », souffla-t-elle. Elle descendit du lit et se dirigea, pieds nus, vers la vitre qui ployait sous la force de la tempête. Elle sentit le froid glacial s'infiltrer à travers les interstices. Dehors, on ne voyait rien sauf des milliers de flocons qui virevoltaient furieusement mais elle comprit que le vieux bouleau qui poussait de ce côté de la maison n'avait pas tenu le choc. Elle enfila ses vêtements à la hâte et fit le tour de la maison, afin de vérifier que tout était en ordre. Devant la porte d'entrée s'était formé un tas de neige que le vent soufflait à travers la serrure. Avant même d'entrer dans la salle de bains, elle sentit l'air glacial sous la porte. La fenêtre qui n'avait jamais bien fermé s'était ouverte sous la poussée des rafales. Elle était très lourde et il lui fallut batailler pour parvenir à la fermer. La maison était si froide qu'elle dut se résoudre à allumer le feu dans la cheminée au milieu de la nuit. Elle s'étonna qu'Ulf ne se soit pas réveillé, avant de se rappeler qu'il avait toujours eu un sommeil profond. « Une bombe pourrait exploser à côté de ton lit sans que tu te réveilles », lui disait-elle autrefois pour le taquiner.

Le chien se coucha contre elle devant la cheminée et Caroline s'assit près du feu, enroulée dans une couverture. Et tandis qu'au-dehors la tempête faisait rage, elle resta longtemps ainsi, à regarder les flammes danser dans l'âtre. Lorsqu'il n'y aura plus de bois, se dit-elle, il faudra bien sortir de la maison. Elle sombra dans la somnolence, la tête posée sur le dos tiède du chien. Mais à cinq heures et demie, elle dut rallumer le feu et décida de se faire un café.

Sur le rebord du canapé était posé le manteau d'Ulf, après l'accident, il n'avait pas eu le courage de l'accrocher au portemanteau. Elle le prit pour aller le suspendre dans le couloir. C'était un manteau épais, résistant au froid, et pendant que ses doigts caressaient la surface noire et molletonnée, elle songea à ce qu'il lui avait dit. Il voulait repartir à Stockholm, ce qui l'avait étonnée. Pendant ces derniers jours, ils n'étaient pas parvenus à avoir une vraie discussion. Pour l'instant, trop de choses les séparaient, c'était la conclusion à laquelle elle était arrivée. Ulf était encore un homme blessé, un homme en colère et elle était déçue qu'il n'ait même pas voulu regarder une photo de sa fille. Ils n'avaient été proches que le premier soir. Leurs retrouvailles avaient ravivé ce sentiment de confiance, que seuls les vrais amis partagent, et grâce auquel se renouent les fils avec les dernières conversations insouciantes comme si l'on s'était quitté la veille. En tout cas ce soir-là, elle avait cru qu'une certaine proximité de sentiments existait encore entre eux malgré la longue séparation. Mais le lendemain Ulf s'était refermé, et elle n'avait plus réussi à l'approcher. Rien à voir avec Björn avec qui les souvenirs n'étaient jamais sujets de dispute, mais au contraire occasions de rire. Peut-être qu'Ulf les enviait pour ce rapport privilégié. Peut-être était-ce pour cette raison qu'il avait décidé de repartir au plus vite… Dès qu'il ferait jour, elle l'emmènerait au village afin qu'il puisse organiser le remorquage de sa voiture. Caroline prit un cintre mais le manteau lui glissa des mains. Elle se pencha pour le ramasser et vit que des documents étaient tombés. Alors qu'elle s'apprêtait à les remettre dans la poche intérieure, son regard tomba sur deux mots. Deux mots qui la figèrent sur place. Son nom et son prénom. *Caroline Wolff* pouvait-on lire sur un document officiel. Incrédule, elle les fixa. Il n'y avait pas de doute. Tremblante, elle déplia les feuilles et découvrit sa propre photo. Une petite photo mais on la reconnaissait entre mille. Les battements de son cœur s'accélérèrent lorsqu'elle comprit qu'elle tenait un mandat d'arrêt international entre les mains.

Elle laissa tomber le document.

Ulf savait tout.

Il l'avait su dès le premier jour.

C'était pour ça qu'il était venu. *Je dois régler deux ou trois choses avec Maybrit.* Il avait menti. Les doigts toujours tremblants, elle replia les papiers et les remit dans la poche intérieure du manteau.

Qui d'autre savait ? Björn ? Maybrit ? Les avait-il informés ? Un sentiment de terreur l'envahit et son estomac se souleva avec une telle force qu'elle eut juste le temps d'atteindre la salle de bains.

Plus tard, elle fut incapable de dire combien de temps elle était restée penchée au-dessus de la cuvette. Jusqu'à ce que la bile lui brûle la gorge et que son estomac se torde de douleur à force de vomir. Elle remplit une bouillotte d'eau chaude, s'assit sur la lunette, et la pressa contre son ventre. Elle se rappelait très bien la dernière fois où elle s'était sentie si mal. Où elle avait passé la nuit dans la salle de bains. Le jour suivant, elle s'enfuyait de Hambourg.

Caroline se releva lentement. Elle entendit le chien derrière la porte, il savait que quelque chose ne tournait pas rond. « Tout va bien », murmura-t-elle. Elle avait le vertige et se sentait toujours mal. Il fallait qu'elle s'allonge un moment, c'était la seule chose qui l'aiderait. Le chien la suivit jusqu'à la chambre. Elle se coucha péniblement et s'enveloppa dans la couverture. Le sentiment de sécurité qu'elle avait connu quelques jours avant s'était évanoui. À la place, elle avait l'impression de tomber. De tomber toujours plus profond. Comment avait-elle pu croire qu'elle était en sécurité ici ? Elle ne pouvait faire confiance à personne. Elle était seule. Elle s'enroula dans les couvertures, dans l'espoir que l'odeur familière lui offrirait une consolation, mais ce fut en vain. Les larmes lui montèrent aux yeux.

Elle entendit Ulf bouger dans la chambre à côté. Instinctivement, elle retint son souffle. *Pour l'amour du ciel, quelle attitude prendre avec lui à présent ?* S'il était venu de Stockholm pour l'arrêter, pourquoi ne l'avait-il pas fait ? Qu'est-ce qui le retenait ? Doutait-il de sa culpabilité ? *Tu sais encore te servir d'une arme*, avait-il dit après qu'elle eut achevé l'élan. Sa remarque prenait soudain une tout autre signification. Elle sentit une nouvelle vague de nausée monter en elle et pressa davantage la bouillotte contre son ventre.

À côté, elle entendit le lit grincer. Ulf se levait. Elle se mordit les lèvres. Que devait-elle faire ? Que *pouvait*-elle faire ?

*

La lumière terne du jour s'infiltrait dans la pièce. Elle s'était rendormie. La première chose qu'elle entendit fut le hurlement du vent. Dehors la tempête se déchaînait, sans relâche. Elle repoussa la couverture et se leva. L'écran de son portable indiquait dix heures.

Elle devait conduire Ulf au village, ensuite, elle ferait ses valises et s'en irait d'ici. Elle avait suffisamment d'argent pour arriver en voiture jusqu'à Saint-Pétersbourg. Là-bas, elle connaissait un couple de journalistes qui avaient longtemps vécu à Hambourg. Lianne était allée à l'école avec leur fils. Caroline et Lianne leur avaient rendu visite quand ils étaient repartis en Russie, depuis ils avaient gardé contact. Elle leur écrirait un mail en route. Raina et Boris l'aideraient, elle en était sûre.

Tout en réfléchissant, elle ouvrit la porte et se dirigea vers la cuisine où régnait la même lumière froide. Mais Ulf n'était pas là. Sa tasse était posée sur la table et il restait du café dans la machine. Où était-il ? *Et où était le chien ?* Malgré les mugissements de la tempête, elle entendit des pas sur la véranda et, quelques instants plus tard, la porte d'entrée s'ouvrit violemment et un air glacial s'engouffra dans la maison. Elle frissonna. Le chien surgit de la blancheur tourbillonnante et bondit dans le couloir, la tête et le dos couverts de neige, suivi par Ulf qu'on avait du mal à reconnaître sous sa cagoule. Elle vit qu'il tenait un panier, entre ses mains gantées, rempli à ras bord de bûches, elles aussi couvertes d'une épaisse couche de neige. Caroline se précipita vers lui et referma la porte, non sans difficulté. Le silence retomba brusquement. Ulf posa son panier et, comme le chien, s'ébroua avec force. « C'est horrible dehors, dit-il hors d'haleine. On n'y voit pas à un mètre. J'ai failli ne pas retrouver la porte. » Il se débarrassa de son manteau et se frotta les mains. Tout autour de lui de petites flaques de neige fondues se formèrent sur le plancher.

« Ce qui signifie que nous sommes bloqués ici ? demanda-t-elle d'une voix horrifiée.

– Ça m'en a tout l'air. »

Elle secoua la tête, incrédule. « Cette nuit, la tempête m'a réveillée et j'ai fait du feu. Mais jamais je n'aurais pensé qu'elle soufflerait à ce point… » Elle se mordit les lèvres. Ils étaient prisonniers. Juste maintenant. Juste tous les deux. Cela ne pouvait être qu'une mauvaise plaisanterie. « Tu es réveillé depuis longtemps ? » demanda-t-elle.

Ulf posa ses bottes près du chauffage. « Depuis un bon moment, oui. Je suis venu dans ta chambre, mais tu dormais si profondément que je n'ai pas voulu te déranger alors j'ai fait sortir le chien. »

Caroline attrapa le gros chien noir au passage et lui caressa la tête. Cette nuit, il t'a sauvé la vie, dit-elle afin de gagner du temps pour rassembler ses esprits. S'il n'avait pas aboyé, je n'aurais rien remarqué. À propos, comment te sens-tu ? »

Il se toucha le front et sentit sous ses doigts le pansement qu'elle lui avait posé. « C'est OK, j'avais mal à la tête mais j'ai trouvé de l'aspirine dans ta salle de bains. D'ailleurs je ne sais toujours pas si je souffre d'un traumatisme crânien ou si j'ai tout simplement la gueule de bois.

– Tu avais sacrément bu, lui confirma-t-elle.

– Et je me suis mal comporté ?

– Pas plus mal qu'autrefois, répliqua-t-elle. Ça aurait pu être bien pire. » Ulf se comportait normalement et elle se demanda si elle n'avait tout simplement pas rêvé l'épisode du mandat d'arrêt.

Mais au moment où il accrocha son manteau, elle vit un morceau de papier dépasser de sa poche intérieure. Il semblait scintiller dans la lumière blafarde.

« Håkan, mon collègue, prétend que mon ange gardien ne s'ennuie jamais avec moi.

– Alors tu n'as pas changé durant toutes ces années. » Il sourit mais ne dit rien, et elle sentit l'inquiétude la gagner à nouveau. Elle devait faire quelque chose pour se changer les idées.

« Tu as déjà pris ton petit-déjeuner ? demanda-t-elle.

– J'ai juste bu un café.

– Alors je nous prépare quelque chose », proposa-t-elle. Dehors on entendit un nouveau craquement et, durant un court instant, la lumière vacilla. Caroline se figea, la gorge nouée. « Tu sais combien de temps la tempête risque de durer ? »

Il secoua la tête. « Il n'y a plus de réseau, ce qui n'est pas très étonnant avec ce temps. J'ai allumé la télé, mais elle ne fonctionne pas.

– De toute façon la télé est fichue, coupa-t-elle tout en se demandant ce qu'il avait bien pu faire d'autre pendant qu'elle dormait. Mais il doit bien y avoir une radio quelque part. » Elle courut au salon, en espérant que la tempête ne durerait pas aussi longtemps que la dernière fois. Trois jours. Comment pourrait-elle tenir trois jours avec Ulf étant donné les circonstances ? Elle ouvrit le seul meuble de la pièce : une vieille armoire en chêne massif où son père conservait tout ce qui n'avait pas trouvé sa place dans la maison. Elle parcourut du regard de vieux albums photo, des caisses dont elle ignorait le contenu, des paires de jumelles anciennes, un antique appareil photo et finit par trouver, tout au fond, dans le deuxième compartiment du bas, une radio. Une relique des années 1960 en plastique vert tilleul.

Ulf eut l'air sceptique lorsqu'elle posa l'appareil sur la table de la cuisine. « Tu crois qu'il marche encore ? » Il le souleva et l'examina en fronçant les sourcils. « J'ai l'impression que cette radio se trouvait dans la cuisine quand nous étions enfants, je me trompe ? »

Une mélancolie profonde envahit Caroline tandis qu'il retournait l'appareil dans tous les sens, effleurant du doigt les différents boutons. « Après avoir rénové la cuisine, ma mère voulait jeter cette radio, répondit-elle, confirmant ainsi les souvenirs d'Ulf. Je crois qu'elle l'a toujours trouvée affreuse mais mon père n'arrivait pas à s'en débarrasser. Alors il l'a rangée dans cette armoire, et quand nous étions seuls, il en profitait pour la sortir… » Elle se tut, envahie par le souvenir d'un paisible jour d'été, elle était vêtue d'un maillot de bain et revenait tout juste du lac. Son père était assis dans la véranda et fumait la pipe. Sur la table était posée la radio et l'on entendait la voix enjouée d'un journaliste sportif qui commentait un match de football. Il devait s'agir d'un championnat européen ou même mondial. Quel âge avait-elle ? Sûrement pas plus de cinq ou six ans. Elle s'était assise à côté de son père et avait écouté la retransmission du match, sans y comprendre grand-chose. Et les traces que son maillot encore mouillé avait laissées sur le bois sombre de la vieille chaise avaient fini par sécher. Elle se rappelait l'odeur de résine et de tabac qui flottait dans l'air. « Tu n'as pas l'impression toi aussi que les étés étaient plus chauds autrefois ? » lui demanda-t-elle à brûle-pourpoint, tout en essuyant hâtivement les larmes sur ses joues.

Ulf la regarda d'un air surpris. « Tu veux dire quand nous étions enfants ? »

Elle acquiesça.

« D'où tu sors ça ? »

Elle haussa les épaules, elle n'était pas prête à partager ses souvenirs avec lui.

« Je ne pense pas que les étés étaient plus chauds à l'époque, dit-il d'une voix sérieuse. Mais peut-être sont-ils restés ainsi dans notre souvenir, parce que nous les vivions dans l'insouciance… ce qui comptait, c'était l'instant présent. Les prévisions météorologiques nous importaient peu, et nous n'avions pas peur du changement.

– De façon moins intellectuelle. Ça doit être ça. » Elle le regarda. « Merci.

– Pas de quoi », répondit-il en souriant.

Elle lui prit l'appareil des mains afin de le brancher. Il y eut d'abord un grésillement puis Caroline déplia l'antenne et appuya sur le bon bouton, et en effet…

« Oui ! cria-t-elle, soulagée. Ça marche ! »

Ils n'eurent pas à chercher longtemps. Toutes les stations locales ne parlaient que de la plus violente tempête de neige que le pays ait connue depuis vingt ans, qui paralysait toute la partie sud du Jämtland et une partie de la Dalécarlie. Les routes étaient devenues impraticables, certaines personnes s'étaient retrouvées littéralement coupées du reste du monde, par endroits il n'y avait plus d'électricité et, dans les régions montagneuses, les risques d'avalanches étaient élevés. Même les régions limitrophes avec la Norvège étaient touchées. Caroline se prit la tête dans les mains en comprenant ce que ça signifiait.

Ulf se racla la gorge. « Tu as assez de provisions ? » Elle acquiesça de la tête. Toute petite déjà, elle avait vu ses parents faire des réserves en hiver car la maison était très isolée, et la route vite impraticable. Il suffisait parfois de quelques chutes de neige pour ne plus pouvoir atteindre le village. En dernier recours, il y avait toujours un élan mort sur la route sur le point de geler, qui leur fournirait assez de viande pour un mois. Non, ils ne mourraient pas de faim. Le problème n'était pas là.

16

Assis dans son fauteuil, le visage grave, Håkan Bergström regardait le journal télévisé. Il habitait l'une des banlieues chics de Stockholm. La pièce où il se trouvait était dans les tons beiges et blancs, et les meubles anciens avaient une élégance toute britannique. Mette avait mis du temps pour les dénicher. À présent, elle ne cachait pas sa satisfaction, contrairement à Håkan qui ne se sentait pas encore chez lui dans ce nouveau décor. Les travaux de rénovation étaient récents, et il lui fallait s'habituer. Les filles venaient à peine de quitter le nid familial, raison pour laquelle il soupçonnait Mette de s'être lancée corps et âme dans la décoration. Mais il n'oserait jamais le lui dire. Peut-être qu'elle ne souhaitait, après tout, qu'un peu de changement. Au ministère de l'Éducation où elle travaillait, elle avait depuis peu opté pour un temps partiel. « Sinon je n'ai plus le temps de faire autre chose », avait-elle objecté. Mette venait de sortir de la cuisine, une odeur de viande grillée flottait dans l'air. Elle se mit derrière lui et passa la main dans ses cheveux. « On peut manger dans cinq minutes.

– J'arrive, répondit-il. Je voudrais juste voir ça. »

Ses doigts s'immobilisèrent. « Qu'est-ce qui t'inquiète ? demanda-t-elle.

– Ulf se trouve là-haut, dit Håkan en montrant les images sur l'écran de télé. À Härjedalen.

– Ulf Svensson ? »

Håkan fit oui de la tête.

Mette écouta un instant les commentaires du reporter sur l'état des régions concernées en Suède. « Tu ne crois pas que c'est un jeu d'enfants pour Ulf ? dit-elle. Il ne pourra peut-être pas rentrer tout de suite, mais je ne me ferais pas de souci pour lui.

– Ce n'est pas la neige qui m'inquiète. »

Mette fit le tour du canapé flambant neuf, arrangea un coussin et s'assit à côté de son mari. Elle était mince et presque aussi grande que lui. « Si ce n'est pas la neige, c'est quoi alors ?

– Il est parti à cause d'une femme. »

Mette jeta un regard oblique à son mari et éclata de rire. « Bien sûr. À cause d'une femme. Tu m'aurais dit ça pour n'importe qui. Mais Ulf ? Je n'y crois pas ! »

Björn saisit la télécommande et éteignit le téléviseur. « C'est ce que je m'étais dit moi aussi. Mais c'est bien ça. »

Mette n'en croyait toujours pas ses oreilles et continuait à secouer la tête. Quelques mèches de cheveux lui tombèrent sur le visage. « Tu en sais un peu plus ? »

Håkan soupira.

« Allez, insista Mette. Tu n'aurais pas commencé si tu n'avais pas besoin de te confier. »

Il lui jeta un regard plein de tendresse. C'est pour ça qu'il l'aimait. Il était prêt à vivre avec elle, même dans un arbre si ça pouvait la rendre heureuse. Ulf n'avait jamais compris ce lien entre eux. Ou alors il n'avait tout simplement pas cherché à le comprendre. Håkan attrapa la main de Mette et la serra furtivement. « Tu as raison, j'imagine que je n'aurais pas commencé à en parler si je n'avais pas quelque chose sur le cœur. » Il se redressa un peu. « Il n'y a rien de vraiment concret, c'est juste une intuition. Et en même temps, j'ai l'impression de m'égarer et de faire des rapprochements qui n'existent pas forcément. »

Elle haussa les sourcils. « Tu peux être un peu plus concret ?

– Je t'ai bien raconté qu'Ulf avait passé la nuit dans son bureau. »

Mette se souvenait. « Oui, à cause de la panne de chauffage dans son appartement.

– Pas seulement, avoua Håkan. Il s'était tellement saoulé que le lendemain, son bureau empestait autant qu'une cellule de dégrisement.

Et voilà qu'il m'explique qu'il doit partir à Härjedalen. » Il se racla la gorge. « Vingt-quatre heures plus tard, on m'envoie un mandat d'arrêt international visant une femme allemande qui vit à Hambourg et qu'on soupçonne de meurtre. » Il marqua une pause lourde de sens, puis Mette, sans dire un mot, lui fit signe de continuer.

« D'abord, je n'ai pas pensé à mal, dit-il. Des mandats d'arrêt internationaux, on en reçoit tous les jours, en général on les compare avec notre base de données, la plupart du temps sans succès, puis on les classe. C'était la même chose pour celui-là. Sauf que le lendemain, j'ai eu un appel d'Allemagne. L'enquêteur voulait savoir si la femme mentionnée sur le mandat se trouvait en Suède.

– Mais pourquoi en Suède ?

– En fait, la police suédoise avait envoyé une demande d'identification auprès de la police allemande. On avait un numéro de plaque d'immatriculation et il s'agissait de retrouver le nom du propriétaire du véhicule.

– Elle a été flashée ici en Suède ?

– Dans les environs de Karlstad.

– Oui, mais Karlstad n'est pas Härjedalen, dit Mette, pensive.

– Sa famille possède une maison à Härjedalen.

– Et tu crois que... ajouta Mette mais Håkan, d'un geste de la main, lui demanda de ne pas l'interrompre.

– J'ai d'abord cru à une coïncidence, expliqua-t-il. Mais comme tu le sais, il y a parfois des choses qui t'obsèdent sans que tu saches vraiment pourquoi. J'ai donc vérifié quelques détails. Notamment cette demande d'identification de notre police auprès des autorités allemandes concernant l'excès de vitesse. Et j'ai découvert que toutes ces informations avaient été faxées par erreur au bureau d'Ulf. »

Les yeux de Mette s'agrandirent un peu plus.

« Et j'imagine que ce fax est arrivé alors qu'Ulf était encore au travail. »

Håkan approuva d'un signe de tête.

« Mais... pourquoi a-t-il reçu ce fax ? demanda Mette.

– La délégation à la sécurité et à la circulation routière a de gros problèmes de ligne téléphonique. Et depuis quelque temps, c'est nous qui recevons leurs demandes d'identification. » Une fois de plus, il se racla la gorge. « J'ai discrètement demandé à Bent, mon collègue de la brigade des stups, s'il avait remarqué quelque chose ce soir-là car il travaillait de nuit. Et il m'a raconté qu'après avoir dit au revoir à tout le monde, Ulf était soudain revenu comme s'il avait le diable à ses trousses, puis il avait passé quelques coups de fil avant de se rasseoir à son bureau, complètement sonné. »

Mette respira profondément. « Et donc tu penses que cette femme est la raison pour laquelle Ulf est parti précipitamment. »

Håkan soupira. « Depuis, j'ai assemblé suffisamment d'indices qui prouvent que c'est bien à cause d'elle. Et si c'est le cas... » Il secoua la tête, navré de ce qu'il était en train d'avancer.

Mette écarta une mèche de son visage. « Cela doit avoir un rapport avec son passé.

– Oui, elle vivait avec ses parents dans le même patelin qu'Ulf, confirma Håkan. Puis elle a disparu. C'était il y a vingt-huit ans. L'année où Ulf s'est installé à Stockholm. »

Mette se leva et se dirigea vers la cuisine pour s'occuper du dîner. « Il y a quelques années, dans un accès de sentimentalité, Ulf m'a parlé d'une femme, pas longuement, juste des bribes, lui cria-t-elle à travers la porte entrouverte tout en s'affairant autour de ses casseroles. D'après ce que j'ai compris, cette femme lui avait brisé le cœur. Et il m'a fait jurer de ne le raconter à personne », continua-t-elle en revenant au salon. Elle fronça les sourcils. « Mais comment s'appelait-elle ? C'était un prénom court... un nom de fleur...

– La femme recherchée s'appelle Caroline Wolff.

– Lilli ! s'exclama Mette.

– C'est le diminutif de Caroline. »

Ils se regardèrent. Puis Mette passa nerveusement la langue sur ses lèvres. « Et cette Caroline Wolff, c'est quel genre de femme ?

– Je n'en sais rien, avoua Håkan. Tout ce que je sais, c'est qu'elle a vécu avec ses parents à Härjedalen. Sa mère était allemande, son père suédois. Il était professeur de physique à l'université de Göteborg et, grâce à ses publications scientifiques, il s'était fait un nom et accessoirement assez d'argent pour pouvoir quitter l'enseignement. À part ça, je sais qu'elle a une tante à Blekinge, la sœur cadette de son père.

– Et qu'est ce qui est arrivé à cette famille ?

– Dans les années 1980, ses parents sont morts dans un accident de voiture. Pour une raison inconnue, ils ont perdu le contrôle de leur véhicule. Elle n'a pas de frère ni de sœur. Ces dernières années, elle travaillait comme traductrice pour des maisons d'édition en Allemagne.

– Et cette femme est désormais recherchée… pour meurtre ? Pourquoi ?

– Apparemment, elle aurait abattu un homme à Hambourg. »

Mette avait vécu suffisamment longtemps avec un policier pour être en mesure de tirer les bonnes conclusions.

« C'est plutôt rare pour une personne venant d'un milieu apparemment aisé ? Est-ce que c'était un crime passionnel ? »

Håkan secoua la tête. « L'homme avait écrasé sa fille en voiture et il s'était enfui. La jeune femme est morte. »

Mette serra les lèvres. Il savait qu'à ce moment précis elle pensait à ses filles et à la façon dont elle-même aurait réagi.

« La jeune femme avait le même âge que Lotta.

– Oui, répondit-elle d'une voix blanche. On est sûr que c'est elle ?

– Aucune juge d'instruction n'autorise un mandat d'arrêt international sans avoir des preuves solides, mais sûr… » Il secoua la tête. « Non, on n'est jamais sûr à cent pour cent avant qu'elle n'ait avoué les faits. »

Mette continua à faire les cent pas dans la pièce. « Et tu as peur qu'Ulf fasse une bêtise à cause d'elle ?

– Si tu l'avais vu ce matin-là, tu partagerais mon inquiétude, crois-moi, répondit Håkan. Pour autant que je peux l'affirmer, Ulf ne l'avait pas revue durant toutes ces années. »

Mette s'arrêta une fois de plus, puis elle jeta un regard à son mari. « Je connais Ulf depuis aussi longtemps que toi. C'est un homme adulte de presque cinquante ans. Et c'est surtout un pragmatique. Il ne va pas tout gâcher pour quelque chose qui s'est passé il y a si longtemps.

– Je crains que tu te trompes. Je lui avais envoyé le mandat d'arrêt en lui demandant de bien vouloir s'en occuper. Mais c'était avant que je sache qu'il pouvait y avoir un lien entre Caroline et lui.

– Et alors ? Est-ce qu'il a laissé entendre qu'il la connaissait ?

– Non, il m'a seulement envoyé un message hier pour me dire qu'elle était déjà partie. Lui-même devait revenir à Stockholm aujourd'hui.

– Et tu ne le crois pas ?

– Non, pas après tout ce que j'ai appris entre-temps, avoua-t-il.

– Je comprends que tu t'inquiètes, dit Mette en posant la main sur son épaule. Dans des conditions normales, tu serais déjà en route pour Härjedalen. »

Håkan soupira.

« Tu as raison, je n'ai envie de perdre ni mon ami ni mon supérieur. »

17

Ulf éteignit la radio. Un silence pesant s'installa entre eux. Pendant un long moment aucun des deux n'ouvrit la bouche. Finalement, Caroline se leva et posa les mains sur le dossier de la chaise. « Tu veux des œufs pour ton petit-déjeuner ? » demanda-t-elle. Sa question parut tellement déplacée à Ulf qu'il lui jeta tout d'abord un regard agacé. Puis il réussit à lire entre les lignes, à saisir le ton légèrement ironique de la question qui signifiait aussi : « La situation est suffisamment compliquée pour ne pas en rajouter. »

« Oui, pourquoi pas », répondit-il même s'il avait toujours l'impression désagréable de ne pas contrôler la situation. Il y avait seulement quelques heures, il avait cru pouvoir se sortir de cet imbroglio. Il avait pris la décision de retourner à Stockholm et de laisser le passé derrière lui. Il ne souhaitait qu'une chose : ne plus entendre parler de sa fille, de Caroline, ni réfléchir à une vie qu'il n'avait pas vécue. Cela n'avait pas été facile à accepter mais il avait compris qu'il n'était pas à la hauteur de la situation. Il n'était plus maître du jeu. Et surtout, il n'était plus maître de ses émotions. Il avait l'impression désagréable d'avoir davantage perdu son sang-froid durant ces deux derniers jours que durant les dix dernières années.

Dès les premières lueurs du jour, il s'était mis en route vers le village, avec la ferme intention de ne laisser personne, et encore moins les conditions météorologiques, le dévier de son projet. Mais il n'avait même pas réussi à atteindre la route. Il n'en avait pas parlé à Caroline. Cela aurait sonné comme un aveu de faiblesse. Mais il avait compris que plus il cherchait à éviter le passé, plus ce dernier l'attirait comme un aimant. À travers la fenêtre, il regardait les tourbillons de neige. « J'ai l'impression qu'on va avoir beaucoup de temps pour parler toi et moi », dit-il. Caroline lui tournait le dos et s'affairait devant la cuisinière. Elle portait de nouveau un jean fatigué et un pull-over bien trop grand. Ses cheveux étaient attachés comme la veille. Elle pivota brusquement, une spatule à la main. La surprise se lisait sur son visage. « Et par quoi on commence ? »

Il croisa les mains sur la table. « Parle-moi de… Lianne, suggéra-t-il. Comment était-elle ? »

Elle déglutit. « Tu veux voir une photo ? »

Il fit non de la tête. « Pas encore. Raconte-moi quelque chose sur elle.

– Elle était coléreuse comme toi. »

Il baissa légèrement la tête et sourit, visiblement gêné.

Caroline le remarqua et sourit à son tour.

« À l'accouchement, j'ai cru que j'allais mourir, enchaîna-t-elle en lui tournant de nouveau le dos pour préparer les œufs. C'était un gros bébé, en bonne santé, et pourtant je n'avais quasiment rien mangé durant ma grossesse.

– Où étiez-vous ? » Une question simple, mais trois mots difficiles à prononcer.

« En Norvège. L'homme qui m'a recueillie s'appelait Thore. Un pêcheur. » Elle ouvrit le placard et prit deux assiettes. « C'était un homme bon. La seule question qu'il m'ait jamais posée, c'est comment je voulais appeler ma fille. »

Sur la table, Caroline disposa les assiettes de lard et d'œufs brouillés, de même que le pain qu'elle venait de couper. Ulf écouta la suite sans dire un mot. Elle lui parla de cet hiver norvégien, à quel point il faisait froid et sombre, de la solitude, du calme, mais aussi de l'immensité de la mer et il se demanda si c'était la honte qui l'avait empêchée de retourner avec sa fille en Suède. « C'est pour ça que tu n'es pas revenue ? Parce que tu vivais avec un autre homme ? » demanda-t-il quand elle eut achevé son récit.

Elle secoua la tête. « Non, ce n'était pas pour ça. »

C'était pourquoi alors ? aurait-il voulu demander. Dis-le-moi, bon sang. Mais Ulf refréna son impatience. « Tu n'es jamais venue avec elle… avec Lianne… » Il avait du mal à prononcer son prénom. « Vous n'êtes jamais venues ensemble dans la région ?

– Non, jamais.

– Mais alors que lui as-tu dit lorsqu'elle te posait des questions sur son père ? »

Caroline reposa ses couverts, et son regard s'attarda sur le visage d'Ulf. « Elle avait une photo de toi.

– Une photo ? De moi ? »

Elle acquiesça.

« Et elle ne voulait ni me voir ni me connaître ?

– Je lui ai fait croire que tu étais mort. »

Ses mots tombèrent comme un couperet. Il la regarda stupéfait, puis il se leva et s'approcha de la fenêtre. Mais dehors, il n'y avait plus rien à voir. Le paysage avait disparu derrière un mur de glace et de neige. Ils étaient coupés du reste du monde, condamnés à rester en tête à tête. Tout ce qu'il percevait, c'était son propre reflet, imprécis et flou. On ne pouvait y déceler dans quel trouble l'aveu de Caroline l'avait jeté. De quel sentiment s'agissait-il ? De la colère ? Du chagrin ? De la déception ? Lui-même l'ignorait. Il renversa la tête et ferma les yeux afin de se maîtriser. La tempête continuait à faire rage autour de la maison, prête à arracher la toiture et les volets. Puis il entendit la voix de Caroline se superposer au bruit du vent : « Si Lianne n'était pas morte, je ne serais pas ici, on ne se serait jamais revus et tu n'aurais jamais appris son existence. »

Il lui fallut un bon moment pour mesurer l'ampleur de son aveu. Était-ce vrai ? Ne se seraient-ils jamais revus ? Et le hasard là-dedans ? N'auraient-ils pas pu se croiser ailleurs, à un autre moment de leur existence ? Il comprit soudain qu'il aurait pardonné à n'importe quelle autre femme avec qui il avait eu une liaison de l'avoir brutalement quitté, sans explication, car il ne les avait pas aimées. Il n'aurait souhaité faire sa vie avec aucune d'elles. Avec Caroline, si. Il se tourna vers elle, leurs regards se croisèrent et il perçut sa nervosité derrière la façade difficilement maintenue d'impassibilité. « Tu as sûrement raison, dit-il en se forçant à rester calme. Peut-être ne nous serions-nous jamais revus. » La bougie vacilla un instant, dessinant des ombres tourmentées sur le visage de Caroline. De ses doigts, elle frottait la table qui au fil des années avait considérablement foncé. « Hier, j'ai téléphoné à ma tante Andra, tu te souviens d'elle ? »

Oui, il se souvenait très bien de cette petite dame fragile.

« Elle m'a appelée car elle avait fait un horrible cauchemar, et elle voulait savoir si tout allait bien, continua Caroline.

– Et alors ?

– Elle a rêvé de nous deux. De toi et de moi. Alors qu'elle ne sait même pas que tu es ici. » Caroline toussota, gênée. « Et nous voici dans cette maison... isolée du monde, obligés d'affronter les démons du passé. » Elle lui lança un regard incertain.

Il s'efforça de chasser l'angoisse que ces mots déclenchaient malgré lui. « Lilli, tu ne vas tout de même pas accorder de l'importance aux cauchemars d'une vieille dame, même si vous êtes encore très proches. C'est absurde ! »

Elle se mordit la lèvre.

D'un bond, Ulf se pencha vers elle en prenant appui sur la table. « Tu crois vraiment que nous sommes ici tous les deux non pas par pur hasard mais pour une autre raison ? »

Elle lui lança un regard étrange, et il comprit que toute cette discussion autour d'Andra et de ses mauvais rêves n'était qu'un prétexte. « Qu'est-ce qu'il y a, demanda-t-il sans détour. De quoi veux-tu vraiment me parler ? »

Elle éteignit la bougie et se mit à débarrasser la table. « Tout cela n'a aucun sens. Il y a trop de non-dits entre nous, j'ai l'impression que la situation est devenue aussi inextricable qu'un nœud gordien, se défendit-elle. Chaque fois que nous essayons d'avoir une conversation, nous nous retrouvons dans une impasse, et ça finit par une dispute.

– Rien ne nous force à parler, répliqua-t-il, je te l'ai proposé parce que cette situation exceptionnelle y invitait. Mais si ça te met mal à l'aise, oublie. »

Caroline ouvrit le lave-vaisselle et y rangea les assiettes. Elle préféra ignorer sa remarque. « Tu as changé, dit-elle au lieu de répondre. Tu es devenu plus dur. Inflexible même.

– Beaucoup de temps a passé, presque trente années, répliqua-t-il sans exprimer le fond de sa pensée.

– Le temps en est-il le seul responsable ? » Elle arrêta de s'activer. « Ou es-tu devenu comme ça à cause de ton travail ?

– Qu'est-ce qui te fait dire ça ? » Il lui tendit sa tasse.

Elle plissa le front. « Toi, devenir policier… ça ne colle pas du tout avec l'image que je me faisais de toi. Nous n'étions pas comme ça.

– Nous étions jeunes, Lilli, lui dit-il comme pour lui rafraîchir la mémoire. À cette époque nous avons fait les quatre cents coups, nous n'en étions pas à une folie près. Ton départ m'a littéralement ôté toutes mes illusions, l'atterrissage sur le sol de la réalité a été très dur pour moi. »

Elle demeura silencieuse, car il était certain qu'elle aussi avait dû reconsidérer ces années de jeunesse avec un œil critique. Ils étaient tellement sûrs d'eux ! Ils se croyaient invincibles, immortels comme seuls les adolescents en sont capables. Et en même temps, ils avaient sans arrêt couru le danger de tomber dans la drogue ou la criminalité.

« Peut-être que nous avons tous besoin à un moment ou à un autre de jeter l'ancre et de nous poser. J'imagine que pour toi, ça a été ton travail », constata-t-elle. Ulf se leva et vint s'adosser à ses côtés contre le buffet. « Partir à Stockholm a été une décision radicale pour moi, avoua-t-il. Et je ne l'ai jamais regrettée. Et toi ? Quand as-tu réussi à jeter l'ancre ? »

Elle reposa la cafetière en porcelaine qu'elle s'apprêtait à rincer. « Mon ancre, c'était Lianne. C'est elle qui m'a permis de me fixer. » Elle ravala ses larmes et caressa du doigt la surface lisse de la porcelaine, fuyant son regard. « Depuis… que nous nous sommes revus, enchaîna-t-elle, d'une voix hésitante, j'essaie d'imaginer, comment… », mais elle s'interrompit de nouveau et se mordit les lèvres.

Il attendit. « Qu'est-ce que tu as essayé d'imaginer ? dit-il après un moment sans lâcher le sujet.

– Rien. » Et elle posa brusquement la cafetière comme pour signifier qu'elle s'apprêtait à quitter la pièce, mais il la saisit par le poignet. Il était à bout de patience. « Dis-le-moi, ordonna-t-il. Dis-moi enfin ce que tu penses ! »

Elle avait beau porter un pull-over lâche, on pouvait facilement voir que son souffle s'était accéléré. Elle posa son autre main sur son cou et ses doigts agrippèrent la fine chaîne d'or. Il resserra son emprise.

« Tu me fais mal », gémit-elle.

Ulf la relâcha, et elle se frotta le poignet.

« Depuis que nous nous sommes revus, finit-elle par avouer, je me suis demandé comment cela aurait été si nous l'avions élevée tous les deux. Je me suis même demandé si elle serait encore en vie. » En prononçant ces derniers mots, la voix de Caroline vacilla.

« Si tu ne m'avais pas quitté, je ne serais jamais devenu policier. Et je ne serais jamais parti d'ici », répondit Ulf. Il perçut lui-même le reproche dans sa voix.

« Oui, je sais à présent que j'ai commis une erreur autrefois, lui dit-elle avec véhémence, mais qu'est-ce que ça change ? »

Ulf crut perdre son sang-froid. « Mais bon sang, dis-moi juste pourquoi ? C'est tout ce que je demande. *Pourquoi es-tu partie ?* »

C'était la question décisive, celle qui ne l'avait jamais quittée durant tant d'années et à laquelle, jusqu'à présent, elle n'avait donné aucune réponse. La voix menaçante d'Ulf fit tressaillir Caroline. Puis il s'avança vers elle et, de rage, renversa une chaise qui se trouvait sur son chemin. « C'était à cause de moi, c'est ça ? cria-t-il en lui enfonçant un doigt dans la poitrine. Tu es partie à cause de moi ?

– *Non !* »

Il se rapprocha d'elle un peu plus. « Ou bien c'était à cause de l'enfant que tu attendais ?

– *Non !*

– Alors pourquoi bon sang ? » À présent, il hurlait. « *Tu vas le dire à la fin.*

– *Je ne peux pas !* » Elle se réfugia dans le couloir et courut vers sa chambre. Elle réussit à fermer la porte et à donner un tour de clé. Ulf l'entendit sangloter convulsivement. Le chien sortit du salon et se mit à tourner autour de lui en grognant doucement. Ulf retourna lentement dans la cuisine. Le chien se coucha devant la chambre de Caroline sans le quitter des yeux.

18

Il fallait qu'elle sorte de cette maison. Qu'elle parte loin de lui. Sa colère, aussi soudaine que terrible, l'avait mortellement effrayée. Ils avaient beau essayer de se comporter en adultes responsables, ils n'y arriveraient tout simplement pas. Chaque fois ils butaient contre les mêmes problèmes et maintenant, ils en venaient même à se hurler dessus et… non, il valait mieux ne pas continuer sur cette voie. Il n'y avait pas d'issue. L'un d'entre eux devait partir. Dehors, la tempête soufflait toujours avec rage, mais cela n'était rien à côté de ce qui se déchaînait entre ces quatre murs.

Elle essuya ses larmes et se leva. En temps normal, il lui fallait deux heures de marche pour atteindre le village. Si elle s'habillait assez chaudement, elle pouvait y arriver en dépit des conditions météorologiques. Elle avait déjà affronté bien d'autres problèmes, et par sécurité, elle emmènerait le chien avec elle. D'un geste décidé, elle ouvrit la porte de sa penderie, mais pendant qu'elle s'habillait, elle sentit à nouveau les larmes lui monter aux yeux. Pourquoi Ulf refusait-il de comprendre qu'elle ne pouvait pas lui révéler les raisons de son départ ? Son hostilité et sa colère l'avaient blessée. Après avoir découvert le mandat d'arrêt, elle s'était crue assez forte pour supporter son attitude et accepter l'ambivalence de ses sentiments. Mais elle n'y arrivait pas. Ulf n'avait pas le droit de la pousser dans ses retranchements. Elle ne lui avait rien demandé. D'ailleurs, en tant qu'officier de la police judiciaire, n'aurait-il pas eu la possibilité de la retrouver *s'il avait voulu* ? Et ce qu'elle lui avait dit était vrai : s'ils ne s'étaient pas revus, jamais il n'aurait su pour sa fille, mais…

Il ne s'agissait pas de Lianne.

Tout à coup elle comprit, et se laissa tomber sur le lit.

Il s'agissait d'elle. Était-il possible qu'il l'aime toujours.

Non. C'était absurde.

Et si c'était vrai ? Elle se souvint de sa propre réaction lorsqu'ils s'étaient retrouvés face à face la première fois. Son cœur s'était brusquement emballé et elle n'avait su que dire, et en même temps…

Non.

Pourquoi était-elle partie du Fjällkrogen en courant ? Pourquoi ses pensées revenaient-elles sans cesse à la même question : Qu'aurait été sa vie s'ils étaient restés ensemble ? Et si Ulf se posait les mêmes questions ? En repensant à l'expression de son visage lorsqu'il avait découvert la bague accrochée à sa chaîne, Caroline prit sa tête entre les mains. Puis elle se rappela sa réaction quand il les avait vus, elle et Björn. Et pourquoi ne la confrontait-il pas avec le mandat d'arrêt ? Cela faisait vingt ans qu'il était dans la police. D'après ce qu'elle savait, il était ambitieux et sa carrière était couronnée de succès.

Partir à Stockholm a été une décision radicale pour moi. Et je ne l'ai jamais regrettée.

En se réinventant une vie ailleurs, il avait trouvé la paix. Elle ne devait la menacer à aucun prix. Elle avait assez semé le malheur autour d'elle.

Elle se releva et continua de s'habiller. Puis elle attendit qu'il regagne le salon. Des bruits lui indiquèrent qu'il était devant la cheminée et qu'il remuait les braises avant de remettre du bois. Avec une infinie précaution, elle ouvrit la porte de sa chambre et buta presque sur le chien.

D'un pas rapide, elle traversa le couloir, se glissa dans sa combinaison de neige et dans ses bottes. Un bruit dans le salon la fit sursauter, mais ce n'était rien, juste le grincement du vieux canapé. Bonnet, écharpe, gants. Pour finir, elle ouvrit précautionneusement le tiroir de la commode qui se trouvait à côté de la porte pour en sortir la laisse du chien.

La violence du vent lui coupa immédiatement le souffle. En l'espace de quelques secondes, il lui fut impossible de voir et encore moins d'entendre quelque chose. Autour d'elle il n'y avait qu'un blanc tourbillon et le mugissement de la tempête. Et un froid glacial. Le chien tira sur la laisse. Elle le suivit, trébucha sur les marches de la véranda, tomba et se releva à nouveau dans sa hâte de fuir la maison. Le vent transformait les flocons en millions d'aiguilles minuscules qui lui transperçaient la peau. Le froid traversait les couches pourtant nombreuses de ses vêtements et se coulait dans ses membres. Une main devant le visage, elle continuait à avancer vers ce qui lui semblait être la route.

À chaque pas, elle s'enfonçait un peu plus dans la neige, puis s'en dégageait péniblement, les doigts cramponnés à la laisse. Tel un mirage, le garage surgit à côté d'elle et disparut dans le néant blanc dès qu'elle se fut éloignée d'un mètre. L'air glacé lui brûlait les poumons et elle avait de plus en plus de mal à respirer. *Surtout ne pas penser et continuer.* Continuer quoi qu'il arrive. De ses doigts engourdis, elle essaya de ramener son écharpe sur son visage. Elle devait atteindre la route. Soudain le chien disparut dans une congère. Elle l'en tira et tous deux continuèrent à lutter ensemble. *Où était la route ?* Caroline s'arrêta. Partout une blancheur mortellement glacée et tourbillonnante lui coupait le souffle. Elle avait perdu tout sens de l'orientation. L'ombre blanche, était-ce le garage ou le petit hangar à bateaux près du lac ? Elle était pourtant sûre d'avoir pris la bonne direction, mais...

Encore quelques mètres. La route n'était peut-être pas si loin. Soudain des arbres surgirent devant elle. Elle dut s'accrocher à un des troncs incrustés de glace quand une rafale la frappa si fort qu'elle faillit tomber. La laisse glissa de ses doigts engourdis, et le chien disparut dans la tourmente. Elle avait beau l'appeler, le vent emporta les mots de ses lèvres dans le craquement des arbres toujours plus denses. *Où était-elle ?*

Caroline se rendit compte qu'elle avait perdu toute notion du temps. Un sentiment de panique la submergea. Elle prit une grande inspiration comme pour tenter de mieux lutter contre le froid qui la gagnait de plus en plus. Son corps s'engourdissait et elle ne sentait déjà plus ses pieds. Si elle ne parvenait pas à se repérer au plus vite, elle allait mourir. Dans son esprit surgirent des images de corps pris dans la glace – de pâles cadavres pétrifiés dont les membres se brisaient comme du verre… Terrifiée, elle appela de nouveau le chien, hurla à s'en faire mal et finit par se laisser tomber au pied d'un arbre. Elle n'avait même plus la force de pleurer. Le vent traversait ses vêtements et mordait sa chair mais la douleur s'estompait…

Quelque chose la secouait avec force. Elle revint vaguement à elle lorsqu'on l'arracha du sol. « Tu… non… dehors ! » C'était la voix d'Ulf. Une voix lointaine qui lui parvenait par bribes dans le hurlement du vent. Il se tenait au-dessus d'elle, encagoulé comme une momie, tenant dans sa main, une corde que le vent fouettait contre les arbres. Il la saisit par la taille et la traîna derrière lui.

Quelques minutes plus tard, elle était à la maison. Elle ne s'était éloignée que de quarante mètres. Elle avait tourné en rond comme on le fait quand on perd le sens de l'orientation.

« Le chien… murmura-t-elle lorsqu'elle reprit conscience.

– Il retrouvera son chemin sans toi… répondit Ulf d'une voix ferme. Comment as-tu pu commettre cette folie de sortir par un temps pareil, bon sang ? »

Elle regarda la porte restée ouverte et l'épaisse couche de neige qui se formait sur le sol. « Je… », commença-t-elle mais elle fut incapable d'en dire davantage.

Ulf enroula la corde qui lui avait permis de retrouver le chemin vers la maison et referma la porte. Il eut besoin de toutes ses forces.

En un clin d'œil la neige fondit sur les joues et dans les cheveux de Caroline. Elle avait du givre même dans les sourcils. Ulf rapporta une serviette de la salle de bains. Elle enfonça son visage dans le tissu éponge moelleux. « Merci », murmura-t-elle.

Puis elle se mit à trembler au point qu'elle fut incapable de faire glisser la fermeture éclair de son manteau. La serviette lui échappa des mains, elle sentit ses genoux se dérober et elle se mit à claquer des dents, sans pouvoir se contrôler.

« Tu es en hypothermie », constata Ulf et, sans hésiter plus longtemps, il lui retira rapidement ses vêtements glacés et détrempés puis il lui frotta énergiquement le corps avec un gant de toilette. Même si elle l'avait voulu, elle n'aurait pas pu l'en empêcher.

« Combien… combien de temps ? » demanda-t-elle.

Sa peau la picotait.

« Tu es restée dehors presque une heure, répondit-il tout en lui frictionnant les bras et les pieds.

– Comment… m'as-tu… trouvée ? »

Il l'enroula, nue, dans une couverture, la souleva et la porta vers le salon. « Je t'ai entendue crier », lui dit-il en la déposant sur le canapé. Puis il disparut avant de revenir avec une bouillotte qu'il lui glissa sous les pieds. Elle se mordait les lèvres contre la douleur qui suivait l'engourdissement. Le feu de cheminée avait bien pris, peu à peu la chaleur la sortit de sa torpeur. Elle ferma les yeux, tremblante comme une feuille.

« Lilli… »

Elle sursauta.

Ulf était assis à ses côtés, une tasse à la main. « Allez, lui dit-il en l'aidant à se redresser. Bois. »

C'était du thé brûlant avec beaucoup d'alcool. L'idée même d'en boire la révulsait mais Ulf insista. La première gorgée la fit grimacer, mais au même moment, elle sentit des ondes de chaleur se répandre dans tout son corps. Elle but le breuvage jusqu'à la dernière goutte. Elle ne tremblait plus mais l'alcool lui était monté à la tête. Assommée, elle s'allongea et ferma de nouveau les yeux. La dernière chose qu'elle vit fut Ulf, écartant les cheveux de son visage. Puis elle s'endormit.

*

La nuit était déjà tombée lorsqu'elle se réveilla. Le feu brûlait paisiblement et le chien était couché devant la cheminée. Rassurée, elle sourit.

Ulf était assis à la fenêtre, juste en dessous de la lampe à pied. Cette unique source de lumière diffusait dans la pièce une lumière douce et discrète. Il était plongé dans un livre. Il avait mis des lunettes et, de temps à autre, il regardait par-dessus le bord pour surveiller Caroline du coin de l'œil. Soudain, il remarqua qu'elle était réveillée. Lorsqu'elle se rendit compte qu'elle était nue, Caroline tira brusquement la couverture jusqu'au menton et se redressa, les yeux encore pleins de sommeil. Le geste amusa Ulf qui esquissa un léger sourire. « Ce n'est pas la première fois que je te vois nue tu sais », dit-il.

Caroline eut un petit toussotement gêné. « Non, mais...

– Je ne devrais peut-être pas dire ce genre de choses... » Il posa le livre et les lunettes sur le rebord de la fenêtre, se leva et s'approcha du canapé. « ... mais tu as l'air toujours aussi jeune, même frigorifiée. »

Elle se sentit rougir.

Il s'assit à ses côtés. « Comment vas-tu ?

– Mieux, merci. » Elle baissa la tête, honteuse. Elle avait agi sur un coup de tête et à présent elle comprenait que son son action irréfléchie avait non seulement mis sa vie en danger mais également celle d'Ulf. « Je me suis comportée comme une idiote.

– On peut le dire, oui, dit-il sèchement. Pourquoi diable avais-tu décidé de sortir ?

– Je voulais me rendre au village, avoua-t-elle. Je... pensais qu'il valait mieux que je parte plutôt que de rester, ici, avec toi. » Elle serra davantage la couverture contre elle. « Mais si tu n'avais pas été là... »

Il l'interrompit d'un revers de la main. « Disons que nous sommes quittes, d'accord ? » Il tâta prudemment la blessure sur son front qu'il avait d'abord recouvert d'une gaze puis d'un pansement ordinaire. Le visage de Caroline se contracta douloureusement.

« Tu as encore mal à la tête ?

– Non, tout va bien. »

Dans la cheminée, les bûches s'écroulèrent dans un jaillissement d'étincelles. Ulf se leva et saisit le tisonnier pour les rapprocher. Il avait une façon de se déplacer, à la fois souple et puissante, et elle se demanda s'il était toujours aussi sportif qu'autrefois. Elle se souvint qu'à l'époque, malgré l'alcool et les drogues, il n'avait jamais arrêté de faire du sport. Il était, en outre, un excellent nageur.

Durant les longs mois d'été inondés de lumière, il allait faire tous les matins quelques longueurs dans le lac. Puis il venait se recoucher auprès d'elle, le souffle court, la peau froide et luisante, les cheveux mouillés. Elle aimait presser son visage contre sa peau nue. Elle aimait l'odeur du lac, le parfum de l'herbe et de la forêt et elle fermait les yeux en souriant quand il l'étreignait d'un geste sûr, prenait possession d'elle qui perdait la tête sous les caresses de ses mains et de ses lèvres. Le souvenir de ces matins fut si intense qu'elle eut l'impression de sentir les draps chiffonnés par leurs corps et d'entendre les battements de son cœur, tandis qu'ils gisaient épuisés côte à côte et que les premiers rayons du soleil se frayaient un chemin à travers les fenêtres de la chambre. Un sourire s'esquissa sur les lèvres de Caroline en regardant Ulf s'affairer devant la cheminée. Il finit par se relever, s'étira et traversa la pièce pour la rejoindre.

« À quoi pensais-tu ? voulut-il savoir alors qu'il prenait place sur le canapé.

– Moi ? » Elle se racla discrètement la gorge et prit une profonde inspiration. « En réalité, à rien de bien précis... »

Il posa son bras sur le rebord du canapé, et ses doigts lui effleurèrent presque la joue. « Tu mens très mal.

– Ah oui ? » Elle réprimait l'envie d'aller à la rencontre de ces doigts.

« Parce que tu as le sourire d'un petit chat qui a la nostalgie d'un bol rempli de crème. »

Elle rit doucement.

« Allez, dis. »

Elle hésita et humecta ses lèvres. « Je pensais à nous deux, finit-elle par avouer, à avant... »

À présent, Ulf lui caressait la joue. « Continue, la supplia-t-il presque en chuchotant.

– Je ne préfère pas, se défendit-elle. C'est déjà assez compliqué comme ça.

– Vraiment ?

– Oui, je crois. » Elle lui jeta un regard discret de côté. « Je ne sais même pas si tu es marié.

– Marié ? » Un sourire se dessina sur son visage, révélant les petites rides autour de ses yeux. « Tu le crois vraiment ? »

Elle haussa les épaules.

Ulf secoua la tête de façon à peine perceptible. « J'ai mis trop de temps à t'oublier, dit-il sans la quitter des yeux. Et après, c'était trop tard. »

Sa gorge se noua. « Tu n'es pas sérieux.

– Non. Dans mon métier, le taux de divorce est plutôt élevé, c'est pourquoi je n'ai même pas tenté le coup. » Et en continuant à sourire. « Et toi ?

– Je ne me suis jamais mariée. J'ai failli… une seule fois. »

À la façon dont il la regarda, elle comprit qu'il était au courant pour Thomas.

« Tu as entendu parler de lui, constata-t-elle.

– Oui, Björn y a fait allusion.

– C'était la seule fois où j'étais prête à franchir le pas. Mais ce n'était pas… une bonne idée. »

Il suivait avec le doigt la courbe de ses sourcils. « Je suis content que ça n'ait pas marché, dit-il en continuant sur sa joue puis sur ses lèvres. J'ai eu tellement peur pour toi lorsque tu étais dehors, perdue dans cette tempête de neige. Tu le sais au moins ? continua-t-il d'une voix douce. J'étais persuadé que je t'avais perdue.

– Peut-être cela aurait été mieux », répondit-elle. Sa bouche était subitement devenue sèche.

« Qu'est-ce que tu veux dire ? »

Elle tira nerveusement sur sa couverture. « Tu ne devrais même pas être ici. »

Il plissa le front, et elle retint son souffle. Lorsqu'il comprit enfin à quoi elle faisait allusion, il lui lança un drôle de regard. « Comment es-tu au courant ?

– Cette nuit, j'ai voulu accrocher ta veste et le mandat d'arrêt est tombé de ta poche. »

Il l'observa durant un bon moment, sans dire un mot. Puis il lui posa la question : « L'as-tu vraiment fait ?

– Oui » répondit-elle. Et le cœur lourd, elle sentit qu'il retirait sa main.

19

Maybrit écoutait la longue et douloureuse complainte du vent. Le jour venait de se lever, une blanche obscurité qui n'était que le reflet douloureux de son esprit tourmenté. Ulf n'était pas rentré. Elle avait appris par le service de coordination que la route qui menait à la maison de Caroline était devenue impraticable dès le début de la tempête. Bloquée par des arbres arrachés et par des congères de plusieurs mètres de haut. Après que Caroline et Ulf eurent quitté précipitamment le Fjällkrogen, ni Björn ni elle n'étaient restés bien longtemps. Puis il lui avait proposé de la reconduire chez elle. Son attitude l'avait surprise. Cette soirée ne semblait pas l'avoir tourmenté outre mesure. « Ulf et Lilli ont des choses à régler, avait-il seulement fait remarquer. Plus vite ils y travailleront et mieux ce sera pour nous tous.

– Tu penses vraiment qu'il va repartir demain à Stockholm ? avait-elle demandé d'une voix inquiète. Tu crois qu'il peut tout simplement oublier le passé ?

– Maybrit, je sais à quel point tu tiens à Ulf, et je sais aussi tout ce que tu as fait pour lui. Mais il n'est plus ce jeune homme fougueux d'autrefois. Il a mûri. Il a trouvé sa place dans la société. Et s'il ne sait pas toujours ce qu'il veut, il sait au moins ce qu'il ne veut pas. » Björn l'avait raccompagnée jusqu'à sa porte mais, alors qu'il allait prendre congé, elle l'avait retenu. « Ne pars pas, lui avait-elle dit.

– Tu es sûre ? s'était-il contenté de demander.

– Oui. » Elle ne voulait pas rester seule avec ses pensées et ses angoisses. Dans le couloir, il l'avait aidée à retirer son manteau, puis l'avait embrassée dans la nuque. Et elle avait compris qu'elle avait pris la bonne décision. Björn était un amant expérimenté, il savait exactement ce que Maybrit attendait de lui dans ce genre de situation, et pendant un certain temps elle n'avait plus pensé ni à Ulf ni à Caroline. Elle n'avait plus pensé à rien. « Tu te sens mieux ? » lui avait demandé Björn un peu plus tard alors qu'ils étaient tous deux allongés encore enlacés. Elle avait jeté un œil aux vêtements qu'ils avaient semés sur le sol du couloir et de la chambre, senti la main de Björn entre ses cuisses et, pour répondre à ses ardeurs, elle l'avait embrassé sans dire un mot. Quelques instants après, elle s'était endormie. Elle ne l'avait pas entendu partir mais cela lui importait peu. Björn ne restait jamais dormir.

De manière sporadique, ils couchaient ensemble depuis des années, et elle se demanda soudain si cette habitude lui manquerait le jour où tout s'arrêterait. Björn, tout comme Caroline autrefois, pouvait être d'une légèreté qui manquait cruellement à Maybrit. Être près de lui, c'était comme être effleurée par un rayon de soleil espiègle venu à travers la fenêtre, une source de lumière riante et dansante qui répandait sa chaleur pendant un moment, mais ne supportait pas qu'on l'enferme. Ce n'était pas une histoire d'amour. Il ne s'agissait que d'amitié, rien de plus, mais elle aimait le côté désinvolte de cette relation. Une relation où le sexe était libéré de toute contrainte, de toute responsabilité et qui s'apparentait davantage à un jeu. Depuis le retour de Caroline dans la vallée, c'était la première fois que Björn couchait avec elle. Et lorsque le vent la réveilla pendant la nuit, Maybrit se demanda brusquement si Björn pensait souvent à Caroline, et s'il avait pensé à elle pendant qu'il lui faisait l'amour. Il n'en laissait rien voir mais elle savait ce que ce retour signifiait pour lui. Elle espérait que cela ne lui avait pas donné mauvaise conscience. Un peu plus tard, elle décida de l'appeler. Même si c'était en plein milieu de la nuit. Mais au moment de prendre son téléphone, elle avait renoncé. À la place, elle s'était levée pour boire quelque chose et c'est là qu'elle avait remarqué l'absence d'Ulf. Dès lors il lui avait été impossible de se rendormir et, au petit matin, elle avait appris l'ampleur des dégâts causés par la tempête.

À présent, assise dans son salon, alors que la matinée touchait à sa fin, elle comprenait qu'elle ne pouvait absolument rien faire. Dans la lumière laiteuse, elle ressentit de la honte face à sa réaction hystérique mais elle savait que ses craintes n'étaient pas sans fondements. Ulf et Caroline étaient bloqués par la neige, presque parqués comme des animaux sans pouvoir, à aucun moment, s'éviter. Que pouvait-il naître d'une telle situation ? Maybrit n'osait même pas se l'imaginer. Elle essaya de penser à autre chose. En vain. À l'époque, Caroline et Ulf avaient formé un couple explosif. Lui était autoritaire et irascible. Elle, égocentrique et parfois sans égard pour les autres. « Le feu et la glace, avait dit une fois tante Inga, la mère d'Ulf, si nous n'y prenons pas garde, ils finiront par s'entre-tuer. »

Maybrit se souvint du moment où Ulf lui avait parlé de sa fille, Lianne, et de l'expression de son visage à ce moment-là. « Je n'ai jamais souhaité être père », avait-il avoué et pourtant, Maybrit avait aperçu des larmes au coin de ses yeux. Quelles vérités Ulf et Caroline allaient-ils encore faire resurgir ? Quel mal se feraient-ils l'un à l'autre ? Lorsque Ulf lui avait parlé de Caroline et de Lianne, elle avait compris cette immense solitude dont il souffrait depuis des années. Une solitude qu'il avait essayé de rompre sans être pour autant parvenu à refaire sa vie. À la place, il s'était réfugié dans l'alcool et dans des aventures sans lendemain En ce moment, Maybrit aurait souhaité que Caroline et lui réussissent à subjuguer cette force destructrice qui les guettait et à se retrouver malgré tous les obstacles, mais elle n'y croyait pas. Les plaies étaient encore à vif. Elle poussa un profond soupir et se remémorera l'été où Caroline avait disparu du jour au lendemain. Et c'était vers elle, Maybrit, qu'Ulf, en proie au désespoir s'était alors tourné et non vers sa sœur, ou ses parents, ni même vers Björn. Vers elle. Elle se souvint de la chaleur étouffante qui régnait depuis des mois dans le pays, des feux de forêts interminables comme si le destin funeste était déjà inscrit dans l'air brûlant. Ulf avait surgi dans sa chambre où les rideaux étaient tirés, si bien qu'elle le distinguait à peine dans la pénombre. « Elle est partie », avait-il dit d'une voix rauque. Peut-être était-il venu vers elle parce qu'elles étaient amies. Peut-être espérait-il que Caroline se soit confiée à elle, mais elle ne l'avait pas interrogé car elle était aussi surprise que lui. Absolument stupéfaite. Plus tard, elle s'était souvent demandé pourquoi elle ne l'avait pas renvoyé ce jour-là, comme elle l'aurait fait avec n'importe qui d'autre. Mais sans doute avait-elle senti en cet instant à quel point ils étaient proches. Bien plus proches que ne l'étaient Ulf et sa sœur Irène dont la relation avait toujours été superficielle.

Elle n'aimait guère se souvenir de ces mois qui avaient suivi, des vains efforts pour retrouver Caroline, pendant qu'Ulf sombrait dans l'alcool et la drogue pour oublier sa douleur. Il se serait probablement supprimé si elle n'avait pas été là. Elle n'avait jamais parlé à personne de ces moments où elle s'était non seulement battue pour Ulf, mais aussi pour elle-même. En définitive, elle avait autant appris sur lui que sur ses propres démons. Eux seuls connaissaient la vraie histoire.

Elle l'avait enfermé durant cinq jours. Il l'avait menacée, il avait pleuré, il l'avait suppliée, mais jamais elle n'avait cédé. Ces cinq jours avaient été les plus longs de son existence, et il avait fallu encore deux semaines pour le remettre à nouveau sur pied. Ensuite, il était parti. Où ? Elle ne l'avait pas su dans un premier temps. Puis, au bout de trois semaines, elle avait reçu une lettre. De Stockholm. Elle avait reconnu son écriture sur l'enveloppe, avant de la déchirer les mains tremblantes. Sur la lettre, seuls deux mots avaient été écrits : *Merci, Ulf.* Il était revenu voir ses parents un peu moins d'un an après. Maybrit l'avait vu et noté son changement d'attitude. Il avait pris ses distances et elle n'avait pas tenté de se rapprocher de lui à nouveau. Ce qu'ils avaient vécu, cette promiscuité durant le temps de son sevrage, ni lui ni elle n'en avaient gardé un souvenir agréable et d'un commun accord ils avaient décidé d'ensevelir à jamais cet épisode. Plus jamais ils n'avaient évoqué le passé. Et encore moins Caroline.

20

Elle l'avait fait. Elle avait, sans détour, avoué le meurtre. Malgré ce qu'il savait, malgré les preuves irréfutables, il avait continué hors de toute logique à se cramponner à l'espoir que ce n'était pas vrai, que les autorités auraient très bien pu commettre une erreur, que Caroline allait le supplier de faire toute la lumière sur cette affaire. Au lieu de cela, elle avait reconnu les faits. Des faits d'une cruauté absolue. Ulf savait ce que tuer un homme voulait dire. Ce qu'ôter une vie signifiait. Combien de fois s'était-il trouvé face à des meurtriers ? Des individus qui niaient farouchement les faits par peur de la peine qu'ils encouraient. Des hommes qui, une fois passés aux aveux, ne parvenaient plus à s'arrêter de parler et qui finissaient par éclater en sanglots lorsqu'ils comprenaient les conséquences de leurs actes. Tuer quelqu'un n'était pas quelque chose d'anodin. Même les meurtriers qui avaient soi-disant agi de sang-froid, après avoir mûrement réfléchi, n'étaient jamais totalement dénués de sentiments. Dans le fait de donner la mort, il y avait toujours des émotions en jeu. Même inconsciemment. Comment Caroline pouvait-elle rester si impassible et lui avouer, droit dans les yeux, qu'elle avait commis un crime ? Le policier en lui avait involontairement enregistré et analysé chacun de ses gestes. Se pouvait-il qu'elle soit à ce point bonne comédienne ?

Quelque part au fond de lui, une colère sourde grondait. Il fallait à tout prix la combattre et garder la tête froide. Surtout ne pas la laisser déborder. Il n'était même pas sûr d'avoir affaire à un meurtre.

Un meurtre implique un projet, de la préméditation. Il savait combien Caroline était impulsive jusqu'à perdre totalement le contrôle mais qu'elle possédait aussi un respect des lois prononcé. Pouvait-elle, dans ce cas, tuer de sang-froid ? Il secoua la tête, excédé. Tant qu'il n'aurait pas plus de détails sur cette affaire, tout n'était que pure spéculation. Pour le moment, la seule chose dont il était sûr, c'était qu'elle avait tué cet homme. Tiré sur l'homme qui avait écrasé sa fille. Comment s'était-elle procuré l'arme ? Voilà un point dont ils devraient discuter. Calmement.

Il entendit la porte de la salle de bains s'ouvrir, puis se refermer. Il cessa de faire les cent pas lorsqu'elle entra dans la pièce. Elle avait pris une douche et s'était habillée. En jean et pull-over. Ils avaient du temps pour réfléchir ensemble. Lorsqu'il croisa son regard, il vit qu'elle avait pleuré, ses yeux étaient rouges et il eut honte d'en ressentir un soulagement.

Il s'avança vers elle. « Tu as envie d'en parler ? demanda-t-il. Tu vas y arriver ? »

Elle ne répondit pas tout de suite et serra les bras autour d'elle comme si elle avait froid. « Je ne sais pas, finit-elle par répondre.

– OK, dit-il. Et si je t'aidais ? »

Il se demanda ce que ses yeux reflétaient. De la peur ? De la méfiance ?

« Je voudrais... commença-t-elle d'une voix hésitante, que tu comprennes d'abord pourquoi je l'ai fait.

– Très bien, dit-il. Commençons *par ça.* » Il avait l'impression de marcher sur des œufs. « Tu veux t'asseoir ? »

Elle fit non de la tête. « Je voudrais te montrer quelque chose. »

Elle tira deux albums photo de l'étagère.

Ulf résista à la tentation de se lever et de sortir.

« Pourquoi devrais-je regarder des photos, Lilli ?

– Tu comprendras mieux après. »

Il n'avait pas envie de la croire et maudissait à la fois la tempête, son idée d'être venu à Härjedalen, mais aussi sa légèreté d'avoir gardé le mandat d'arrêt sur lui. Jamais il n'aurait cru que ses propres états d'âme le tourmenteraient à ce point et il prit une profonde inspiration. Il lui fallut beaucoup de force pour mettre de côté ses inquiétudes. Mais peut-être que grâce à ces photos, ils réussiraient à établir un dialogue. « Très bien », lui accorda-t-il.

Il s'agissait de deux albums anciens, recouverts de tissu. À l'heure des photos numériques des tablettes et des smartphones, ils lui semblèrent totalement anachroniques. Mais c'était une autre époque. Celle où Lianne était née. Pas de photos postées sur Facebook. Ulf désigna le canapé. « Asseyons-nous.

– Tu ne préfères pas qu'on aille à la cuisine ? » Et il sentit son désir de mettre une distance entre eux.

Comme ils s'asseyaient à un coin de table, leurs coudes se frôlèrent, et Caroline retira précipitamment le sien. À présent, les deux albums étaient posés devant eux, et il remarqua à quel point l'étoffe couleur pastel était fanée, comme si les albums étaient restés au soleil. Les coins étaient usés. « On voit que tu les as souvent regardés », dit-il légèrement pour détendre l'atmosphère.

Elle esquissa un sourire. « Lianne et moi, nous les avons souvent regardés. Surtout quand elle était petite. » Elle ouvrit l'album à la première page. Ulf se figea. Ce n'étaient pas des photos d'enfants mais de lui, de Caroline, de Björn et de Maybrit...

« Nous devons renouer avec ce que nous avons été sinon nous ne pourrons jamais nous comprendre, dit-elle. Nous devons nous rappeler comment nous étions autrefois. »

Il secoua la tête. « Il y a si longtemps, Caroline. Tu l'as dit toi-même hier : on ne peut pas rattraper le passé.

– Non, mais nous devons le garder à l'esprit afin de mieux pouvoir juger nos actions d'aujourd'hui.

– Je ne pense pas que cela soit utile.

– S'il te plaît, donne-moi une chance », supplia-t-elle.

Il déglutit et attendit.

Elle fit glisser l'album vers lui et désigna l'une des photos. On reconnaissait Ulf et Caroline. Vêtus d'un simple maillot de bain, tous deux étaient assis sur le ponton de la maison, les pieds dans l'eau. Tandis que Caroline le fixait, lui regardait droit dans l'objectif. La scène lui revint alors en mémoire. Ils étaient allés nager et c'était Maybrit qui était derrière l'objectif. Elle passait son temps à prendre des photos. Il crut entendre le déclic de l'appareil, leurs rires, le clapotis de l'eau contre le ponton et voir la fugitive lueur arc-en-ciel d'une truite sautant hors de l'eau pour attraper des moucherons au vol.

« C'est ce jour-là que j'ai appris que j'étais enceinte », il entendit la voix de Caroline comme de loin.

Il lui fallut un bon moment pour enregistrer l'information. Il regarda la photo d'un œil nouveau et scruta le visage de Caroline. Il lui parut songeur. Elle savait qu'elle attendait un enfant de lui. Était-elle en train de se demander si elle devait lui en parler ? Et pourquoi ne l'avait-elle pas fait ? Il poussa l'album de côté. Toutes ces pensées le ramenaient toujours à une unique question. Mais il n'allait pas la lui poser une fois de plus.

« Tu te souviens encore de ce que tu avais en tête lorsque Maybrit a appuyé sur le déclencheur ? lui demanda-t-il à la place.

– Et toi, tu sais encore qu'il s'agissait de Maybrit ? » répliqua-t-elle, surprise.

J'en sais bien plus que tu crois, eut-il envie de répondre mais il se contenta d'acquiescer.

« Je suis incapable de dire à quoi je pensais à ce moment précis, sur ce ponton baigné de soleil, mais une chose est sûre : je me demandais si j'avais envie d'avoir un enfant.

– Et tu as songé à avorter ? » La question lui avait échappé, et il comprit que, de toute façon, elle l'aurait fait sans le prévenir, tout comme elle avait disparu sans laisser de trace. Il n'avait jamais été question de le mettre au courant de quoi que ce soit

Il se souvint de la discussion avec Björn quelques jours auparavant. *Quand il s'agit de prendre une décision difficile, Caroline le fait toujours seule.* Mais cette décision importante ne le concernait-elle pas, en définitive, lui aussi ?

« C'était le moment où nous avions décidé de nous marier, remarqua-t-il. Tu as eu peur que je fasse marche arrière si j'apprenais que j'allais devenir père ?

– Je n'avais pas peur, répondit-elle calmement, tout en continuant à tourner les pages. Pas de ça en tout cas. »

De quoi alors ? La question lui brûlait les lèvres mais il réussit à la retenir. Au fil des pages apparurent d'autres photos de cet été-là. Un été auquel il s'était si longtemps interdit de penser qu'il avait l'impression étrange que ces souvenirs étaient ceux d'un autre, et pourtant il s'en dégageait une force angoissante, un pouvoir d'attraction contre lequel il luttait comme fait un nageur contre un courant dangereux.

Puis cela passa et son regard s'arrêta sur une autre photographie, celle d'une petite fille aux cheveux noirs qui souriait avec insouciance à l'objectif. Il n'y avait pas de clichés de Caroline enceinte, ni du pêcheur norvégien, ni du bébé.

Il sentit le regard de Caroline se poser sur lui tandis qu'il continuait à parcourir l'album sans lever les yeux. Plus la petite fille grandissait plus il reconnaissait sa propre famille dans l'attitude et les traits de celle qui était devenue une adolescente. Et plus il se reconnaissait. Et reconnaissait Caroline. Ulf songea aux filles de Håkan et il dut admettre que Lianne avait été une enfant ravissante avec son doux visage et ses longs cheveux bruns que Caroline coiffait en une tresse qui lui faisait comme une couronne. Que ressentait-il en voyant ces photos ? C'était son enfant qui lui souriait et pourtant, il s'agissait d'une étrangère. Leur rencontre resterait unidimensionnelle. Il n'avait jamais entendu le son de sa voix, ni son rire, il n'avait jamais essuyé ses larmes. Il n'avait jamais senti son poids sur son bras, et il ne connaîtrait jamais ses rébellions enfantines contre l'autorité paternelle. Sa fille resterait à jamais une pensée, un rêve qui ne se réaliserait jamais puisqu'elle était morte avant qu'ils aient pu échanger un regard ou une parole. Il referma l'album.

Le deuxième contenait moins de photos. Il s'agissait de Lianne adulte. Une jeune femme attirante dont l'expression lui rappelait tellement Maybrit qu'il eut du mal à dissimuler son agacement.

« Elle a l'air sûre d'elle, finit-il par remarquer.

– Elle l'était, répondit Caroline.

– Qu'est-ce qu'elle faisait ? Des études ? Elle travaillait ?

– Elle étudiait les langues étrangères. Elle venait de postuler pour partir un semestre au Canada.

– Et pendant son temps libre ? »

Caroline sourit. « Elle faisait du sport. Beaucoup de sport, c'était devenu une obsession. De l'athlétisme au niveau national. »

Ulf serra les lèvres « Elle habitait encore chez toi ? » demanda-t-il après un moment de silence.

Caroline secoua la tête. « Elle avait déménagé depuis six mois environ, c'est pour ça que… Thomas a eu le courage de…

– … de te demander en mariage, continua Ulf. Et avait-elle un petit ami ?

– Rien de bien sérieux. Je crois qu'elle avait peur de s'attacher. On en avait souvent parlé. Elle sortait bien de temps en temps avec quelqu'un mais elle avait un but bien arrêté et ne voulait pas s'en laisser détourner.

– Pour résumer, c'était une jeune femme très prometteuse », dit Ulf. Sa remarque était maladroite et n'exprimait pas le moins du monde ce qu'il ressentait réellement. Mais Caroline sembla ne pas y avoir fait attention. Elle referma l'album et caressa le tissu de la couverture. Une unique larme coula sur sa joue. Elle l'essuya sans hâte et regarda la fenêtre sur laquelle se réfléchissaient les lumières et les meubles de la cuisine.

« À quoi penses-tu ? lui demanda-t-il.

– À Lianne, à notre dernière rencontre avant… sa mort.

– Tu veux m'en parler ?

– Je crois que je n'y arriverai pas.

– Essaie au moins.

– Je n'en ai jamais parlé à personne. »

Quand il s'agit de prendre une décision difficile, Caroline le fait toujours seule.

« Que s'est-il passé ?

– Nous nous étions disputées… » Caroline se mordit la lèvre.

« C'était à propos de quelque chose d'important ? »

Elle baissa les yeux puis fit un non de la tête mais il ne la crut pas. Après être resté un bon moment sans rien dire, il reprit la parole. « Vous vous êtes quittées sans vous être réconciliées », dit-il seulement en guise de conclusion.

Tandis qu'elle acquiesçait, les yeux de Caroline se remplirent à nouveau de larmes.

« Quand l'accident a-t-il eu lieu ?

– Deux jours plus tard, comme elle allait s'engager à vélo dans la rue où j'avais mon appartement. » Elle toussa doucement. « Je l'avais invitée à dîner car j'étais désolée. Désolée de lui avoir dit des choses injustes. »

Il imagina Lianne, une jeune femme aux cheveux noirs et bouclés, habillée sport, en chemin pour aller voir sa mère. Elles habitaient dans le même quartier, c'était ce qu'il avait appris dans le compte rendu que Håkan lui avait envoyé. Leurs appartements n'étaient séparés que par quelques rues. La nuit était tombée, il s'était mis à pleuvoir, et le chauffeur lui avait coupé la route.

« Je me demande ce qu'il se serait passé si nous ne nous étions pas disputées. Serait-elle encore en vie ? Et si elle était venue à pied ? » dit Caroline en interrompant ses pensées.

C'était normal, celui qui perd un être cher passe par cette phase de révolte, il aurait aimé la consoler mais il ne trouvait rien à dire, à part des banalités.

« As-tu réussi à lui parler après l'accident ? » lui demanda-t-il.

Elle secoua la tête.

« Mais tu l'as vue allongée dans la rue.

– Oui, dit-elle d'une voix presque éteinte.

– Dis-moi ce que tu as vu. S'il te plaît... »

Caroline avala sa salive et son regard se perdit dans le vide.

« Lianne était étendue sur le trottoir comme une poupée désarticulée, commença-t-elle d'une voix qu'il ne reconnaissait pas. Ses cheveux étaient détrempés par la pluie et son visage d'une pâleur extrême. Sa parka blanc et gris était couverte de sang, ses yeux, grands ouverts, et je pouvais l'entendre respirer. » Caroline frissonna, et Ulf devina ce qu'elle avait pu entendre, cet horrible râle, typique chez les accidentés de la route dont la cage thoracique a été écrasée. « Elle m'a regardée, continua-t-elle, mais elle ne pouvait pas parler. J'ai retiré ma veste et je l'ai posée sous sa nuque. Je... » Une fois de plus, Caroline essuya les larmes sur son visage. « Je lui ai dit que je l'aimais et que tout irait bien. C'est ce que je lui disais quand elle avait peur... et j'ai lu dans ses yeux qu'elle m'avait comprise. Elle a voulu me sourire mais elle n'en avait pas la force… » Elle mit sa tête dans les mains. « Elle est morte avant que les secours n'arrivent. »

Il y eut un long silence dans la cuisine. La seule chose que l'on entendait était le gémissement du vent autour de la maison et Ulf eut l'impression de sentir le froid. Il frissonna malgré lui. Caroline était recroquevillée sur sa chaise, tremblant de tous ses membres. Tout à coup, elle lui apparut si petite et si fragile ! Il se leva, se dirigea vers l'armoire et en sortit deux verres ainsi qu'une bouteille de whisky.

« Bois », ordonna-t-il.

Elle fit non de la tête.

« Bois. » Le ton de sa voix ne lui laissait pas le choix. Il la regarda porter le verre à ses lèvres. Elle toussa dès la première gorgée, mais elle croisa de nouveau son regard et finit le verre. Il le remplit de nouveau.

Petit à petit, sa respiration se calma.

« Et le chauffard ? demanda-t-il. Où se trouvait-il ?

– Je ne sais pas, dit-elle. Il n'était plus là. Ni lui ni sa voiture.

– La police a retrouvé la voiture ?

– Il y avait des traces de peinture. Sur les vêtements de Lianne et aussi sur son vélo. Et il y avait aussi des témoins qui avaient retenu une partie de sa plaque d'immatriculation. » Elle passa la main sur ses yeux, un geste las comme pour en finir mais elle le regarda de nouveau.

« Il était ivre, Ulf », dit-elle d'une voix amère. Et il fut effrayé par la puissance de son émotion. « Ils l'ont arrêté le lendemain matin chez lui, et il avait encore deux grammes d'alcool dans le sang. » La tristesse au fond de ses yeux avait fait place à une colère sourde, elle s'était redressée.

« Et c'est pour ça que tu l'as tué ?

– Non. » Elle se servit un nouveau verre et l'avala d'un trait. Elle resta un long moment sans rien dire, et il comprit à quel point elle devait lutter pour ne pas perdre son sang-froid. « Il avait un bon avocat qui l'a fait sortir de sa détention provisoire, finit-elle par lui avouer, comme sous la contrainte.

– Parce qu'il avait de l'argent ?

– J'imagine. » Elle fit tourner le verre vide dans sa main. « Je ne sais pas si c'était une histoire d'argent. En tout cas, il connaissait les bonnes personnes. »

Quand il comprit ce qu'elle sous-entendait, il eut du mal à garder son calme. « Et tu crois qu'il a évité une condamnation grâce à ses relations », conclut-il tout en se demandant si c'était exact. Sa voix trahissait un certain scepticisme que Caroline remarqua instantanément. Elle le fixa du regard, furieuse. « Après l'enterrement de Lianne, l'affaire a été classée, dit-elle avec entêtement. Ça veut tout dire, non ?

– Mais ça ne te donnait pas le droit de lui tirer dessus, s'emporta-t-il.

– Tu n'es pas obligé de parler comme un flic !

– Ce que tu as fait n'a pas ressuscité Lianne ! » À présent, il lui était impossible de cacher sa colère. « Et comme si ça ne suffisait pas, tu as gâché la tienne de vie, c'est ça que tu voulais ?

– Tu ne comprends rien. Rien du tout ! » Sa voix se brisa. Elle se leva avec une telle rage qu'elle fit tomber la chaise et quitta la cuisine comme une furie.

« Il n'y a pas grand-chose à comprendre ! » lui hurla-t-il.

Elle s'arrêta brusquement et se tourna vers lui. « Qu'est-ce que tu veux que je te dise ? dit-elle en criant. Que je regrette ? Et que j'éprouve du remords à cause de ce que j'ai fait ?

– Parce que ce n'est pas le cas ?

– Non, bon Dieu. S'il fallait le refaire, eh bien je le referais, encore et encore... » hurla-t-elle en se précipitant hors de la cuisine.

Ulf bondit de sa chaise, la rattrapa et la plaqua contre le mur du couloir. « Ce n'est pas vrai. Dis-moi que ce n'est pas vrai.

– Lâche-moi ! siffla-t-elle. Tu crois me connaître ? Eh bien tu te trompes. Tu n'as même jamais essayé ! »

Il reçut ces mots comme une gifle. Il la saisit par les épaules et la secoua. « Lilli, arrête, tu as déjà assez fait de dégâts comme ça. »

Elle haletait. Il l'entoura de ses bras. Dans un dernier élan de résistance, elle se mit à lui donner des coups de poing pour le repousser mais elle finit par s'effondrer et enfouit sa tête contre sa poitrine.

Elle était déjà comme ça avant. Un vrai animal sauvage, elle insultait, devenait hystérique. Aveuglée par la colère et le ressentiment, elle disait des choses qu'on ne pouvait pas pardonner même si elle s'excusait après et qui avaient des conséquences durables. Quand elle était dans cet état, elle était capable de tuer.

Son cœur battait à se rompre et sa respiration se faisait de plus en plus saccadée. Une de ses pinces à cheveux s'était détachée et était tombée par terre. Lorsqu'elle leva enfin les yeux vers lui, il écarta les mèches folles qui lui tombaient sur le visage. Il y avait quelque chose d'imprévisible dans son regard, quelque chose qui l'avait toujours fasciné. Ses doigts hésitants s'attardaient sur sa joue. Elle ne bougeait pas un cil. Il se pencha, sentit la chaleur de son souffle, leurs lèvres se frôlèrent dans une valse-hésitation, encore et encore, comme si, après s'être beaucoup manquées, elles avaient beaucoup de choses à se raconter. Les bras de Caroline s'enroulèrent autour de son cou, et ce qui semblait jusqu'alors un petit jeu innocent devint plus sérieux, plus dangereux. Hors d'haleine, il se détacha et fit un pas en arrière. Elle s'appuya contre le mur, les yeux baissés, promenant les doigts sur ses lèvres et, à cette vue, il dut combattre la tentation.

21

Elle s'en voulait d'avoir bu le whisky si vite. Elle ne le supportait pas même si elle l'avait fait croire à Ulf. Sa condescendance l'avait rendue folle de rage. Que pouvait-il savoir de la perte d'un enfant ! Une jeune femme que l'on avait vue grandir, un jeune être plein d'espoirs et de projets. Lianne avait toute la vie devant elle et, en l'espace de quelques secondes, tout avait été anéanti, éteignant la lumière qui avait brillé si claire, si éclatante. L'alcool lui avait ôté tout pouvoir de distinguer clairement les choses, et, dans sa tête, la douleur n'était plus qu'un bruit sourd, inoffensif.

Parler à Ulf de l'accident l'avait bouleversée, bien plus qu'elle ne l'avait laissé paraître. Durant toutes ces semaines, elle était parvenue à dissimuler ses émotions. Et elle le payait, une fois seule. Le désespoir et le chagrin la terrassaient alors avec une force décuplée. À présent, sa tête était très lourde. Au moment de se lever, elle avait senti l'effet de l'alcool. Caroline avait secrètement espéré qu'Ulf serait plus compréhensif, surtout après avoir vu les photos. Mais sa fille était restée pour lui une étrangère. C'était une enfant qui lui ressemblait, rien de plus. Ses questions sur Lianne, il les avait posées par pure politesse et celles sur sa mort par curiosité professionnelle, notamment pour comprendre pourquoi elle avait tué. Lorsqu'elle s'en était rendu compte, elle avait eu honte. À quoi s'était-elle attendue ? Qu'il la contemple, les yeux baignés de larmes ? Qu'il pleure quelqu'un qu'il n'avait pas connu, et qu'il ne connaîtrait jamais parce qu'elle l'en avait empêché ? Elle avait cru qu'il ressentirait pour Lianne la même chose qu'elle. Peut-être aurait-il été plus compréhensif s'il avait eu des enfants, s'il avait connu les angoisses et les joies qui accompagnent le développement d'un jeune être. Mais il ignorait tout cela. Comment Ulf, un célibataire qui toute sa vie n'avait été responsable que de lui-même, comment pourrait-il le comprendre ? Comment avait-elle pu l'espérer ? Dans son univers de textes de loi et de règlements, il lui était facile de la montrer du doigt, elle, la femme qui avait tué par vengeance, par pure vengeance, un mobile méprisable pour lequel n'importe quel juge la condamnerait pour meurtre.

Elle avait ressenti de la colère et de la déception, une déception incrédule devant la distance qui s'était creusée entre eux, même s'il était devenu un étranger, même s'ils n'avaient plus rien en commun si ce n'était une passion amoureuse éteinte depuis près de trois décennies. Voilà ce qui lui était passé par la tête pendant qu'elle avait hurlé sa colère.

Puis il l'avait attrapée par les épaules et secouée, et ce qui avait couvé entre eux pendant tout ce temps s'était embrasé. Sa déception et encore moins son chagrin n'étaient pas assez puissants pour la protéger du pouvoir d'attraction qu'il exerçait sur elle. L'alcool avait bien sûr aidé et, si Ulf n'avait pas tiré la sonnette d'alarme, ils seraient probablement en train de faire l'amour. Il se tenait toujours devant elle, combattant la tentation, sans avoir la force de détourner le regard, et le déchirement était inscrit sur son visage. Viens, avait-elle envie de lui dire, faisons ce que nous avons toujours fait auparavant, défions le caprice du destin qui nous a enfermés ici. Mais elle n'en eut pas le temps car la lumière vacilla. Une obscurité aussi épaisse que soudaine envahit la maison tandis que le bourdonnement des appareils électriques se taisait d'un coup.

« Bon sang, pesta Caroline tout bas. C'est l'électricité.

– Ce n'est qu'une coupure momentanée, dit la voix d'Ulf. Ça va revenir. »

En vérité, il n'en était pas sûr du tout.

« Il y a des bougies dans la cuisine », dit-elle en se dirigeant à tâtons. Ulf ouvrit la porte du salon et, grâce à la lumière dansante du feu, ils virent au moins se dessiner quelques contours. Caroline crut sentir le froid se faufiler en rampant dans la maison. Les chauffages fonctionnaient tous à l'électricité. Et dehors, il faisait moins vingt degrés. Trois jours avant – seulement trois jours ? – Thomas lui avait demandé si elle n'avait pas peur de vivre dans cette maison isolée. Elle avait réfléchi et avait dit que la seule chose qui l'inquiétait, c'était une panne de courant en plein hiver. Enfant, elle avait passé deux jours sans électricité dans cette maison. Deux jours de froid et d'obscurité qui avaient marqué son esprit à jamais. Enroulée dans une couverture, elle était restée assise devant la cheminée que son père nourrissait sans arrêt de bûches. Sa mère avait posé sur les braises une vieille casserole pleine d'eau afin de faire un peu de thé. Au départ, cela lui avait semblé un jeu. Puis elle avait perçu l'angoisse de ses parents, elle avait lu l'inquiétude dans leurs yeux, entendu leurs chuchotements anxieux quand ils la croyaient endormie. La peur qu'elle avait éprouvée pendant ces jours-là l'avait suivie pendant de longues années.

À présent, c'était Ulf qui ajoutait du bois dans l'âtre pendant qu'elle disposait des bougies aux fenêtres pour que leur reflet répande plus de lumière. « Nous devons aller chercher du bois sinon le feu ne tiendra pas cette nuit, dit-il sans la regarder.

– Quelle heure est-il ? demanda-t-elle.

– Bientôt dix heures et demie. »

Caroline poussa un soupir lorsqu'une nouvelle bourrasque fit trembler la maison. Le vent soufflait en tempête depuis presque vingt-quatre heures. Combien de temps allaient-ils rester enfermés ? Le chien à côté d'Ulf s'étira, se leva puis se dirigea vers elle. Elle caressa sa tête puissante. Lui aussi avait besoin de sortir.

La réserve de bois se trouvait sous la véranda qui faisait le tour de la maison. Devant la porte d'entrée, la neige, qui tourbillonnait rageusement, rendait chaque pas périlleux. Caroline avait apporté une lampe torche mais elle s'avéra vite inutile. La seule chose qu'on voyait dans le faisceau lumineux, c'était un mur de flocons de neige. Ulf et elle devaient communiquer par gestes car le hurlement du vent interdisait tout autre échange. Chargée d'un des paniers, elle descendit tant bien que mal les marches en prenant garde de ne pas perdre la maison de vue. Les solives et les murs en bois brut étaient ses seuls repères, et tandis qu'elle avançait dans le grand tourbillon blanc, elle sentit le vent l'assaillir et le froid lui couper le souffle. Les bûches avaient gelé et Ulf dut les séparer à coups de hache. Avec des doigts gourds malgré ses gants, Caroline remplissait les paniers qu'Ulf ramenait à la maison. Il ne fallait pas longtemps pour qu'il resurgisse de nulle part mais quelques minutes paraissent une éternité quand on est à genoux dans la neige, en pleine nuit, et qu'on ne sent plus ni ses mains ni ses pieds, aussi fut-elle soulagée quand il lui fit comprendre qu'ils avaient fini. Il l'aida à se relever et lui tint la main pour lui permettre de remonter les quelques marches qui menaient à la véranda.

Il avait jeté le bois au milieu du couloir et il y en avait assez pour qu'ils n'aient pas besoin de ressortir avant le lendemain matin. Les bûches fumaient dans l'air chaud et les minuscules cristaux de neige et de glace brillaient dans la faible lumière. Le chien s'en approcha en reniflant puis il partit en direction de la cuisine seulement éclairée par une bougie posée dans un verre. Il avait faim. Caroline le suivit et lui ouvrit une boîte qu'elle avait trouvée dans la réserve. Et tandis qu'elle le regardait dévorer son repas, elle se rendit compte que ni Ulf ni elle n'avaient avalé quoi que ce soit depuis le matin. Elle dénicha au fond d'un placard la casserole usée que sa mère utilisait pour la cheminée. Elle y versa une soupe de pommes de terre achetée la veille et y coupa dedans les restes d'un rôti de renne. Elle amena la casserole au salon, puis quand Ulf eut rassemblé les braises, elle la posa sur le côté pour qu'elle se réchauffe lentement.

« Tu le referais vraiment ? » demanda-t-il, pendant qu'ils s'installaient devant la cheminée pour attendre que la nourriture soit chaude. Ils posèrent par terre les peaux de mouton du canapé et répartirent les coussins. Ulf, qui s'en mit deux derrière le dos, lui posa la question en levant les yeux vers elle. Caroline s'assit en face de lui, les jambes repliées, et enfouit ses pieds dans la fourrure du chien pour les réchauffer.

« Que veux-tu dire ? répondit-elle.

– Si c'était à refaire, serais-tu prêt à tuer de nouveau l'homme qui a écrasé Lianne ? »

Elle ne répondit pas tout de suite. « C'est vraiment si important ? finit-elle par demander.

– Pour *moi*, ça l'est, dit Ulf.

– En fait, je n'ai plus vraiment envie d'en parler, avoua-t-elle. Tout a été dit, non ? » Après l'affairement causé par la panne de courant et leur escapade forcée dans le vent glacial qui avaient dissipé les vapeurs de l'alcool, elle n'était plus vraiment sûre d'avoir envie de ce genre de discussion avec Ulf. Elle enfila le gant de cuisine pour ne pas se brûler, souleva le couvercle de la casserole et remua le ragoût avec une cuillère en bois. C'était presque prêt.

« À l'époque tu disais des choses sous le coup de la colère mais au fond tu ne les pensais pas », remarqua Ulf.

Elle se rassit. Le chien était en train de rêver, elle entendait ses griffes gratter le parquet. Soudain, un frisson la parcourut et, avant qu'elle puisse s'en protéger, le souvenir la rattrapa. Le visage d'Ulf s'estompa, et un autre lui apparut. Plus jeune, peut-être deux ou trois ans de moins qu'elle. Il avait semblé si ordinaire, si terriblement banal et même pas antipathique au premier regard. Un homme, au milieu de la quarantaine, avec un peu de ventre et des cheveux plus clairsemés. Il devait être surpris par sa visite car ses mains étreignaient nerveusement l'embrasure de la porte. Il essaya de sourire et ne réussit à faire qu'une grimace. Il l'avait finalement invitée à passer dans son bureau. Il était tard et ses collègues étaient déjà partis depuis un bon moment, c'était d'ailleurs pour ça qu'elle avait choisi cette heure. En lui ouvrant la porte, il avait commis une erreur fatale. Il lui avait tellement facilité la tâche. Jamais elle n'aurait eu le courage de tirer en pleine rue, et jamais elle n'aurait osé lui rendre visite une seconde fois s'il l'avait éconduite. Il n'aurait vraiment pas dû ouvrir…

« Lilli ? »

Elle sursauta quand Ulf lui toucha le bras.

« Quoi… ?

– Tu rêves les yeux ouverts. »

Elle essayait en vain de chasser le souvenir d'Alexander Molinan, l'homme qui avait écrasé sa fille, mais elle n'y parvenait pas. Son visage lui revenait sans cesse en mémoire. Il s'interposait entre

Ulf et elle, un visage muet, au regard implorant, qui s'était élargi de peur lorsqu'il avait compris qu'il allait mourir. Pourrait-elle un jour chasser ce regard de son esprit ?

Elle se força à regarder Ulf. « Non, je ne le referais pas, avoua-t-elle. La mort de cet homme était aussi absurde que la mort de ma fille et cela n'a rien changé au chagrin et à la colère que j'ai éprouvés… en vérité ça n'a fait que les empirer… »

Ulf ne put cacher son soulagement. Elle se doutait qu'il avait une autre question en tête mais il la garda pour lui. Il ne la poserait pas maintenant. Plus tard peut-être. Au lieu de quoi, il se leva et, quelques instants après, il revint chargé de deux assiettes creuses, de cuillères et de deux bouteilles de bière. Ils mangèrent en silence, chacun perdu dans ses pensées.

Une fois le repas terminé, elle repoussa gentiment le chien et, tout comme Ulf l'avait fait, elle se cala confortablement contre plusieurs coussins. Elle effleura la peau de mouton sur laquelle ils étaient étendus avant de caresser le chien qui, à son contact, s'étira et grogna de plaisir. Puis elle regarda Ulf. Le reflet des flammes dansait sur son visage, soulignant son nez fin et droit et son menton carré. Sa barbe, à l'encontre de ses cheveux bruns, était presque grise. Dieu qu'elle avait aimé ce visage, comme elle s'était languie d'un regard de ces yeux ! Et comme elle lui en avait fait baver autrefois par peur de ces sentiments qui la brûlaient dès qu'elle l'approchait d'un peu trop près. Plus elle l'aimait, plus elle lui rendait la vie impossible. Plus tard, bien plus tard, elle avait compris que l'amour exigeait de sacrifier une partie de soi-même et que se perdre dans un amour était le danger le plus grand de la vie. La légende de la buse et de la femme aimée en était la plus parfaite parabole. Chaque être humain, doué de sentiments, devra un jour se demander si l'amour, le grand amour, celui qui vous dévore le cœur, en vaut vraiment la peine. Et s'il aura le courage de le vivre jusqu'au bout.

Au fil des années, elle s'était sentie honteuse de son comportement immature envers Ulf. Jamais elle n'aurait dû le quitter sans explication, tout le monde en méritait une, et combien de fois avait-elle lutté contre le désir de le retrouver. À l'époque, elle avait été guidée par la peur et l'ignorance mais où cet abandon l'avait conduite ?

Elle savait à présent qu'il ne fallait pas approfondir cette réflexion, qu'elle devait se faire une raison. Pour elle, il n'y avait ni seconde chance ni avenir heureux, pas après tout ce qui était arrivé.

Leurs regards se croisèrent.

« Tu dois me détester pour ce que je t'ai fait subir, dit-elle.

– J'en suis incapable, avoua-t-il d'une voix tranquille.

– Mais j'ai tué un homme ! » Ses yeux se remplirent de larmes.

« Oui », répondit-il laconiquement.

Incertaine, elle fixa son visage à la recherche d'une explication à cette réponse si laconique. Comment pouvait-il tout résumer à l'aide d'un seul petit mot ? Mais soudain, tout lui sembla plus clair. Il avait pris sa décision depuis bien longtemps. Il était venu pour la trouver. Non pas à cause du meurtre et du mandat d'arrêt. Jamais il ne l'aurait évoqué si elle ne lui en avait pas parlé.

22

Björn donna un grand coup de pelle dans la neige compacte. Malgré le froid et le vent glacial, il sentait la sueur ruisseler sur son corps sous les multiples couches de vêtements qui le protégeaient. La fatigue se propageait de ses bras à son dos ; une raideur qui le gagnait peu à peu. Chaque nouveau coup de pelle exigeait toute sa volonté, aussi bien physique que mentale, l'obnubilant tout entier au point d'empêcher la moindre pensée. Il n'était plus un homme mais une machine qui fonctionnerait jusqu'à l'extinction. Björn et ses hommes travaillaient depuis près de vingt-quatre heures, entrecoupées par de rares pauses. Il était habitué au dur travail physique, toute sa vie il n'avait fait que ça. Mais cette fois, c'était différent. Même s'il ne voulait pas se l'avouer, il agissait avec une sorte d'acharnement qui confinait à un dangereux manque d'égards. Envers lui-même mais aussi envers les autres qu'il malmenait. Mais c'était le seul moyen d'éviter que le courant ne soit coupé dans tout le village. Ils avaient évacué des maisons et des fermes et rapatrié vers le centre les personnes âgées qui habitaient aux alentours. En cas d'urgence on pourrait toujours utiliser les générateurs et les réserves de fuel. La tempête ne faiblissait pas mais il tombait désormais moins de neige.

Épuisé, il cessa, durant quelques instants, de pelleter et en profita pour jeter un coup d'œil sur les hommes à peine reconnaissables dans leurs combinaisons matelassées, les visages invisibles sous les cagoules. L'un d'eux leva la tête et se rapprocha de Björn, courbant le dos contre la violence du vent. « Tu devrais faire une pause », lui cria l'homme. C'était Ole. « Il y a trop longtemps que tu es là. Nous finirons sans toi. »

Björn secoua la tête. Pas de pause, il n'en était pas question. Il avait essayé. Mais dès que son esprit n'était plus accaparé par l'urgence et l'idée de tenir bon, il se mettait à gamberger, et un sentiment de détresse s'emparait de lui, bien plus grave que l'épuisement et le froid qu'il devait combattre. La longue cicatrice sur son bras le tiraillait, comme chaque fois qu'il faisait un effort corporel. C'était une douleur violente qu'il ressentait jusqu'aux os. Il avait depuis longtemps compris que cette cicatrice était devenue une mise en garde, elle rappelait à sa mémoire d'où elle provenait. Il reprit son travail et chassa immédiatement cette pensée de son esprit. Il ignora aussi la lumière que projetaient les fenêtres du centre social, une lumière triste et blafarde à travers les tourbillons de neige.

Maybrit, elle, se trouvait à l'intérieur, organisant les opérations, faisant en sorte que personne ne manquât ni de nourriture ni de boissons chaudes, et restant en contact permanent avec le seul médecin encore joignable. Elle seule soupçonnait ce qui le tracassait et pourquoi il travaillait jusqu'à l'épuisement. Non, elle ne le soupçonnait pas, elle le savait. Mais elle gardait le silence. Ce n'était pas son genre de se mêler des affaires d'autrui, voilà tout, et il enviait cette indépendance. Elle avait hérité de ses ancêtres l'esprit pionnier, la détermination et l'autorité. Son amour, elle le gardait pour la terre sur laquelle elle vivait. Pour sa maison. Et pour le lac. C'était à eux qu'elle était liée, pas aux hommes. La seule fois où Björn l'avait vue en larmes, c'était lorsque son chien avait été attaqué et tué par un ours brun. Elle avait pisté la bête, l'avait tuée et payé sans sourciller l'amende pourtant conséquente. Et jamais plus elle n'avait voulu avoir de chien.

La porte du centre social s'ouvrit et la femme à laquelle il pensait apparut sur le seuil. En long manteau matelassé, chaussée de bottes épaisses, sa capuche bordée de fourrure rabattue sur sa tête, Maybrit se dirigeait vers lui, bravant le vent et la neige. « Tu ne rendras service à personne en te tuant à la tâche, lui cria-t-elle quand elle fut près de lui.

– Rentre à l'intérieur », lui dit-il sur la défensive.

Elle secoua la tête. « Je resterai ici jusqu'à ce que tu rentres avec moi. »

Les hommes autour d'eux levèrent la tête, trop heureux de ce moment de diversion. Björn jura, planta la pelle dans la neige et suivit Maybrit jusqu'au bâtiment. Dès qu'il eut passé la porte, il sentit que la chaleur lui ôtait ses dernières forces. Et sans même se débarrasser de sa combinaison fourrée, il se laissa choir sur une chaise, juste à côté de la porte. Un léger brouhaha remplissait l'espace. Les fenêtres étaient recouvertes de buée, et ça sentait la soupe, le vin chaud et le café. Il y avait beaucoup de personnes âgées. Elles parlaient à voix basses, certaines lisaient, d'autres s'étaient assoupies sur leurs chaises. Björn ôta laborieusement ses gants et se frotta les yeux. Chaque mouvement en était un de trop. Il sentit le regard de Maybrit se poser sur lui tandis qu'elle accrochait son manteau et lui enlevait ses bottes. « Reste assis, je t'apporte quelque chose à boire », dit-elle.

Quelques instants plus tard, il tenait une tasse de café brûlant entre les mains. Il but par petites gorgées, en se réchauffant les doigts et en appuyant son dos tout endolori contre le dossier de la chaise. La fatigue l'ankylosait tellement que le moindre mouvement se transformait en effort physique. Il n'arrivait plus à empêcher ses pensées de tourner en rond.

Maybrit s'assit à ses côtés, un café à la main. « Tu ne m'avais pas dit la nuit dernière que c'était mieux pour nous tous que Caroline et Ulf aient enfin une vraie discussion ? Où est passé ton flegme ?

– Hier je ne savais pas encore qu'ils allaient se retrouver enfermés en tête à tête », lui rappela-t-il.

Elle but une gorgée de café et le regarda par-dessus le bord de la tasse. « De quoi as-tu le plus peur ? Qu'ils finissent par s'entre-tuer ou par partager le même lit ?

– Pour être tout à fait honnête, Maybrit, répondit-il sèchement, j'ai peur qu'ils couchent ensemble et qu'ensuite ils s'entre-tuent. »

Une lueur passa dans les yeux de Maybrit et les coins de sa bouche frémirent. Elle tenta désespérément de se contrôler en se mordant les lèvres. En vain. Björn la regarda, incrédule, éclater de rire, puis il fut pris, à son tour, d'un fou rire qui sembla évacuer toute la tension de ces dernières vingt-quatre heures. Hors d'haleine, ils essuyèrent leurs yeux pleins de larmes à force de rire et reprirent leur respiration. Autour d'eux, tout le monde s'était tu et ils sentaient tous les yeux posés sur eux. Björn se racla la gorge et Maybrit se passa une main dans ses cheveux.

Il y eut un bruit de chaise, puis un autre et, progressivement, les conversations reprirent.

« Désolée », dit Maybrit doucement.

Björn secoua la tête en riant. « Pas grave, il fallait que ça sorte. » Il posa sa tasse et s'étira. « Je pense que je suis juste bon à rentrer chez moi pour dormir quelques heures. » Il se leva péniblement. Maybrit l'accompagna jusqu'à la porte. Il l'enlaça brièvement, puis l'embrassa sur les deux joues. C'était la première fois qu'il osait un tel geste en public, et il la sentit se raidir mais elle se laissa faire. Dehors, le vent et la neige faisaient rage dans la nuit noire. Heureusement que les routes, grâce aux efforts de tous ses hommes, étaient redevenues praticables. Björn mit le contact, laissa tourner le moteur le temps de dégivrer le pare-brise et en profita pour balayer la neige qui s'était entassée sur son pick-up. Il s'apprêtait à démarrer lorsque son regard tomba sur un gant de laine noire abandonné sur le siège du passager. Un gant qui appartenait à Caroline. Elle avait dû l'oublier en rentrant de leur balade à ski. Soudain, il crut entendre sa voix au loin : « Je n'ai plus personne au monde, Björn, à part ma tante Andra. » En un instant, l'hiver, le froid et l'obscurité disparurent, c'était le printemps, il était avec elle et le soleil illuminait sa chevelure blonde. Il la tenait, la serrait contre lui tout en la réconfortant. « Mais tu nous as nous, Lilli, avait-il répondu. Tu n'es pas seule. » Elle avait posé sur lui ses grands yeux, ses yeux remplis de peur et de douleur en secouant la tête. « Ce n'est pas pareil, avait-elle répondu à voix basse. Tu le sais bien. » Sa voix trahissait une immense solitude, une solitude inimaginable pour une jeune fille de dix-huit ans. Ils étaient assis au bord du lac, à l'endroit où ses parents étaient morts et où, plus tard, elle avait tenté de se suicider. « Tes parents n'auraient pas voulu que tu le fasses, lui avait-il dit d'une voix suppliante.

– Mais je ne peux pas rester toute seule... »

Elle n'avait jamais pu supporter de souffrir.

« Elle est fragile, lui avait un jour expliqué sa mère. Et si tu essaies de la retenir, tu la détruiras. » Dans les années qui avaient suivi, il s'était souvent demandé ce qu'il avait détruit ce jour-là en la ramenant à la vie et si, au fond, il n'aurait pas mieux valu la laisser partir. Elle s'était battue pour ne pas être sauvée. En y repensant, il ne put s'empêcher de toucher son bras, sentit sa cicatrice et revit la lame de rasoir scintiller au soleil. Et il revit le sang, du sang partout. Lorsqu'il avait voulu lui arracher le rasoir des mains, elle s'était défendue et lui avait enfoncé la mince lame d'acier dans le bras. Il y avait eu un bruit atroce lorsque le tranchant de la lame avait atteint l'os.

« La mort de ses parents l'a changée », disaient-ils tous. Mais Björn savait qu'il y avait bien plus que l'accident. C'était sa propre expérience avec la mort qui l'avait changée. À la frontière entre la vie et la mort, elle avait à jamais perdu sa légèreté et son insouciance.

Quand ses parents l'avaient recueillie chez eux, il avait fait pendant des mois d'horribles cauchemars qui l'arrachaient au sommeil. Alors il se précipitait au milieu de la nuit dans la chambre où Caroline dormait et épiait sa tranquille respiration pour s'assurer qu'elle était bien en vie. Parfois elle se réveillait et le regardait. Une fois, elle lui avait dit : « Tu n'en parleras jamais à personne, n'est-ce pas ?

– C'est promis », lui avait-il juré et il s'était étonné d'avoir à conclure un tel pacte. Mais il y a des expériences de la vie qui sont trop intimes pour être révélées. Même après trente années.

Quand il fut arrivé chez lui, Björn se demanda si cela avait encore un sens de ressasser des événements si lointains. Parfois, il valait mieux tirer un trait sur le passé pour oublier et même pour pardonner plutôt que de s'ingénier à chercher une explication à tout, à rouvrir constamment les vieilles blessures. Il gara sa voiture sur la partie déblayée devant l'entrée, en espérant qu'il ne la retrouverait pas dans quelques heures ensevelie sous la neige. D'un pas alourdi par la fatigue, il fit les derniers mètres qui le séparaient de sa maison à travers la neige accumulée. Juste avant de refermer la porte, il jeta un dernier coup d'œil vers l'impénétrable tourbillon de flocons. Caroline et Ulf trouveraient-ils la force de se pardonner. Il l'espérait de tout son cœur.

23

Ulf observait Caroline et essayait en vain de surmonter l'amertume qui le submergeait d'autant plus que leur intimité grandissait et que l'ancienne familiarité revenait. Il se sentait trompé, comme un assoiffé à qui on aurait montré un verre d'eau sans lui permettre de boire. Tout en lui se révoltait contre le destin qui lui avait ramené la femme après qui il soupirait depuis des années, et qui dans le même temps la lui reprenait. Elle ne pouvait pas rester et lui ne pouvait pas la suivre. Bref, il n'y avait aucun avenir pour eux. Il ne pouvait pas la protéger de la loi, pas avec un crime pareil. Tout ce qu'il pouvait faire, c'était lui donner un peu d'avance. *La mort de cet homme était aussi absurde que la mort de ma fille et cela n'a rien changé au chagrin et à la colère que j'ai éprouvés*, avait-elle dit. Il la revoyait, les yeux fixés sur ses mains comme si elles ne lui appartenaient plus, sur ses doigts qui avaient tenu le revolver et appuyé sur la détente, ôtant la vie à un homme. Cette image d'elle s'était fixée dans sa mémoire.

À présent, l'une de ses mains était posée sur la tête du chien étendu à ses pieds. Perdue dans ses pensées, elle passait les doigts dans la fourrure noire. À la voir ainsi, personne ne l'aurait crue capable d'un meurtre. Elle était toujours aussi douce que dans sa jeunesse et la seule chose étrange et inquiétante était le silence dans lequel elle pouvait se réfugier d'un moment à l'autre, mais dont elle sortait tout aussi brusquement, comme à ce moment lorsqu'elle lui demanda soudain :

« Comment savais-tu que j'étais en Suède ? »

La question semblait anodine, mais dans le contexte actuel il hésita à lui répondre. Il se souvint que des années auparavant, il avait suspendu un jeune enquêteur parce qu'il n'avait pas su séparer le service et sa vie privée. Ulf avait réagi comme il convenait mais aujourd'hui il avait honte de s'être comporté avec une telle arrogance envers ce jeune homme. Comment aurait-il pu prévoir que son expérience professionnelle serait confrontée un jour à la même situation ? « Tu as été flashée par un radar. Dans les environs de Karlstad. »

Elle fit une grimace et il se douta bien de ce qui lui traversait l'esprit. Il avait été facile pour les autorités allemandes de faire le rapprochement.

Une bûche se fendit dans la cheminée et les flammes reprirent de plus belle. Leur lumière dévoila la tension du visage de Caroline. « Pourquoi as-tu gardé le mandat d'arrêt pour toi ? » continua-t-elle.

Il n'eut pas besoin de répondre car elle baissa la tête et se mordit les lèvres afin de dissimuler sa gêne. « Tu étais déjà au courant lorsque tu es arrivé ici, non ?

– Je ne l'ai appris qu'hier matin », répondit-il avec circonspection.

Elle le regarda d'un air étonné et comprit alors sa soudaine réserve. Soulagée, elle lui sourit spontanément, il vit une lumière dans ses yeux et aperçut, pendant un instant, derrière la façade sérieuse, la femme insouciante, joyeuse de vivre qu'elle avait été, cette créature légère qu'il avait aimée et qu'il désirait toujours. Il s'efforça de détourner le regard et regarda sa montre. « Il est tard, nous devrions essayer de dormir quelques heures, proposa-t-il.

– J'ai failli le dire il y a une heure déjà.

– Dans ce cas... » Il esquissa le geste de se lever mais elle l'arrêta.

« Laisse, je vais chercher des couvertures », dit-elle. Le chien la suivit.

Ulf fit suffisamment de place devant la cheminée et rapporta les assiettes et les couverts dans la cuisine. Ils devraient dormir tous les deux dans le salon, la seule pièce chauffée. Lorsqu'il revint de la cuisine, Caroline avait déjà étendu les couvertures et soufflé les bougies. La pièce était quasiment plongée dans l'obscurité, seul le feu projetait des ombres dansantes sur les étagères. Il les contempla quelques instants puis il effleura discrètement le cuir de tous ces livres dont les reliures et les titres lui étaient si familiers. « Lire est une occupation pour les gens qui n'ont rien de mieux à faire », disait son père sur un ton ironique lorsqu'il surprenait son fils avec un livre pendant la journée. Ulf, que fascinait le monde imaginaire que renfermaient les livres, avait appris dès l'enfance à cacher cette passion à sa famille, las des éternelles railleries. La bibliothèque dans la maison de Caroline était devenue une inépuisable source de richesse. Combien d'après-midi avait-il passés ici, assis sur le canapé, un livre entre les mains !

« Tu regardes cette bibliothèque comme si tu connaissais par cœur l'emplacement de chaque ouvrage. » Caroline s'était glissée à ses côtés, sans qu'il s'en aperçoive.

Au hasard, il tira un exemplaire d'une étagère pour le lui passer, sans même regarder le titre. « *Capitaine Hornblower*, de C. S. Forester. »

Caroline s'approcha de la cheminée, ouvrit le livre. « C'est exactement ça. Ces vieilles histoires de marins anglais. À l'époque, tu les dévorais.

– Tous les garçons de mon âge les adoraient. » Il lui reprit le volume des mains, le feuilleta et respira cette odeur si familière qui émanait des vieux livres. « C'est rassurant de les savoir toujours là, dit-il en replaçant l'ouvrage à sa place. Chacun d'eux renferme un souvenir, pas seulement de l'histoire qu'il raconte mais aussi des lieux et des circonstances dans lesquels on l'a lue. »

Caroline eut un sourire compréhensif. « J'ai ressenti la même chose. Lorsque j'ai revu ces livres, je me suis soudain sentie moins seule... »

Moins seule. Il eut mal de l'entendre parler ainsi. Déjà à l'époque, elle détestait être seule. Comment avait-elle fait pour tenir depuis la mort de Lianne ? Même Thomas, l'homme qu'elle voulait épouser, n'avait pas réussi à la sortir de son isolement. L'aurait-elle quitté dans le cas contraire ? Et aurait-elle commis ce meurtre si elle avait eu quelqu'un à ses côtés ? Quelqu'un qui l'aurait empêchée de tomber dans l'abîme ?

Il aurait tellement voulu l'aider ! Mais ces réflexions ne menaient nulle part, sinon à la conclusion qu'il était arrivé trop tard. Quatre semaines trop tard après vingt-huit années de séparation. Il résista à la tentation de l'enlacer et de lui avouer tout ce qu'il avait sur le cœur. Mais c'était suffisamment compliqué comme ça, ne l'avait-elle pas assez répété ? « Allons nous coucher », se contenta-t-il de dire.

*

Dans l'obscurité faiblement éclairée par le feu, Ulf perçut la respiration régulière de Caroline et se demanda ce qui l'avait réveillé. Il n'y avait aucun bruit à l'intérieur à part le doux crépitement des flammes et le souffle du chien qui, après avoir été gentiment chassé de la cheminée, s'était étendu au beau milieu de la pièce. Et à part la tempête qui rugissait autour de la maison. Mais soudain, il entendit la voix de Caroline. Elle parlait doucement dans son sommeil. Était-ce sa voix qui l'avait réveillé ? Il se tourna vers elle. Elle dormait sur le côté, à moins d'un mètre de lui. Ses lèvres remuaient sans qu'il puisse comprendre un seul mot. Endormie, elle avait l'air plus jeune, plus vulnérable, et la tentation de la caresser fut grande. Il se souvenait d'autrefois quand ses mains exploraient son corps jusqu'à ce qu'elle se réveille pour l'accueillir, comme si c'était la chose la plus naturelle au monde. Ses doigts n'avaient plus jamais rencontré une peau aussi chaude et élastique, il n'avait plus jamais été en parfaite osmose avec une femme. Qu'allait-elle faire lorsque la tempête aurait cessé et qu'il lui faudrait retourner à Stockholm ? Où irait-elle ? Il n'osait pas le lui demander. Mieux valait qu'il en sache le moins possible.

Il continuait à l'observer quand tout à coup, son visage changea d'expression. Sa respiration s'accéléra et elle se mit à gémir. « Non, cria-t-elle, je ne veux pas », et sa main se mit à repousser quelque chose qu'il ne pouvait voir.

Sans hésiter une seconde, il la saisit par les épaules et la secoua. « Réveille-toi, Lilli ! »

Elle le frappa. « Non, va-t'en !

– Lilli, c'est moi, Ulf ! »

Elle écarquilla les yeux, mais sans le voir. « Va-t'en !

– Lilli, réveille-toi, bon sang ! » Elle ouvrit enfin les yeux et cessa de se défendre. « Ulf.

– Oui, c'est moi, mon trésor. Tu as rêvé. Tu as juste rêvé. » Il la prit dans ses bras et ramena la couverture sur elle. Elle s'accrochait à lui comme une enfant.

« C'était si grave ? » chuchota-t-il.

Elle ne répondit rien durant un bon moment. « C'est toujours le même cauchemar, finit-elle par murmurer. Je ne l'avais plus fait depuis des semaines. Et pas non plus depuis que je suis ici.

– Raconte-le-moi. »

La tête appuyée contre la poitrine d'Ulf, Caroline secoua la tête.

« Lilli...

– Ne dis rien, supplia-t-elle tout doucement. Serre-moi fort, et ne me laisse pas. »

Il la pressa contre lui et, à travers l'étoffe de son tee-shirt, sentit son corps tendre encore chaud de sommeil. Impossible de l'abandonner dorénavant. Ses lèvres effleurèrent ses cheveux, touchèrent ses paupières, ses joues, cherchant ses lèvres, cette forteresse imprenable dont la seule vue suffisait à le rendre fou. Sa raison luttait, le mettait en garde, le suppliait d'être prudent, mais il l'ignora et sentit les lèvres de Caroline s'ouvrir sous ses baisers, son corps répondre au sien d'une façon douloureusement familière. « Tu m'as tellement manqué ! dit-il tout bas et il finit par rendre les armes, submergé par sa proximité et par son désir. Tu m'as terriblement manqué. »

24

C'était comme si leurs cœurs ne s'étaient jamais vraiment quittés. Désormais, seul le présent comptait : des mots entrecoupés entre deux baisers, sa main brûlante sur ses hanches, ses lèvres sur la peau nue de ses épaules. Puis il fut en elle, s'attardant un instant pour la regarder. Elle ferma les yeux et l'attira à elle. Il était trop tard pour reculer. Toutes ses peurs et ses angoisses s'enfuyaient devant le corps et le désir d'Ulf. Les mots étaient inutiles. Leurs corps étaient leur propre langage et suivaient leur propre rythme. Et quand l'aube arriva, les vingt-huit années qui les avaient séparés n'étaient plus qu'une ombre qui s'effaça et disparut dans l'aurore qui se levait.

Ils s'endormirent. Dehors, la tempête faisait toujours rage, accumulant la neige autour de la maison. Une lumière pâle avait envahi la pièce lorsque Caroline s'éveilla, la tête posée sur la poitrine d'Ulf, son corps enveloppé par son bras protecteur. Son odeur imprégnait sa peau. Elle jeta un regard plein de tendresse sur ce visage endormi, à demi dissimulé sous une barbe naissante. Comment pourrait-elle le quitter maintenant ? Jusqu'alors, leur histoire n'avait été qu'un souvenir confus, une sensation lointaine comme les couleurs d'un tissu fané à force d'être restées au soleil. Mais voilà que tout lui revenait, les souvenirs douloureux comme les plus heureux. Elle était partagée entre le désir de le regarder dormir en rêvassant et de le réveiller pour le sentir à nouveau, le regarder dans les yeux et oublier que l'instant présent appartenait déjà au passé, que leur bonheur s'était déjà enfui.

« Je n'ai jamais cessé de t'aimer », murmura-t-elle en lui caressant doucement la joue.

Il ouvrit les yeux et sourit. Puis il l'attira de nouveau vers lui, et l'embrassa comme si la tempête n'existait pas derrière la montagne, comme si aucun lendemain n'allait les séparer.

« Viens, lui chuchota-t-il à l'oreille, commençons cette journée comme nous avons terminé la précédente. »

Leurs corps s'unirent à nouveau, oublieux du monde, aussi ardents, mais leur insouciance première s'était perdue au fil des heures. Elle le voyait dans ses yeux, dans sa façon de l'observer et de suivre ses gestes, elle le percevait dans ses caresses. La peur accomplissait son œuvre de décomposition.

*

« Nous devons discuter de notre avenir », dit-il plus tard. Bien plus tard. Ils avaient fini par se lever, avaient pris leur petit-déjeuner et fait sortir le chien.

« Il n'y a pas d'avenir pour nous deux, répondit-elle. Lorsque la force du vent tombera, tout sera terminé. » Elle était assise à côté de lui sur le canapé et regardait la neige tourbillonner derrière les vitres.

« Comment peux-tu renoncer si facilement ? » demanda-t-il.

Elle se tourna vers lui. « Je ne renonce pas. Je pars, tout simplement. Comme je l'ai toujours fait. »

Elle vit les doigts d'Ulf serrer le dossier du canapé. « Tu ne peux pas me quitter encore une fois », dit-il.

Non, elle ne le pouvait pas. Elle en avait le cœur brisé rien qu'en y pensant. Elle ne supporterait pas de partir une seconde fois. Pas après ce qui venait d'arriver. « Il n'y a pas d'autre issue.

– Nous en trouverons une, dit-il d'une voix obstinée.

– J'ai tué un homme, Ulf.

– Je sais. » Il lui arrangea une mèche tombée sur son visage. « C'est pour ça que tu dois te rendre. »

Elle crut ne pas avoir bien entendu. « Je dois me rendre ? Tu es fou ? » Elle voulut s'écarter de lui mais il la retint. « Écoute-moi, la supplia-t-il. Un bon avocat ne t'évitera pas la prison, mais il obtiendra une réduction de peine. Et tu pourras, pour bonne conduite, sortir très vite et...

– Lâche-moi ! » cria-t-elle.

Il l'ignora. « Je ferai en sorte que tu sois jugée en Suède... », enchaîna-t-il, imperturbable.

Elle lui jeta un regard plein de colère. « Je n'irai pas en prison, dit-elle en soulignant chaque mot. C'est *ma* vie, *ma* décision. »

Ses yeux s'amincirent, Ulf ne relâcha pas son étreinte pour autant. Caroline sentit sa gorge s'assécher. Elle connaissait la suite. Mais rien ne se déroula comme prévu. Soudain, il retira sa main, se leva, et s'approcha de la fenêtre. Son regard se perdit dans le paysage d'une blancheur toujours aussi opaque. Lorsqu'elle vit ses poings serrés, elle reprit nerveusement son souffle. Durant un long moment, il resta silencieux. Lorsqu'il se retourna brusquement, elle tressaillit. Son visage était tendu à l'extrême. « Épouse-moi.

– Quoi ? » Elle n'en croyait pas ses oreilles.

« Épouse-moi », répéta-t-il.

Ne sachant que répondre, elle secoua la tête. « Je...

– Si c'est de sécurité que tu as besoin, je serai là pour te la donner. Je t'attendrai. Peu importe le temps qu'il faudra. » Il prit une profonde inspiration. « Il y a vingt-huit ans que je t'attends... »

Elle ferma les yeux puis se cacha le visage dans les mains. « Arrête, murmura-t-elle. S'il te plaît, arrête. » Elle l'avait abandonné, elle lui avait caché l'existence de sa fille, elle avait tué un homme. Et si j'acceptais ta proposition ? avait-elle envie de lui hurler à la figure. Tu le regretterais dès demain. Mais aucun mot ne sortit de sa bouche.

« Lilli... »

Elle leva une main pour l'arrêter. Elle n'osait plus le regarder. Comment pouvait-il encore l'aimer ? L'ivresse de la nuit était passée. Ils avaient à nouveau les idées claires...

Mais il ne s'avouait pas vaincu. « Tu m'as déjà brisé le cœur une fois, disait la voix d'Ulf. Ne le fais pas une seconde fois. »

Ses mots avaient visé juste. Elle sentit une immense responsabilité lui peser sur les épaules, lui ôtant ses dernières forces. Aller en prison n'avait jamais été envisageable et ce, depuis le début. Elle essaya d'imaginer sa vie des années durant derrières des barreaux, emprisonnée, privée de droits civiques. Les visites d'Ulf seraient planifiées à l'avance, les gestes fugitifs de tendresse et les vaines conversations car il n'y aurait rien à raconter. Et cela durerait des années et des années. Elle deviendrait aussi grise que les murs de la prison, ils s'éloigneraient l'un de l'autre, elle sentirait qu'elle le perdrait chaque jour un peu plus.

Elle ouvrit les yeux et le fixa. « Je ne peux pas, murmura-t-elle. Je ne peux pas aller en prison. » Elle laissa courir ses doigts sur le vieux cuir du canapé, son regard balaya une fois de plus les étagères et les dos familiers des livres. Comme elle avait été naïve de croire qu'elle pouvait trouver refuge dans cette maison. Lorsque Andra lui avait donné les clés, que lui avait-elle dit ? *Là-bas, tu trouveras tout ce dont tu auras besoin.* Elle se souvint de son soulagement le jour de son arrivée ! La maison, le lac, les montagnes – rien n'avait changé ! Il lui avait suffi de fermer les yeux, d'entendre le vent souffler à travers les arbres, la neige crisser sous ses pas et le cri du busard pour être ramenée à l'enfance, pour retrouver la jeune fille qu'elle avait été, une fille avec des rêves et des désirs pleins la tête. Durant ces quelques semaines, elle était parvenue à tirer un trait sur les trente dernières années. *À oublier*. Même Lianne avait cessé d'exister. Puis Ulf était arrivé. Et avec lui les cauchemars qui ramenaient ce monde froid et ténébreux dans lequel elle errait seule et sans défense. Même si elle l'avait voulu, elle aurait été incapable d'en parler à Ulf, cela aurait été comme dénuder son âme. Dans ces rêves, elle mourait. Et elle tuait. Et chaque fois d'une façon différente.

« Tu ne peux pas échapper à ton destin, lui dit-il, interrompant le flux de sa pensée. Cela te poursuivra le restant de tes jours, si tu n'affrontes pas ce que tu as fait. » Elle le regarda, interdite, et comprit qu'il ne faisait pas allusion à ses rêves ou à ses angoisses mais à son refus de se rendre à la justice. *Je ne peux pas aller en prison.*

« Purge ta peine et ensuite tu seras libre, répéta-t-il sans essayer de comprendre son tourment intérieur. Sinon tu devras vivre avec la peur continuelle d'être arrêtée. Et tu ne veux pas vivre ça. » Non, elle ne voulait pas vivre ça. Qui d'ailleurs le voudrait ? Mais c'était trop tard. « Crois-moi, si je pouvais revenir en arrière, je le ferais. » Sa réponse était à peine audible, elle semblait se parler à elle-même, et comme chaque fois qu'elle repensait à cet instant tragique, à cette soirée fatale, elle revit la scène avec un sentiment d'horreur : Alexander Molinan étendu sur le parquet de son bureau, et la supplication dans ses yeux glauques, fixés sur elle. Elle entendait à nouveau sa respiration qui n'était plus qu'un râle. Il avait voulu lui dire quelque chose mais aucun son n'était sorti de ses lèvres, juste un mince filet de sang qui avait coulé le long de son menton avant de se répandre sur le sol. Elle était là, à deux mètres de lui, tétanisée, sentant le poids du revolver dans sa main et soudain elle avait compris ce qu'elle venait de faire. *Elle avait tiré sur un homme*. L'arme était tombée avec fracas sur le parquet, elle s'était agenouillée à ses côtés, lui avait ouvert la chemise en la déchirant, placé un coussin sous sa nuque puis elle avait assisté, impuissante, à la mort de cet homme. L'homme qui avait écrasé sa fille. Il avait lutté contre la mort en serrant les poings et en enfonçant ses ongles dans le parquet. Encore et encore. Prise de panique, Caroline n'avait qu'une idée en tête : il fallait le sauver à tout prix. Elle s'était jetée sur le téléphone afin d'appeler les secours mais au même moment, elle avait vu le sang couler de sa bouche. Son regard devenir vide. Elle se souvint combien elle avait pleuré et encore aujourd'hui, elle sentit les larmes lui monter aux yeux. Elle les essuya maladroitement tout en cherchant le regard d'Ulf. « Si j'avais pu me raisonner à cet instant-là, je ne lui aurais pas tiré dessus. Mais je n'ai pas pu. » Elle serra les lèvres. « J'étais en colère, désespérée… folle… »

Sans un mot, il s'assit à côté d'elle et lui prit la main. « N'importe quel psychiatre dira que tu n'étais pas responsable de ton acte. Tu ne seras pas condamnée pour homicide volontaire, tu le seras pour crime passionnel. »

Elle eut un rire amer. « Ça change vraiment quelque chose ? Quelques années de plus ou de moins à passer derrière les barreaux… » Elle retira subitement sa main, se leva, se dirigea vers la cheminée et tisonna le feu. Pour la première fois, la maison lui parut trop petite pour deux. Elle voulait être seule, sortir, sentir l'air froid lui remplir les poumons, voir le soleil. Alors elle pourrait mettre un peu d'ordre dans ses pensées. Mais dehors, il n'y avait rien sinon la tempête, et le jour, toujours aussi gris, commençait déjà à décliner.

Elle remit une bûche dans l'âtre.

« Qu'est-ce que tu as fait de l'arme ? » lui demanda Ulf pendant que le bois crépitait. Ses doigts se cramponnèrent autour du tisonnier. Toutes ces questions la minaient. Je me suis débarrassée de l'arme, eut-elle envie de dire, comme de tout le reste, et bientôt vous serez aussi débarrassés de moi. Mais elle choisit le silence et remit le tisonnier à sa place. Puis elle se dirigea vers la grande armoire qui se trouvait dans un coin du séjour et ouvrit un tiroir. Entre les nappes damassées se trouvait le revolver de son père. Chaque fois que sa mère tombait dessus, une dispute éclatait entre ses parents. Caroline fit discrètement courir ses doigts sur le tissu épais avant de les refermer sur l'acier noir et froid.

Ulf le soupesa d'une main et vérifia le chargeur. « Il est encore chargé, constata-t-il.

– Il ne manque qu'une balle », dit-elle en se frottant nerveusement les mains sur son jean. La vue de cette arme l'horrifiait. Mais elle ne voulait rien dire qui puisse ramener l'attention d'Ulf sur elle, aussi elle se tut quand il posa l'arme sur la table basse. Elle évita seulement de la regarder.

« Tu m'as dit que tu voulais appeler les secours. Pourtant, il n'y avait pas une seule empreinte dans tout le bureau. »

Quand allait-il enfin s'arrêter ? « J'ai tout effacé, dit-elle sobrement. J'étais paniquée. » Elle avait désespérément cherché un chiffon afin de tout nettoyer mais lorsqu'elle l'eut enfin trouvé, ses mains tremblaient tellement qu'elle avait failli renverser un vase sur le bureau. À chaque claquement de porte, à chaque petit bruit, elle tressaillait et, lorsqu'elle avait quitté l'immeuble, elle n'avait qu'une peur : être vue. Mais personne ne l'avait remarquée, personne ne se doutait que dans ce bâtiment commercial si banal, il y avait un mort au deuxième étage. Comme s'il ne s'était rien passé. Les lumières des lampadaires se reflétaient dans les flaques d'eau, des gens passaient, pressés, le cou rentré dans les épaules, et elle s'était laissé emporter par ce flux de passants, errant dans la ville jusqu'à ce que la pluie détrempe ses vêtements et ses chaussures. Épuisée, frigorifiée, elle s'était retrouvée devant la porte de son immeuble et s'était demandé combien de drames se déroulaient derrière les portes et les fenêtres closes des maisons hambourgeoises, sans que personne ne s'en aperçoive.

Elle resserra la veste en laine qu'elle avait passée par-dessus son pull-over. Elle ressentait à nouveau ce froid qui l'avait glacée ce soir-là jusqu'aux os, au point qu'elle avait dû rester deux heures dans son bain pour se réchauffer – et pour laver le sang qui s'était incrusté dans ses vêtements et sous ses ongles.

« Selon le dossier, tu as dès le début fait partie des suspects potentiels, mais il n'y avait jusque-là aucune preuve. » La voix d'Ulf interrompit une fois encore le cours de ses souvenirs. « Puis ils ont fini par retrouver de l'ADN qu'ils ont ensuite comparé avec celui retrouvé dans ton appartement. »

Il parlait de ces choses horribles avec une telle objectivité qu'elle en eut la nausée. « D'où tiens-tu toutes ces informations ?

– J'ai fait jouer mon réseau. »

Elle toussota légèrement. « Alors tu sais aussi comment la police a débarqué dans mon appartement ? » lui demanda-t-elle décontenancée.

Le coup d'œil qu'il lui jeta prouvait à quel point ils vivaient dans des mondes différents. « La police te croyait coupable, ce qui justifie beaucoup de choses, lui expliqua-t-il. Il y avait un mandat d'amener, et ils étaient obligés de forcer la porte. »

Un mandat d'amener. Bien sûr. Ils avaient eu beau sonner, personne ne leur avait ouvert. Cela faisait des semaines que les voisins n'avaient pas vu Caroline, personne ne savait où elle se trouvait.

Elle reprit sa place à côté d'Ulf, ramena ses jambes contre sa poitrine et contempla le feu. Des preuves ADN accablantes. Il avait suffi d'*un* cheveu. Caroline ferma les yeux. « Je n'y retournerai pas, chuchota-t-elle. Je... » Il la prit dans ses bras, posa un doigt sur ses lèvres, et l'embrassa avant qu'elle ait eu le temps d'ouvrir la bouche. Puis sa main se referma sur la bague qu'elle portait autour du cou. « Tu te souviens encore dans quelles circonstances je te l'ai offerte ? lui demanda-t-il. Tu te souviens encore de ce que nous nous étions promis alors ? »

Elle se libéra nerveusement de son étreinte et s'assit un peu plus loin.

« Pourquoi tu ne me fais pas confiance ? »

Parce qu'elle n'avait plus dix-neuf ans ? Parce que la vie lui avait appris qu'on ne pouvait pas tout résoudre par la seule force de l'amour. Et pourtant – ou peut-être justement pour cette raison – elle ne souhaitait qu'une chose : lui rendre la confiance qu'il mettait en elle. La promesse de cette nuit d'été où ils avaient dansé au village avant de rentrer chez eux, à pied, sur cette route qu'ils connaissaient par cœur depuis leur tendre enfance au point de pouvoir l'emprunter les yeux fermés, rien qu'en se laissant guider par la présence des arbres et des buissons qui la bordaient. Main dans la main, ils avaient pris leur temps, encore grisés par la musique et l'alcool. À mi-chemin, ils s'étaient accordé une pause et étaient descendus jusqu'au lac où les moustiques dansaient à la surface de l'eau. Ils s'étaient déshabillés dans la lumière du crépuscule, avaient nagé, fait l'amour, comme souvent durant cet été-là. Sans même se sécher, ils avaient enfilé leurs vêtements et, comme ils allaient se remettre en chemin, Ulf avait pris la main de Caroline. « J'ai quelque chose pour toi », lui avait-il chuchoté à l'oreille et soudain il avait la bague dans la main et la lui avait glissée au doigt. On aurait dit qu'elle avait été faite pour elle. « Tant que tu porteras cette bague, je serais toujours à tes côtés, où que tu sois, où que tu ailles. »

C'était un geste romantique, peut-être un rien pathétique mais elle l'avait aimé pour ça. Combien de fois s'était-elle raccrochée à cette promesse dans ses moments de solitude ? *Je serais toujours à tes côtés.* Il l'avait fait graver dans la bague. « Où veux-tu que je sois sinon à tes côtés ? lui avait-elle répondu. Je ne peux pas vivre sans toi. » Elle avait prononcé cette phrase le souffle court et avec douceur, comme s'il s'agissait d'un serment. Ils étaient si jeunes à l'époque. Ils n'avaient même pas vingt ans, et pourtant le monde leur appartenait. Et déjà, elle savait que ce que lui avait dit Ulf n'était pas de vaines paroles. Ce qui était loin d'être le cas dans sa famille. Deux ans plus tard, il l'avait en effet demandée en mariage.

À présent, elle se cachait le visage au creux de son épaule. « Je ne voulais pas te quitter à l'époque, dit-elle d'une voix sourde. Mais je n'avais pas le choix. » Elle avait si désespérément espéré qu'un jour elle pourrait lui donner une explication mais elle n'avait pas osé. Et il n'avait jamais su qu'elle n'aurait jamais rompu sa promesse si elle n'avait pas eu peur à ce point pour l'enfant qu'elle portait. « Lianne était tout ce qui me restait », dit-elle d'une voix à peine audible.

Il resta immobile durant un bon moment puis il finit par lui demander : « Qu'est-ce qui s'est passé cet été-là, Caroline ? » Le ton était glacial et un frisson la parcourut. Il avait appris à se contrôler mais la colère grondait quelque part au fond de lui et elle le connaissait suffisamment pour savoir ce qui arriverait si elle éclatait. Soudain, elle se rendit compte du silence qui les entourait. Et il ne s'agissait pas de celui d'Ulf qui attendait toujours une réponse. Caroline tendit l'oreille. Plus un bruit au-dehors. Ni un craquement ni un mugissement. D'émotion, ses mains devinrent moites. La tempête était enfin tombée. Son regard se posa sur le revolver posé sur la table. Aurait-elle le courage de faire ce qui était nécessaire ?

25

Je ne voulais pas te quitter à l'époque, mais je n'avais pas le choix.

Elle avait dit cela d'une voix timide comme découragée d'avance. Comment savoir si c'était vrai ? N'était-elle pas partie de son propre gré ? Ulf continuait à la fixer, il attendait toujours une explication. Mais son silence, comme chaque fois, s'éternisait, et il sentit la colère le gagner. Il la saisit par le poignet et l'attira brutalement à lui. Ils étaient si près l'un de l'autre que leurs visages se touchaient presque. « Arrête de tourner autour du pot. » Sa voix étonnamment calme était pourtant menaçante. « Dis-moi enfin la vérité. »

La peur lui coupa le souffle. Il vit le frémissement de ses narines, son regard implorant, mais il était à bout de patience. Bon sang, elle n'avait pas la moindre idée de ce qu'elle avait provoqué à l'époque. Tout le monde l'avait cherchée ! Il en avait assez de ses sous-entendus. Ce qu'il voulait c'étaient des réponses. Il resserra sa main autour de son poignet. Des larmes perlèrent au coin des yeux de Caroline et sa bouche se crispa de douleur. Il continua à serrer. « Tu n'es donc pas partie de ton plein gré ? Alors dis-moi qui t'a forcée. »

Malgré la douleur, Caroline refusait toujours de parler.

« Regarde-moi », lui dit-il d'un ton menaçant.

Elle secoua la tête.

Ulf lui saisit le menton pour la forcer à le regarder. Lorsqu'elle leva la tête, il vit deux grands yeux apeurés.

« Pitié... le supplia-t-elle d'une voix éteinte, non... »

Deux mots qui suffirent à le ramener à la raison. Horrifié par son geste, il prit une grande inspiration. En voyant l'expression du visage de Caroline puis sa main déjà levée sur elle, il fut violemment projeté dans un passé qu'il aurait préféré oublier. Il déglutit avec difficulté. Leur histoire avait été marquée par la violence. Au même moment, Caroline fut traversée par la même pensée. Elle avait détourné la tête. Il ne pouvait pas voir la cicatrice à la racine de ses cheveux, mais il savait qu'elle était là, il l'avait sentie sous ses doigts. Il éprouva brusquement du dégoût envers lui-même, envers toute cette situation. Ils se comportaient comme des fous. Ils n'avaient pas cessé de remuer le passé au risque de se blesser, au lieu de le laisser en paix, au lieu de comprendre qu'on ne pouvait réécrire l'histoire. Mon Dieu ! Il avait été sur le point de la frapper. De rage. Et il se connaissait suffisamment pour savoir que s'il avait commencé, il n'aurait pas pu s'arrêter. Comme à l'époque.

« Je ne veux plus rien entendre, tu comprends ? dit-il. Plus de sous-entendus, plus rien, je ne le supporte plus. » Il la lâcha brutalement, se leva et lui tourna le dos. Sans prévenir, il donna un violent coup de poing contre l'une des solives. Et il continua jusqu'à ce que sa rage recule devant la douleur. Il n'avait même pas remarqué que Caroline avait quitté la pièce, suivie par le chien. Lorsqu'il s'arrêta, le souffle court, il prit conscience du silence de la nuit, de ce silence presque irréel. Le vent et ses hurlements autour de la maison s'étaient brusquement tus. Ulf aurait dû se sentir rassuré, mais c'était loin d'être le cas. *Lorsque la force du vent tombera, tout sera terminé*, avait dit Caroline. Il se hâta jusqu'au couloir et vit que la porte d'entrée était entrebâillée. Le cœur battant, il l'ouvrit à la volée. Caroline se tenait sur les marches qui menaient de la véranda au jardin. La voûte céleste s'était déchirée pour laisser passer les rayons de la pleine lune. Au milieu de ce paysage de neige éclairé par une lumière aux reflets d'argent, Caroline, si frêle, ressemblait à une ombre. Il enfila rapidement son manteau. Dehors, tout était si calme qu'il n'entendait que le crissement de ses pas sur la neige. Lorsqu'elle l'entendit approcher, elle se retourna et il vit les larmes qui coulaient sur ses joues et la marque rouge sur son menton. Cette vision lui brisa le cœur. Durant toutes ces années, il n'avait jamais levé la main sur une femme, pourquoi avait-il brutalisé Caroline ? Et pourquoi maintenant ? « Mon Dieu, Caroline, je suis désolé, si tu savais ! Je ne voulais pas te faire mal… » Sa voix sembla mourir. « Peux-tu… me pardonner ? »

Durant un long moment, elle le regarda sans rien dire puis elle hocha la tête d'un mouvement si brusque et si rapide qu'il n'osa rien ajouter. Il laissa son regard se perdre sur les forêts couvertes de givre et sur le lac gelé, essayant de ne pas penser à tous ces véhicules de déblayage qui dès le lendemain allaient briser cette quiétude. Durant un court instant, il crut même les entendre ainsi que la voix des hommes qui les conduisaient. Et toutes ces questions qu'on allait leur poser ! Il comprit soudain que le mince fil qui le reliait encore à Caroline était sur le point de se rompre. *Il allait la perdre*. Et il ne pouvait rien faire contre cela. Il ne pouvait l'obliger à se rendre et il ne pouvait pas non plus la livrer de force à la police. Devant cette impasse, il fut envahi par le désespoir. « Comment je pourrais te laisser partir ? s'entendit-il dire. Comment je pourrais continuer à vivre et prétendre que ces trois jours n'ont jamais existé ? Est-ce que tu comprends ça ? » Il avait la gorge serrée. Mon Dieu, il n'avait plus pleuré depuis… depuis qu'elle l'avait quitté.

Elle se retourna lentement. « Il aurait mieux valu ne jamais se revoir. »

Il secoua la tête, incapable de répondre, puis il tendit une main hésitante et frôla la marque que sa main avait laissée sur son visage, comme s'il pouvait tout effacer, comme si rien ne s'était passé. Elle ne bougea pas, retenant elle aussi sa respiration. Puis elle posa sa main sur la sienne et la pressa contre son visage. « Je n'oublierai jamais ces trois jours avec toi, dit-elle à voix basse. Je suis heureuse que la tempête nous ait fait ce cadeau…

– Tu le penses vraiment ? » demanda-t-il, plein d'espoir.

Elle hocha la tête, et il essaya de retenir cette impression de légèreté, ce brusque sentiment de gratitude que ses mots et ses gestes avaient libéré en lui, mais en vain. Car ce sentiment, comme tout ce qu'ils vivaient ensemble, comme tout ce qu'ils partageaient, avait le goût amer de la séparation.

Mais cette nuit leur appartenait encore. Personne ne ferait irruption dans leur monde avant l'aube. Personne ne viendrait les déranger. Il vit dans les yeux de Caroline qu'elle pensait la même chose.

Et sans avoir à se parler, ils rentrèrent dans la maison. Le chien bondit dans la cuisine, Caroline lui donna à manger, puis elle prépara quelque chose pour eux et ils mangèrent en silence, assis devant la cheminée du salon. Ils ne parlèrent guère. Qu'y avait-il à dire qui n'avait pas déjà été dit ? Cette nuit-là, ils refirent l'amour, dans un silence quasi religieux, lentement, avec une étrange intensité, chacun perdu dans l'autre.

Ce n'était pas raisonnable et ils le savaient. Chaque fois qu'ils couchaient ensemble, leur séparation inéluctable devenait plus déchirante. Et il leur restait si peu de temps ! Ulf le sentait couler entre ses doigts, les heures filaient à toute allure, chaque seconde de sommeil lui paraissait une seconde gâchée. « Lilli, je t'aime », murmura-t-il au petit jour, la voix rauque d'émotion et de fatigue. Il perçut son sourire plus qu'il ne le vit, la sentit se blottir contre lui comme si elle voulait qu'ils ne fassent plus qu'un. « Si seulement nous pouvions chasser le jour », lui répondit-elle d'une voix douce, mais le premier rayon du soleil se glissait déjà à travers les carreaux. Ils essayaient de l'ignorer comme ils ignoraient le froid qui régnait dans la pièce où le feu s'était éteint, quand soudain un bruit déchira le silence. Le charme était rompu. Retour à la réalité : c'était le portable d'Ulf qui sonnait.

26

Maybrit venait à peine de s'endormir lorsque le silence la réveilla brusquement. Dans l'obscurité totale, le cœur battant, elle tendit l'oreille, puis elle se leva, enfila un manteau à la hâte et se précipita vers la porte. Quand elle sortit, l'air sec et glacial lui gifla le visage. Son haleine se condensa en un épais nuage, mais aucun bruit ne venait de l'obscurité régnante et, au-dessus des montagnes, dans le ciel sans nuage, brillait le disque argenté de la pleine lune. Elle poussa un soupir de soulagement et s'apprêtait à rentrer quand elle entendit au loin un grondement bien connu. Les chasse-neige étaient déjà à l'œuvre.

Lorsqu'elle arriva un peu plus tard dans la salle des fêtes du village, elle constata que plus de la moitié de ceux qui s'y étaient réfugiés étaient retournés chez eux. Ceux qui venaient de plus loin étaient encore là et aidaient à ranger les bancs et les tables, et à préparer le déjeuner. Dans la cuisine, Maybrit tomba sur Alma Nyborg, la mère de Björn. Un tablier noué autour de la taille, elle versait de la farine dans un saladier. « Ah, Maybrit, contente que tu reviennes ! dit la vieille dame en guise de salut. Je vais préparer quelques crêpes pour les enfants. »

Maybrit déposa un baiser rapide sur la joue d'Alma. « J'en mangerais volontiers quelques-unes... »

Alma éclata de rire. « Björn m'a dit la même chose.

– Comment va-t-il ? » demanda Maybrit. Depuis qu'il était reparti de chez elle en pleine nuit, elle n'avait plus eu de nouvelles.

« Il a dormi quelques heures puis il est ressorti, répondit Alma en regardant la cour éclairée à travers la fenêtre. Je n'avais pas vu autant de neige depuis au moins quinze ans et le plus gros de l'hiver est encore devant nous.

– Ce n'est pas le travail qui va manquer pendant les prochains jours, fit remarquer Maybrit. Il y a encore beaucoup à faire jusqu'à ce que toutes les routes soient de nouveau praticables. Beaucoup de maisons sont encore coupées du reste du monde et il n'y a toujours pas d'électricité.

– Tu penses à ton cousin Ulf ? demanda Alma. Björn m'a dit qu'il était enfermé avec Lilli dans sa maison à cause de la tempête de neige. »

Maybrit ne put retenir un soupir. « Oui, c'est aussi à lui que je pensais. »

Alma referma le paquet de farine avant de le ranger dans le placard, puis elle sortit les œufs et le lait du frigo. Maybrit se sentait bien à ses côtés Elle avait quelque chose de si rassurant, elle dégageait une telle sérénité !

« C'est triste n'est-ce pas ? Combien d'années ces deux-là ont-ils perdues ? dit la mère de Björn en continuant son bavardage tout en fouettant les ingrédients en une pâte lisse. Mais peut-être que ça leur a donné l'occasion de se parler. »

Maybrit tendit l'oreille. « Comment ça ? »

Alma reposa le fouet et, de sa main libre, rentra quelques mèches argentées qui s'étaient échappées de leur nœud. Elle jeta un regard pensif à Maybrit. « À l'époque Lilli n'est pas partie de son plein gré, finit-elle par répondre.

– Pardon ? » Maybrit crut ne pas avoir bien entendu.

« Je pensais que tu étais au courant », dit Alma en se remettant à sa pâte.

Maybrit regarda la vieille femme en fronçant les sourcils. « Et pourquoi tu ne m'en parles que maintenant ? »

Alma posa le saladier et s'essuya les mains sur son tablier. « Je ne l'aurais jamais fait si Lilli n'était pas revenue, mais je pense qu'il est temps désormais de rétablir deux ou trois choses.

– Nous ferions mieux de nous asseoir, proposa Maybrit, mais Alma secoua la tête.

– Nous pouvons parler pendant que je continue à préparer les crêpes, les enfants attendent. » Elle regarda Maybrit avec insistance. « Ce que je vais te dire ne va pas te plaire. »

Alma avait raison. Ce qu'elle lui confia ne fit pas du tout plaisir à Maybrit. Elle écouta sans dire un mot, pendant que le beurre sifflait chaque fois dans la poêle et qu'une douce odeur de crêpes se répandait dans la cuisine. Ce qu'elle apprit n'était pas seulement douloureux, cela jetait un regard neuf sur des événements qui avaient eu lieu presque trente ans avant et sur les gens qui y étaient impliqués. La rage et la détresse s'emparèrent d'elle en découvrant l'escroquerie dont elle avait été complice et les loyautés qu'elle devait remettre en question. Alma s'en rendait bien compte. « Quand les gens se mêlent des affaires des autres sans qu'on leur ait demandé quoi que ce soit, ça se passe rarement bien. » La voix d'Alma était calme et apaisante.

« Tu as raison, dit Maybrit. C'est de l'arrogance.

– Je suis désolée, Maybrit. »

Maybrit prit une profonde inspiration. « Moi aussi. » Elle saisit son manteau qu'elle avait négligemment posé sur une chaise. Elle devait sortir, elle avait besoin d'être seule. « Pardon mais je dois rentrer chez moi. »

Alma se contenta d'acquiescer. « Vas-y, ne t'en fais pas, on se débrouillera ici. »

Maybrit se précipita vers la sortie, sans voir les gens qu'elle croisait. Il fallait qu'elle se calme, elle avait besoin de réfléchir. Il devait sûrement y avoir des documents, des documents pour prouver ce qu'Alma lui avait dit. Elle les trouverait. Mais lorsqu'elle referma la porte de sa maison et qu'elle vit la photo accrochée dans l'entrée, Maybrit fut submergée par un sentiment de colère. Elle l'arracha de son cadre et la froissa avant de la jeter à terre.

Un peu plus tard, alors qu'elle regardait l'obscurité tomber sur le lac par la fenêtre de son salon, on sonna à la porte. Comme elle ne réagissait pas, la sonnerie se fit insistante. C'était Björn.

« Va-t'en, lui lança Maybrit. Je veux être seule. » Elle voulut lui claquer la porte au nez mais il fut plus rapide qu'elle. Il fut soudain dans le couloir en face d'elle et il la prit dans ses bras. Ses vêtements sentaient le froid, la neige, l'huile de moteur et sur son visage se lisait toute la fatigue de ces derniers jours. « Ma mère m'a tout raconté, expliqua-t-il calmement. C'est pour ça que je suis ici. »

Maybrit sentit les larmes lui monter aux joues. « Va-t'en s'il te plaît », lui répéta-t-elle mais Björn secoua la tête et la poussa vers le salon tout en remarquant la photo froissée sur le sol. Il se pencha pour la ramasser et se mit à la lisser. « Il y a si longtemps, Maybrit, lui rappela-t-il. Nous ne pouvons pas changer ce qui s'est passé.

– C'est ça qui me révolte », répondit-elle, la voix amère.

27

Dans un bureau de la police judiciaire de Stockholm, Håkan était assis devant la table méticuleusement rangée de son collègue et ami Ulf. Lorsqu'ils avaient commencé à travailler ensemble, Håkan s'était demandé si Ulf était vraiment tatillon, avant de comprendre que l'ordre était pour lui un besoin élémentaire. « C'est pour compenser le chaos dans ma tête », lui avait expliqué Ulf sans ciller, et Håkan se souvint qu'il en avait ri lui-même mais au fond, cette réponse contenait une part de vérité. Ulf était un policier extrêmement talentueux, et ce n'était pas un hasard s'il avait fait une carrière exemplaire dans la police suédoise. Si le talent consiste en un savant mélange de génie et de folie, alors Ulf en était la plus parfaite illustration. Son travail était sa passion, et dès qu'il s'y mettait, les recherches avançaient rapidement – tant qu'il évitait de boire. Son enthousiasme était proportionnel à la force destructrice qui l'envahissait dans ses périodes de désespoir pendant lesquelles il se saoulait à mort et se vautrait dans l'apitoiement de soi. Au fil des années, ces phases d'autodestruction étaient devenues plus rares mais, de l'avis de Håkan, elles étaient plus violentes. « À force de boire, tu vas y rester. » Devant la mise en garde de son ami, Ulf s'était contenté de hausser les épaules. « Tant pis pour moi. »

« Il a besoin d'une famille, il a besoin de responsabilités », n'avait cessé de répéter Mette au cours de ces dernières années. Elle s'était d'ailleurs donné beaucoup de mal pour lui trouver une femme. De son côté, Ulf avait supporté ses invitations avec stoïcisme, bavardé avec les candidates de Mette et avait même à l'occasion couché avec elles. Il avait joué les hommes bien éduqués, les princes charmants prêts à sortir avec une de ces femmes mais, pour finir, il était resté inaccessible.

« C'est un homme superficiel, s'était agacée Mette. Et complètement insensible ! » Un jour, elle en avait eu assez de réparer les pots cassés et de consoler des femmes au cœur brisé. Finalement, elle avait cessé de jouer les entremetteuses. Acrimonieuse, comme elle savait l'être, elle avait pris ses distances avec Ulf, et malgré les efforts de Håkan pour les rapprocher, leur relation s'était quelque peu refroidie. Seul le temps avait permis de calmer les esprits. Mette avait limité ses efforts d'éducation à son époux et avait désormais vu en Ulf un animal exotique. Un animal que l'on admire pour sa beauté et ses qualités, pour lequel on pouvait même se prendre d'affection mais qu'il était vain d'essayer de comprendre tant il était différent.

Le rapport qu'Ulf entretenait avec les femmes était un sujet de conversation que Håkan abordait rarement. Ni avec Mette ni avec ses collègues, en premier lieu pour ne pas tomber dans le commérage et blesser son ami. Mais une chose était sûre : malgré sa politesse et sa galanterie, Ulf, pensait Håkan, n'avait aucune considération pour l'autre sexe, et il s'était toujours demandé pourquoi son ami était à ce point incapable de nouer une relation amoureuse. À présent, il croyait savoir.

Devant lui se trouvait la photo de Caroline Wolff. Un cliché que la police de Hambourg lui avait envoyé. La femme était blonde, gracieuse, très séduisante et d'une beauté peu commune. Il tenta d'imaginer à quoi elle avait pu ressembler trente années auparavant et ce qui la liait à Ulf. Celui-ci faisait rarement allusion au passé. Håkan avait grandi à Stockholm, et il avait toujours été fasciné par ceux qui avaient vécu dans la nature sauvage du Nord. Il avait eu beau harceler Ulf de questions sur son enfance, ce dernier y avait rarement répondu. Une fois, ils étaient partis avec Mette et les filles dans le village natal d'Ulf. Ils avaient fêté le solstice d'été chez les parents d'Ulf et ces journées étaient restées gravées dans sa mémoire, ne serait-ce que pour la lumière surprenante. Håkan observa une fois de plus la photo de Caroline

Wolff. Enchanteresse, c'était peut-être l'adjectif qui convenait également. Il y avait quelque chose dans son expression qui lui rappelait l'impétuosité des personnages féeriques du *Songe d'une nuit d'été* de Shakespeare. Peut-être était-ce ce qui avait envoûté Ulf. Et peut-être était-ce ce tempérament fougueux qui avait amené cette femme à tuer. Tous les jours des gens étaient confrontés à ce genre de deuil sans pour autant s'emparer d'une arme.

Il remit la photographie dans le dossier avant de le ranger dans son sac de voyage, que Mette lui avait envoyé par taxi. Puis il jeta un coup d'œil à sa montre. Il était un peu plus de dix-neuf heures, c'était l'heure de partir. Il y avait à peine une heure qu'il avait reçu l'information que la tempête dans le Nord du pays était tombée et les secours et du matériel allaient être acheminés par avion.

Håkan avait immédiatement retenu une place dans l'un des hélicoptères. En sortant, il croisa Bent, son collègue de la brigade des stupéfiants, devant les ascenseurs. « Ça ne me regarde pas, commença ce dernier en passant une main sur sa barbe fournie, mais j'ai appris que tu partais à Härjedalen… pour voir Ulf. » Håkan se racla la gorge. « Il y a un problème ? »

Ulf et Bent avaient travaillé quelques années ensemble avant qu'Ulf soit promu à l'unité spéciale, et même si Håkan savait qu'ils étaient proches, il hésita à répondre. « Oh, tu sais, c'est une longue histoire, se contenta-t-il de dire. Cela concerne le passé d'Ulf dans le Nord du pays. » En disant cela, Håkan fit un geste comme pour s'excuser.

« Je comprends, répondit Bent. C'est juste que je me fais du souci pour Ulf depuis qu'il a disparu du jour au lendemain. » Bent connaissait Ulf et ses démons.

Håkan tendit la main à son collègue barbu. « Je vais le ramener à Stockholm. Promis. »

Bent lui donna un petit coup de sa grosse patte et dit en souriant : « Je n'en attendais pas moins de toi, à plus ! »

En chemin vers l'aéroport, Håkan appela sa femme. « J'aurais préféré t'accompagner, dit-elle.

– Je t'appelle demain, dès que j'en sais un peu plus, d'accord ?

– Entendu. Fais attention à toi. » Håkan entendit au loin un bruit d'assiettes. Elle était probablement en train de vider le lave-vaisselle et, en l'imaginant, le combiné coincé entre son épaule et son oreille, il prit soudain conscience qu'elle lui manquait. « Je t'aime, Mette.

– Moi aussi, Håkan, à demain. »

Sa voix résonnait encore dans son esprit en dépliant le bout de papier qu'il avait conservé dans sa poche et sur lequel il avait inscrit un numéro de téléphone. Après plusieurs sonneries – il était d'ailleurs sur le point d'abandonner – quelqu'un décrocha. Une voix grave de femme.

« Svensson.

– Bonjour Maybrit, ici Håkan Bergström. »

Durant quelques secondes, seul le silence lui répondit à l'autre bout de la ligne.

« Håkan, finit par dire Maybrit. Le collègue d'Ulf à Stockholm, n'est-ce pas ?

– Oui, confirma-t-il. Je voulais savoir si Ulf se trouve chez toi et si je peux lui parler.

– Je suis désolée. As-tu essayé son portable ?

– Visiblement, il n'y a pas de réseau.

– Pas étonnant, il vient à peine d'être rétabli depuis une heure.

– Comment ça se passe chez vous ?

– La situation est assez critique encore. La tempête est tombée, mais on prévoit d'autres chutes de neige.

– Les autorités sont en train de rassembler des unités de secours dans tout le pays pour les envoyer en Dalécarlie et au Jämtland. » Il se racla la gorge. « Je serai chez vous accompagné de quelques hommes, d'ici trois heures.

– Oh, vraiment ? » La phrase lui avait échappé.

« Est-ce qu'il y a un endroit où je peux dormir ?

– Je peux te proposer une chambre d'amis, qu'en dis-tu ?

– C'est plus que je n'espérais ! » avoua-t-il.

Elle dit en riant : « Ulf me tuerait si je t'envoyais à l'hôtel à Tannas. »

Håkan en profita pour lui demander : « Où est-il ? »

Il perçut son hésitation à lui répondre. « Il… n'est pas au village, mais bloqué dans un chalet par la neige, finit-elle par dire. Nous avons perdu le contact avec lui. »

Seul ? allait demander Håkan, mais au dernier moment, il choisit de n'en rien faire. Mieux valait ne pas réveiller l'eau qui dort. « Je pense que vous allez atterrir sur le grand parking près du télésiège, continua Maybrit. C'est le seul espace suffisamment grand et plat que nous ayons… à part le lac ! Je viendrai te chercher.

– Merci, c'est vraiment gentil. »

Håkan raccrocha. Quand il arriva sur la piste de décollage, il fut accueilli par un homme d'âge moyen, à l'allure sportive, en combinaison de secouriste.

« Håkan Bergström ? Nous vous attendions.

– Je suis venu en taxi en pleine heure de pointe », s'excusa-t-il. Dans une partie délimitée de l'aéroport d'Arlanda, les gros hélicoptères militaires étaient prêts à décoller. Partout étaient à l'œuvre des engins de déblaiement dont les lumières jaunes clignotaient dans l'obscurité. Il avait beaucoup neigé à Stockholm mais ce n'était rien en comparaison de ce qui était tombé dans le Nord du pays. Ces derniers jours, on avait annulé de nombreux vols et le trafic des trains avait été sérieusement perturbé. À Stockholm, il suffisait de quelques flocons pour créer le chaos.

Håkan réprima un soupir lorsqu'ils arrivèrent près de l'engin. Il n'aimait pas voler, encore moins en hélicoptère. Par mesure de précaution, il avait avalé un comprimé contre le mal de l'air. Mais il n'eut pas le temps de réfléchir. À peine étaient-ils montés à bord, et avaient-ils attaché leur ceinture que l'engin décollait. Håkan se cramponna à son siège.

« C'est comme prendre l'ascenseur, n'est-ce pas », lui cria un autre passager par-dessus le vacarme. Håkan eut un petit rire forcé. Il n'aimait pas prendre l'ascenseur non plus. Il était tout le contraire d'Ulf qui ne reculait devant aucun danger. Il suffisait de voir les sports qu'il avait pratiqués autrefois : tout ce qui allait vite et faisait monter l'adrénaline. Au soulagement de tout le service, il avait heureusement arrêté de faire de la moto après un grave accident.

Il était resté trois semaines à l'hôpital, plongé dans un coma artificiel. Un automobiliste lui avait coupé la route et Ulf avait eu une chance inouïe de survivre. Sa moto de compétition n'était plus qu'un tas de ferraille. Et la vue de son engin détruit l'avait plus chagriné que ses blessures. Il avait renoncé à en acheter une autre. « Il n'y en a aucune qui me plaît », avait-il répondu à un collègue seulement quelques mois avant, et Håkan avait poussé un soupir de soulagement.

Dans quel état allait-il le trouver ? La dernière fois qu'ils s'étaient appelés, la voix de son ami lui avait semblé tendue, angoissée même. Il y avait une femme en jeu, et à cause d'elle, Ulf était prêt à enfreindre la loi. Une première. Bien qu'ils travaillent ensemble depuis vingt ans, Håkan était incapable de savoir ce que son ami lui réservait, et cette idée ne lui plaisait pas du tout.

28

« Bon sang », se lamenta Ulf pendant que le téléphone continuait à sonner.

Caroline se dégagea doucement de son étreinte.

« Non, murmura-t-il. Reste près de moi. »

Elle secoua la tête mais il la retint. « Écoute », commença-t-il en continuant à ignorer la sonnerie. S'il ne lui parlait pas maintenant, jamais il ne retrouverait cette opportunité. « Écoute, Lilli, partons d'ici tous les deux.

– Ulf, non...

– Marions-nous et quittons l'Europe », continua-t-il imperturbable. Il tira sur la couverture et l'enroula autour d'elle afin de la tenir plus étroitement. « J'ai des relations à Stockholm. Tu recevras une nouvelle identité. »

Il sentit qu'elle hésitait, et il se demanda s'il arriverait à la convaincre.

« Tu ne peux pas quitter la Suède pour toujours, objecta-t-elle. Tu ne peux pas vivre sans ton pays, pas toi. »

Il lui prit le visage dans ses mains. « C'est sans toi que je ne peux pas vivre, Lilli.

– Ulf, je sais ce que c'est de ne pas pouvoir revenir chez soi. Aucun amour ne résiste à ça.

– Nous y arriverons. »

Elle secoua de nouveau la tête.

« Tu as peur ? » demanda-t-il.

Ce qu'il vit dans ses yeux était de la tristesse. « J'ai peur de perdre ton amour.

– Bon Dieu, Lilli, mais pourquoi cela devrait-il arriver ?

– Parce que tu abandonnerais tout pour moi : ta vie, ton emploi, ta famille et tes amis. Tout. Comment pourrais-je vivre avec une telle hypothèque. Une telle responsabilité ?

– Nous repartirons de zéro.

– Nous n'avons plus vingt ans. Nous avons déjà une vie derrière nous.

– Qu'avons-nous à perdre ?

– Nous, Ulf, c'est nous que nous risquons de perdre. »

Ses mots lui firent mal. « Tu ne me fais plus confiance, dit-il d'un ton résigné, tout en lui caressant la joue. Pourquoi ? »

Elle baissa les yeux, un geste apparemment anodin mais qui valait toutes les réponses du monde. Ta fille morte, voulut-il dire, c'est elle qui nous a de nouveau rapprochés et en même temps irrémédiablement séparés. Mais il resta silencieux car il se souvenait des mots de Caroline : *C'est pour Lianne que je t'ai quitté.*

Elle avait abandonné un amour pour un autre. Mais l'avait-elle réellement fait ? Il jeta un œil à la bague qu'elle portait depuis trente ans. Ne lui avait-il pas manqué comme elle lui avait manqué ? La vie de Caroline n'avait-elle pas été, comme la sienne, une longue et douloureuse errance ? Et à présent, elle voulait le quitter, une fois de plus ? Comment pouvait-elle seulement y penser ! Il se laissa retomber sur les coussins et fixa les poutres du plafond. Où vivrait-elle ? De quoi ? La reverrait-il ?

Je ne peux pas regretter ces jours avec toi, avait-elle dit. Il ressentait exactement la même chose. Malgré les disputes, malgré les différences, ces jours auprès de Caroline avaient été un diamant qui avait irradié la lumière de ses mille facettes et qui, lui seul, avait su dissiper les ténèbres dans lesquelles il retomberait quand elle serait partie.

Elle se libéra de son étreinte et se redressa. Le soleil, qui venait de passer par-dessus les montagnes, jetait une douce lumière dorée sur le corps de Caroline et faisait flamboyer ses cheveux comme ceux des personnages dans les contes que sa grand-mère lui lisait quand il était enfant. Il continua à l'observer tandis qu'elle cherchait son pull-over entre les coussins avant de l'enfiler. Finalement, son regard croisa le sien et elle se pencha vers lui et l'embrassa. « Merci, murmura-t-elle. Merci pour tout. »

Elle se mit debout, et il admira ses longues jambes fines, des jambes de jeune fille. Il en eut la gorge serrée. Non, il ne supporterait pas qu'elle le quitte une autre fois. Mais que pouvait-il faire ? Pour se changer les idées, il saisit son portable, et vit que Håkan avait essayé de le joindre. Ulf appuya sur la touche du rappel automatique.

« Hej, Ulf, fit Håkan après la deuxième sonnerie. Comment vas-tu ? Tout va bien chez vous ? »

Ulf fronça les sourcils. Comment Håkan savait-il où il se trouvait ?

« Oui, tout va bien, répondit-il d'une voix hésitante. Où es-tu ?

– En bas, au village. Je viens d'arriver avec un hélicoptère de secours. Cette nuit, nous avons dû faire demi-tour à cause du vent qui soufflait en rafales mais nous avons redécollé ce matin très tôt. »

Ulf se frotta les yeux. « Pourquoi es-tu là ?

– Je me suis dit qu'étant donné les circonstances, ça valait mieux.

– Ah oui, se contenta de répondre Ulf. Et qu'est-ce que tu as dit à la hiérarchie ? »

Håkan préféra ignorer la question. « Je viens d'apprendre que cela durerait encore un bon moment avant que je puisse vous rejoindre. Peut-être faudra-t-il que j'attende même jusqu'à demain matin. Il règne un sacré foutoir dans le coin.

– Nous nous débrouillons, répondit sèchement Ulf.

– Dans ce cas, me voilà rassuré. Au fait...

– Écoute, le coupa Ulf, je préfère ne pas user mes batteries...

– Très bien, à plus. »

Ulf raccrocha. Contrairement à Håkan, il était tout sauf rassuré.

Il s'habilla, l'esprit préoccupé, puis ralluma le feu. Il avait à peine fini lorsqu'il vit Caroline debout dans le couloir, vêtue de sa combinaison d'hiver. Caroline qui tenait à la main un des fusils de son père. Il se leva. « Que comptes-tu faire ? s'enquit-il.

– À présent, je m'en vais », dit-elle tranquillement.

Il n'en croyait pas ses yeux. « Comment... ? Mais tu ne peux pas...

– C'est fini, dit-elle d'une voix apparemment neutre et elle se dirigea vers la porte d'entrée.

– Lilli, non… attends ! »

Elle s'arrêta.

« S'il te plaît, supplia-t-il. Tu ne peux pas partir comme ça. » Il fallait qu'il fasse quelque chose pour la retenir. Elle ne pouvait pas disparaître une nouvelle fois. Mais il avait la tête vide, et il ne trouvait rien à dire, ne serait-ce qu'un mot sensé.

« Je t'ai prévenu de ce qui allait arriver.

– Je sais, mais… » Son regard fut attiré par le revolver, toujours posé sur la table basse. Un seul geste suffisait. Un geste déterminé. Prendre le revolver et le diriger contre Caroline afin de l'empêcher de commettre l'irréparable. Un geste qu'il avait fait toute sa vie.

« Pose ce fusil », lui ordonna-t-il tout en prenant une profonde inspiration afin de se calmer.

Elle ne bougea pas. « Ne t'approche pas. » Dans sa voix sonnait un avertissement.

« Repose cette arme, répéta-t-il, tu n'iras nulle part.

– Tu ne pourras pas m'en empêcher », répondit-elle. Elle avait l'air déterminé, mais il sentit un tremblement à peine perceptible dans sa voix. Bon sang, il fallait juste qu'il l'approche d'assez près. Il fit un pas en avant mais brusquement il fut distrait par quelque chose en dehors de son champ de vision. Le chien. Ulf l'entendit grogner, un grognement qui résonnait comme une mise en garde et il vit qu'il était prêt à bondir. Sans hésiter une seconde, il se retourna et tira.

« Non », cria Caroline tandis que le chien s'effondrait lourdement à ses côtés. Les doigts d'Ulf se crispèrent autour du revolver. Il avait tiré par pur réflexe, sans réfléchir. Comment allait-il pouvoir le lui expliquer ?

« Lilli, je… », dit-il en se tournant vers elle mais il n'eut pas le temps de finir sa phrase. Un frisson de terreur lui parcourut l'échine. Il se trouvait nez à nez avec le canon du fusil. Caroline avait les yeux mouillés de larmes mais ses mains ne tremblaient pas.

« J'y vais. Si tu essaies de me suivre, je te tuerai. Pose cette arme à terre. »

Ulf disposait de quelques secondes à peine pour évaluer ses chances. Dans un premier temps, il fallait désamorcer la situation.

Il écarta lentement les bras et posa l'arme sur le sol sans quitter Caroline des yeux. « Lilli, écoute-moi, commença-t-il mais elle l'ignora.

– Lance-le-moi », dit-elle simplement.

Il donna un léger coup de pied et l'arme glissa sur le parquet vers le seuil de la porte. Instinctivement, il retint son souffle et tendit ses muscles quand Caroline, comme il l'avait espéré, se pencha vers le revolver pour le ramasser. Cela aurait été le moment pour tenter de la maîtriser.

« S'il te plaît, essayons de parler », dit-il dans une ultime tentative.

Elle secoua la tête. Quelque chose dans ses gestes irritait Ulf. Sa façon de cligner des yeux, d'avaler sa salive. « N'essaie surtout pas de me suivre ! »

Il s'avança de nouveau vers elle. « Que vas-tu faire ? »

Les doigts de Caroline se crispèrent sur la détente mais il préféra ignorer ce geste. Jamais elle ne tirerait. Pas sur lui.

« Reste où tu es, lui conseilla-t-elle.

– S'il te plaît, Lilli, dis-moi ce que tu comptes faire !

De sa main libre, elle prit quelque chose dans la poche de son manteau et le lui lança. « Je t'ai dit que je n'irai pas en prison. »

Il regarda avec effroi la boîte de comprimés qu'il tenait entre les mains. « Oh mon Dieu, Lilli. » Il était si effrayé qu'il en oublia toute prudence.

Le coup de feu le projeta violemment sur le sol. Un coup de feu puissant, assourdissant. Mais ce n'était pas le pire. Il sentit soudain une douleur dans sa cuisse, une douleur qui fusait à travers tout son corps. Il poussa un hurlement en empoignant sa jambe. Puis il vit Caroline se retourner et courir vers l'extérieur. La porte se referma et le silence retomba.

Le vide.

Les rayons de soleil où dansaient des poussières inondaient la pièce. Ulf avait du mal à respirer. Elle lui avait tiré dessus. Il regarda sa jambe et vit le sol taché de sang. Il devait lutter contre l'étourdissement, surtout ne pas s'évanouir, pas maintenant, il devait…

29

Björn regardait Håkan Bergström descendre d'un des quatre hélicoptères qui venaient tout juste d'atterrir et se demanda ce qu'il venait faire ici. Pourquoi débarquait-il maintenant dans toute cette neige ?

« Ça a sûrement à voir avec Caroline », dit Maybrit comme si elle lisait dans ses pensées. À cause du soleil aveuglant, elle dut mettre une main devant ses yeux. Tous deux se tenaient sur l'immense parking au pied des télésièges.

« Avec Lilli ? » Björn secoua la tête, incrédule, et battit la semelle pour se réchauffer les pieds. Moins vingt-cinq degrés, indiquait le thermomètre ce matin-là. C'était un froid inhabituellement glacial, même pour la région.

« Pourquoi viendrait-il à cause de Lilli ? J'ai vraiment du mal à le croire.

– Il y a trois jours, quand vous êtes partis skier, Ulf a passé plusieurs coups de fil et juste après il a reçu des documents par fax, lui révéla-t-elle. Et au cours de ses appels, je l'ai entendu plusieurs fois prononcer le nom de Caroline. »

Björn secoua la tête, guère convaincu. « Ce qui voudrait dire qu'elle a des problèmes avec la police. »

Maybrit haussa les épaules. « C'est peut-être bien ce qui explique la présence d'Ulf. »

Björn essaya de se rappeler le jour dont parlait Maybrit et de l'humeur d'Ulf. Il lui avait paru agacé. Nul doute qu'entre lui et Caroline, l'atmosphère était électrique, et que quelque chose se tramait.

Cela devait forcément avoir un rapport avec la fille de Caroline et sa mort brutale. Et bien sûr pour Ulf avec sa paternité qu'il venait de découvrir. Caroline d'abord n'avait parlé de rien. Pas plus qu'elle n'avait évoqué ces trente dernières années. Björn fronça les sourcils. « Est-ce que Håkan a demandé des nouvelles de Lilli ? demanda-t-il à Maybrit.

– Non, il m'a seulement posé des questions sur Ulf, répondit-elle en lui jetant un regard de côté.

– Et tu ne lui as rien dit sur Caroline ?

– Non, pourquoi l'aurais-je fait ? »

Il n'eut pas le temps de lui répondre. Håkan avait reconnu Maybrit et venait vers eux. Björn l'observa d'un air songeur. L'homme de Stockholm, vêtu d'un anorak gris, avait une façon un peu gauche de se mouvoir, un peu comme les gens qui cherchent à faire oublier leur grande taille. Il n'y avait pas grand-chose à ajouter, car son visage rond était à moitié dissimulé sous une capuche bordée de fourrure, c'est à peine si on le reconnaissait. Dans sa main droite, il tenait un sac de voyage.

« Hej, hej, les salua-t-il, tout sourire.

– Hej, Håkan, répondit Maybrit. Comment s'est passée ta nuit ? »

Il soupira. « Très sportive ! Je n'ai jamais aimé dormir dans un aéroport. »

Björn grimaça un sourire, mais avant qu'il ait le temps d'ouvrir la bouche, Maybrit enchaîna : « Tu pourras prendre un bain chaud à la maison. Puis-je te présenter Björn Nyborg ?

– Hej, Björn, dit Håkan en lui tendant la main. Ulf m'a parlé de toi, je crois, mais il me semble que nous ne nous sommes jamais rencontrés. »

Sa poignée de main était agréablement ferme, remarqua Björn. « Hej, Håkan, enchanté. Non, on ne s'est jamais vus, j'ai pourtant beaucoup entendu parler de toi. Toi et Ulf, vous travaillez ensemble depuis longtemps, non ?

– Depuis presque vingt ans. Nous sommes presque un vieux couple.

– Eh bien ça amène au moins un peu de stabilité dans la vie d'Ulf, » remarqua Maybrit d'une voix sèche.

Les deux hommes éclatèrent de rire, Björn ne pouvait s'empêcher de trouver ce policier de Stockholm sympathique. « Pourquoi viens-tu ici avec un temps pareil ? demanda-t-il, sûrement pas parce que tu te languissais de ton collègue ? »

Un petit sourire se dessina sur le visage de Håkan.

« Tu ne devrais pas sous-estimer une relation de travail aussi longue, puis se tournant vers Maybrit : Est-ce qu'on peut revenir à ta proposition initiale ? Je n'ai jamais eu aussi froid que cette nuit, et je pense avoir vraiment besoin d'un bon bain chaud.

– Mais bien sûr, répondit Maybrit, je suis garée là-bas. »

Håkan fit un petit signe de tête à Björn. « On va se revoir, n'est-ce pas ?

– Bien sûr, approuva ce dernier.

– Tu ne viens pas ? lui demanda Maybrit.

– J'ai à faire ici. Je dois distribuer le travail aux équipes. Je passerai quand j'aurai fini. »

Et tandis que Håkan s'éloignait avec Maybrit, Björn prit conscience que ce dernier avait délibérément évité de lui répondre. Pourquoi était-il ici ? se demandait Björn tout en contemplant les sommets enneigés qui se découpaient sur le ciel bleu. En voyant ce paysage paisible, il était difficile d'imaginer qu'une tempête avait soufflé peu de temps avant, une tempête si puissante qu'on pouvait à peine voir sa main quand on la tenait devant ses yeux. Seule l'épaisseur de la neige le prouvait. Il sortit son téléphone de sa poche et composa le numéro de Caroline. Une fois de plus, elle ne décrocha pas. Il ignorait pourquoi mais une chose était sûre : il n'avait pas un bon pressentiment.

30

Elle avait beau s'être suffisamment éloignée de la maison, le cri d'Ulf résonnait encore dans son esprit. Le lac se déployait devant elle, immense, couvert de neige, et d'une blancheur si étincelante qu'elle devait cligner des yeux pour le voir. La tempête avait transformé le paysage, elle avait effacé toutes les traces, on aurait dit qu'aucun humain n'avait foulé ces terres. Et, comme s'il n'avait jamais quitté cet endroit, comme s'il l'avait depuis toujours attendue, le busard était posé sur un piquet au bord de l'eau, en train de lisser son plumage brun. Ses griffes jaunes et pointues étaient plantées dans le bois gelé et son regard croisa le sien avant qu'il prenne son envol en poussant un long cri. Que ce serait tentant de glisser ainsi en apesanteur dans une journée comme celle-là.

Sans hésiter, elle le suivit et descendit vers le lac. L'épaisse couche de neige lui rendait la marche difficile, mais elle devait continuer, toujours plus loin, elle devait se fondre dans cette terre, ce pays qui lui avait tant manqué, et pour la première fois, il lui sembla que ses parents étaient de retour et même Lianne. Elle n'avait jamais vu ni le lac ni les montagnes, mais c'est là qu'étaient ses racines. La fatigue lestait ses membres, les rendait pesants, chaque pas lui demandait un effort de volonté. Elle trébucha et tomba, s'enfonçant dans la neige brillante, et sentit le froid monter de la glace et l'envelopper comme un manteau. La tentation de renoncer ici fut grande mais elle se força à se relever. Elle était trop près de la maison. Il ne fallait pas qu'Ulf la trouve.

Ulf ! Son souvenir la submergea au point de rendre flou le paysage qui l'entourait, elle eut l'impression d'être foudroyée par la force de son émotion. Elle continua en titubant, croyant sentir qu'Ulf la serrait dans ses bras, croyant entendre sa voix lui murmurer des mots tendres pendant qu'il l'embrassait et lui faisait l'amour… puis elle le vit debout dans le salon, les yeux remplis d'effroi, comprenant soudain qu'elle partait. Des larmes coulèrent sur ses joues. Une fois encore, elle l'avait fait souffrir. Une fois de plus, elle l'abandonnait. Elle aurait tout donné pour rester à ses côtés. Mais c'était fini. C'était trop tard. Ils avaient tout perdu. Elle ne pouvait pas revenir en arrière. Lianne avait été toute sa vie, même lorsqu'elle était devenue une jeune femme qui suivait sa propre voie. Savoir qu'elle existait, qu'elle riait, rêvait, profitait de la vie, tout ça avait suffi à Caroline. Après sa mort, il n'était resté que le vide. Un vide aussi froid et dense qu'un écran de brume. Ici, près du lac, elle avait réussi à effacer ce vide, mais elle avait toujours su que ce répit ne serait que de courte durée. Que cette quiétude et ce bonheur inattendus ne dureraient qu'un temps. Le bonheur n'avait toujours fait que traverser son existence. « C'est parce que tu ne lui fais pas confiance, parce que tu refuses de le laisser s'approcher de toi », lui avait reproché Thomas quelques jours avant. Elle avait gardé le silence, qu'aurait-elle pu dire de toute façon ? Qu'il n'y avait eu qu'une personne dans sa vie avec qui elle avait osé être heureuse sans retenue ? Et que ce bonheur avait été possible même après la mort de Lianne. Chaque fois qu'elle pensait à Ulf, elle ne pouvait s'empêcher de toucher la bague accrochée autour de son cou, et d'espérer qu'il soit là, à ses côtés pour la serrer dans ses bras, jusqu'au bout, l'envelopper dans son amour sauvage, fou. Aucun homme n'avait réussi à le chasser de son esprit et de son cœur.

Les montagnes sur l'autre rive devenaient troubles devant ses yeux. Elle les plissa mais ce n'étaient pas les larmes qui l'empêchaient de voir. Ses jambes refusaient de la porter plus loin et elle s'effondra. Cette fois, elle ne put se relever. Elle était fatiguée, tellement fatiguée qu'elle ne sentait même pas le froid qui engourdissait ses membres, un froid qui se glissait en elle, la paralysait, alourdissait son sang. Couchée sur un nuage de neige, elle reposait paisiblement, le regard perdu dans l'immensité du ciel bleu éclatant en écoutant l'appel du busard.

31

Le chien était en train de lui lécher le visage. Ulf sentit le poids de l'animal sur la poitrine. Il essaya de le pousser de côté, mais au moindre mouvement, une vive douleur le long de sa cuisse se répandait dans tout son corps. Le chien lui soufflait en plein visage et il dut lutter contre la nausée qu'il sentait venir. « Descends, ordonna-t-il, va-t'en ! »

Le chien gémit doucement, et Ulf eut l'impression d'être libéré d'un lourd fardeau. Il ouvrit les paupières et son regard croisa celui de l'animal. Il était allongé à côté de lui, la gueule à moitié ouverte et la langue pendante.

« Je suis désolé, l'ami », dit Ulf à voix basse.

Le chien tenta de se lever mais s'écroula immédiatement en poussant un long gémissement. Ulf sentit une fois de plus la langue humide et râpeuse sur son visage. Il tourna la tête, essayant de retrouver ses esprits. Que s'était-il passé ? Caroline lui avait tiré dessus à bout portant. Mon Dieu, elle l'avait vraiment fait ! Puis elle avait quitté précipitamment la maison en le laissant seul. Il tâtonna avec sa main sur le sol, sentit le corps imposant du chien et à côté de lui quelque chose d'humide et de collant. Il n'eut pas besoin de regarder pour comprendre qu'il s'agissait de sang. Probablement le sien et celui du chien. De son autre main, il ne trouva rien à part une boîte vide. « Merde », dit-il en reconnaissant l'objet, et en revoyant le dernier regard qu'elle lui avait jeté. Pendant combien de temps avait-il perdu connaissance ? Il se concentra, tendit l'oreille au crépitement du feu. Seul un silence de mort lui répondit. Il tourna à nouveau la tête vers le chien qui avait cessé de bouger. Ulf se força à garder la tête froide : surtout ne pas s'évanouir une seconde fois. Il devait trouver son téléphone et appeler les secours mais le plus petit mouvement éveillait une telle onde de souffrance que sa vision en devenait trouble. Respirer, serrer les dents, et penser à Caroline, voilà ce qu'il devait faire. Sinon elle mourrait. De ses deux mains, il prit appui sur le rebord du canapé et, avec un cri de douleur, il réussit à se relever. Sa jambe lui faisait tellement mal qu'il eut de la peine à respirer. De toutes ses forces, il enfonça ses ongles dans le cuir du canapé. Lorsqu'il fut debout, il était trempé de sueur et tremblait de tout son corps. Combien de sang avait-il perdu ? La flaque séchée et rougeâtre à ses pieds dans laquelle le chien était allongé lui semblait immense, presque un mètre de long et de large, mais il savait que cela avait toujours l'air plus impressionnant qu'en réalité. Il avait fermé les yeux, et même si Ulf voyait trouble, il constata, rassuré, que l'animal respirait encore.

Avec difficulté, Ulf se détacha du canapé et se dirigea vers la fenêtre, en attendant que la douleur dans sa cuisse s'estompe. Depuis que Caroline avait quitté la maison, la lumière avait changé, deux heures, peut-être même trois, avaient dû s'écouler. Il jeta un œil à son portable resté sur la table basse, son portable qui se trouvait à quelques mètres à peine. Quelqu'un avait essayé de le joindre. Il devait pouvoir y arriver. Surtout ne pas perdre de temps. Il suffisait de trois pas.

Finalement, épuisé par la douleur, et à moitié inconscient, il réussit à atteindre l'appareil mais ses doigts tremblaient tellement qu'il ne parvenait pas à activer son écran. « Du calme », se répéta-t-il, essayant d'ignorer la souffrance, le sang et la panique naissante. Chaque minute comptait. Il finit par tenir son portable à deux mains. Tout ce qui lui restait à faire c'était d'appuyer sur la touche de rappel automatique. Le numéro de Håkan était le dernier qu'il avait composé. Ses doigts glissèrent sur le petit écran lisse. Il entendit sonner. « Réponds », implora-t-il mais Håkan ne décrocha pas. Il sentit ses doigts se serrer autour du téléphone lorsqu'il entendit la voix neutre du répondeur. « C'est moi, Ulf, finit-il par dire. Håkan, il faut que vous veniez tout de suite ! Lilli… elle… » Sa voix vacilla, le téléphone lui tomba des mains et Ulf s'évanouit une seconde fois.

32

Håkan, il faut que vous veniez tout de suite ! Lilli... elle...

Cela faisait vingt-huit ans que Maybrit n'avait pas entendu une telle panique dans la voix d'Ulf. Elle s'était doutée que quelque chose de terrible allait arriver. Trois nuits avant déjà, lorsque Ulf avait suivi Caroline quittant le Fjällkrogen, elle avait pressenti qu'un grand malheur allait arriver. Et pourtant, elle n'avait rien fait. Une fois de plus. Elle regarda Håkan dont le visage, à l'écoute de ce message, avait perdu toutes ses couleurs. Il ne savait rien de l'histoire entre Caroline et Ulf, ni de leur amour destructeur et, tandis qu'elle composait fébrilement le numéro de Björn, elle se demanda pourquoi Håkan avait l'air si bouleversé. Que savait-il ? Et pourquoi était-il ici ?

« Il y a un problème, dit-elle lorsque Björn finit par décrocher. Caroline et Ulf. » Et elle lui répéta le bref message d'Ulf.

« Bon sang ! s'écria Björn. C'est pas vrai ! » Il se tut quelques secondes. « Je vais parler avec le chef des opérations, reprit-il. Il faut leur envoyer un hélicoptère.

– Håkan aimerait venir, lui dit-elle.

– Je vais voir ce que je peux faire. Venez au télésiège. Quand a-t-il reçu l'appel ? »

Maybrit se mordit les lèvres. « Il y a une demi-heure. Ulf lui a laissé un message.

– Alors, il n'y a plus de temps à perdre. » Björn raccrocha, et Maybrit remarqua l'air interrogateur de Håkan. « Björn va parler au chef des opérations. Nous ferions mieux de descendre au télésiège, expliqua-t-elle.

– Très bien », répondit-il d'une voix tendue.

Elle le considéra une fois de plus. C'était un homme posé contrairement à Ulf et sa nervosité l'inquiétait d'autant plus. « Håkan, que s'est-il passé ? Pourquoi es-tu ici ? » lui demanda-t-elle sans détour.

Il hésita comme s'il considérait la situation. « Je ne peux pas en parler », finit-il par lui répondre. Elle n'insista pas. En tant qu'avocate, elle savait que certaines circonstances exigeaient un devoir de réserve. Au moins, elle aurait essayé.

Sur la route, Håkan tenta à nouveau d'appeler Ulf. En vain. Il fixait son smartphone, d'un air exaspéré. « C'est tout le temps occupé ! »

Maybrit ne répondit pas. Dépendre des autres et ne pas pouvoir agir de son propre chef n'avaient jamais été son fort, elle devait donc rassembler toutes ses forces pour ne pas céder à la panique. Que s'était-il passé dans la maison de Caroline ces dernières heures ? Håkan lui avait dit qu'il avait eu Ulf tôt ce matin encore et que celui-ci lui avait assuré que tout allait bien. Peut-être est-il arrivé un accident, pensait Håkan.

Ce qui était sûr, c'était qu'il ne s'agissait pas d'un accident. Les congères avaient rendu une partie de la route impraticable. De ses doigts fébriles, elle tapota le volant pendant qu'ils laissaient passer la file des voitures d'en face. Ils atteignirent enfin le parking. L'endroit avait été interdit à la circulation et la neige en grande partie déblayée. Au beau milieu trônaient quatre hélicoptères pareils à des insectes géants. Maybrit chercha Björn du regard, et finit par l'apercevoir à côté d'un des hélicoptères, lui faisant signe de la main. Un membre de l'équipe de secours se trouvait à ses côtés. Håkan et Maybrit, après avoir garé la voiture, coururent les rejoindre.

« Nous n'aurons pas de médecin sur place, juste un infirmier », leur expliqua Björn. Mais nous avons déjà pris contact avec l'hôpital à Sveg. Ils sont prêts à intervenir à n'importe quel moment. » Björn avait parlé d'une voix calme et maîtrisée, mais Maybrit sentait son angoisse devant la question : *Que s'était-il passé ?* Elle chercha son regard.

« Je peux venir avec vous ? »

Il acquiesça. « Mais bien sûr, puis se tournant vers Håkan : Vous êtes prêts ?

– Oui. »

Les rotors commencèrent à tourner. Maybrit grimpa dans la cabine et Håkan lui montra comment attacher sa ceinture de sécurité. Björn prit place à côté du pilote. Magnus, l'infirmier, qui était déjà à bord, les salua. C'était un jeune homme costaud aux cheveux blonds, vêtu d'une combinaison orange. Ils décollèrent sur-le-champ, rasèrent le lac et, quelques minutes plus tard, ils atteignirent le ponton en dessous de la maison de Caroline. Quand l'engin se posa sur la glace, Maybrit retint son souffle.

Magnus ouvrit les portes. Soulevée par les rotors, la neige tourbillonnait furieusement et ils durent mettre une main devant les yeux pour voir quelque chose. L'infirmier, une trousse de secours à la main, fut le premier à descendre. Puis ce fut le tour de Björn, de Håkan et enfin de Maybrit à qui ce dernier tendit la main. « Attention, la neige est sacrément profonde ici. » Il avait eu raison de la prévenir, car, dès qu'elle eut posé un pied dehors, elle s'enfonça dans la neige jusqu'aux hanches, puis elle s'efforça de marcher dans les pas des hommes jusqu'à la rive du lac. Il régnait un silence lugubre. Devant eux se dressait la maison, enneigée jusqu'aux fenêtres, aucune fumée ne sortait de la cheminée, le ciel était bleu, immobile. Maybrit sentit l'angoisse lui serrer le cœur. Et si Ulf et Caroline étaient morts tous les deux ? Elle n'avait plus prié depuis son jeune âge mais à présent elle adressa, presque instinctivement, une supplication au ciel.

Ils arrivèrent à l'escalier de la véranda. « Il y a des empreintes fraîches de pieds, remarqua l'infirmier. Elles se dirigent vers le lac.

– Pourquoi ne les avons-nous pas remarquées plus bas ? demanda Maybrit.

– À cause de l'hélicoptère, il a dû les effacer », répondit Björn. Il ouvrit la porte. « Hello ? cria-t-il. Ulf ? Lilli ? »

Aucune réponse.

Maybrit le vit serrer les mâchoires avant de disparaître à l'intérieur, accompagné de l'infirmier. Elle voulut les rejoindre mais Håkan la retint par le bras. Irritée par ce geste, elle tenta de dégager sa main.

« Attends une minute, demanda-t-il.

– Pourquoi ? répondit-elle, furieuse.

– Il y a peut-être des choses que tu ne devrais pas voir. »

Elle ne savait ce qui était le plus fort en elle, sa colère ou son effroi. « Je ne suis plus une enfant », dit-elle. Il haussa les épaules et la laissa entrer.

Dans la maison, le calme était encore plus profond qu'au-dehors. Elle manqua de trébucher sur le fusil, posé sur le sol juste à côté de la porte. Elle se hâta vers le salon d'où parvenaient les murmures de Björn et de Magnus. Mais à peine arrivée à la porte, elle eut un mouvement de recul. Derrière le canapé une immense flaque de sang recouvrait le parquet au centre de laquelle était le chien de Caroline. L'animal semblait paralysé. D'autres traces de sang séché longeaient le canapé. « Oh, mon Dieu ! » Le cri lui échappa avant qu'elle se couvrît la bouche de la main. Ses genoux se mirent à trembler, et elle dut s'appuyer contre le mur pour ne pas tomber. Ulf gisait entre le canapé et la cheminée. L'infirmier, dans sa combinaison orange, était agenouillé près de lui, et de l'autre côté se trouvait Björn, le visage pâle, prêt à aider si nécessaire.

Est-il en vie ? Est-ce qu'il respire, voulut-elle demander, mais elle fut incapable d'émettre le moindre son. Ulf avait les yeux fermés et le visage exsangue. Hésitante, elle fit un pas en avant puis un autre et un autre encore. Björn lui jeta un bref regard, et elle sut immédiatement ce qui lui passait par l'esprit. Tous deux avaient vu le malheur arriver. *Ils coucheront d'abord ensemble avant de s'entre-tuer*. Devant leur impuissance, ils avaient éclaté de rire. Un rire hystérique. Et à présent Ulf était étendu devant eux. Lorsqu'elle fut suffisamment proche, elle vit le mouvement à peine perceptible de sa poitrine. Il était vivant. Mais pour combien de temps. « Nous devons immédiatement le conduire à l'hôpital. Sinon, il ne survivra pas, dit l'infirmier, comme s'il avait entendu sa question. Il a perdu trop de sang. »

Maybrit dirigea son regard vers Håkan qui se tenait debout à côté du canapé, le fusil à la main. « Elle lui a tiré dessus, dit-il, et nous ne savons pas où elle est. »

33

Håkan prit en main la suite des opérations. Il agissait en policier, s'efforçant de ne pas se laisser submerger par l'émotion. Car il s'agissait de son ami, un ami qui, en ce moment même, était entre la vie et la mort. Il devait à tout prix rester concentré. Surtout ne pas perdre son sang-froid, retrouver Caroline Wolff et l'arrêter. Tant qu'il ne savait pas de quoi elle était capable, d'autres vies pouvaient être en danger.

Il avait découvert les traces dans la neige bien avant l'infirmier. Elles s'éloignaient de la maison, la distance entre chaque pas était grande. Elle avait dû se dépêcher. Ulf avait-il compris à quel point elle était dénuée de scrupules ? Qu'elle l'ait laissé se vider de son sang ! Qu'est-ce qui avait pu conduire cette femme à agir de la sorte, bon Dieu ? Il n'y avait pas eu de lutte mais Håkan avait trouvé par terre un revolver, près de la porte du salon, et il était sûr d'y trouver les empreintes d'Ulf. Dans la cuisine, il se mit à la recherche d'un sac en plastique dans lequel il glissa l'arme après l'avoir précautionneusement soulevée avec un mouchoir en papier. Maybrit lui avait raconté que la maison avait appartenu aux parents de Caroline. Depuis leur mort, l'endroit n'avait guère changé. Songeur, Håkan examina les vieux meubles et les livres qui tapissaient les murs du salon puis s'arrêta devant le panorama impressionnant qu'offrait la grande fenêtre, jusqu'au lac. Qu'est-ce qui pouvait conduire une femme vivant dans un tel environnement à commettre un crime ? Il devait y avoir d'autres raisons que la mort de sa fille pour expliquer son geste. Mais lesquelles ?

Une fois de plus, il observa la flaque de sang devant le canapé. Elle prouvait une chose : Ulf se tenait là lorsque Caroline lui avait tiré dessus. Suivant son intuition, Håkan s'approcha et découvrit l'impact de la balle sur le mur. La balle, après avoir traversé la cuisse de son collègue et ami, s'y était logée. Puis son regard tomba sur le corps inerte du chien. L'avait-elle visé également ? Lorsqu'il se pencha sur l'animal, il se rendit compte qu'il respirait encore. Tout comme Ulf, il avait perdu beaucoup de sang, mais la blessure provenait indubitablement d'une balle de calibre différent, sans quoi le chien n'aurait pas survécu. Si Håkan s'était donné la peine de chercher la balle, il aurait vérifié sa théorie mais il n'en avait pas le temps.

Sur le canapé, à côté des traces de sang, il vit que le cuir de l'accoudoir avait été griffé. C'était à cet endroit qu'Ulf avait dû se relever. Son téléphone devait se trouver sur la table basse. Håkan nota également la présence de deux verres à vin, d'un livre et de la montre d'Ulf. Il y avait aussi du sang sur la table à côté de laquelle son collègue était toujours étendu. C'est à cet endroit qu'Ulf, après avoir rampé puis téléphoné, s'était effondré. Et la femme avait disparu. Bon Dieu. Et si Ulf mourait ? Håkan prit une profonde inspiration. Non, il refusait d'envisager cette éventualité.

« Combien de temps ça va prendre pour l'amener à l'hôpital ? demanda-t-il à l'infirmier.

– Il faut d'abord attendre que son état se stabilise, je fais le nécessaire. J'ai déjà informé le pilote. »

À ce moment, Ulf ouvrit les yeux, et Håkan vit que Maybrit et Björn retenaient leur souffle.

Le regard d'Ulf croisa celui de Björn. « Tu es là », murmura-t-il. Björn acquiesça de la tête et prit sa main sans rien dire. Ce geste trahissait bien plus de choses sur la relation des deux hommes que Håkan aurait pu en attendre d'une explication détaillée.

Ulf essaya de bouger et de se lever mais Björn l'en empêcha avec douceur.

« Lilli... souffla-t-il.

– Où est-elle ? demanda Björn.

– Dehors... je ne sais pas.

– Je la retrouverai », lui promit Björn.

Ulf n'avait pas quitté Björn des yeux et Håkan comprit qu'il aurait voulu ajouter quelque chose. Mais malgré ses efforts, il en fut incapable. Il n'en avait plus la force. Björn le comprit lui aussi et dit pour le rassurer : « Je la retrouverai. » Et à nouveau devant eux qui le regardaient, impuissants, Ulf perdit conscience.

Qu'aurait voulu ajouter Ulf ? Håkan balaya nerveusement la pièce du regard puis il remarqua une petite boîte en carton qui se trouvait non loin du chien, à moitié dissimulée sous le canapé.

À l'aide d'un mouchoir en papier, il la souleva délicatement et fronça les sourcils lorsqu'il comprit de quoi il s'agissait.

Björn se tourna vers lui. « Qu'est-ce que c'est ?

– Du Diazepam, répondit-il.

– C'est quoi ? voulut savoir Björn.

– Un somnifère, expliqua Magnus. Combien manque-t-il de cachets ? »

Håkan ouvrit la boîte. « Apparemment dix !

– Ulf Svensson n'a pas pu en prendre, constata Magnus. Sinon, il ne serait pas revenu à lui. »

Maybrit regarda, incrédule, la boîte que tenait Björn entre les mains. « Alors c'est Caroline qui les a tous pris.

– J'en ai bien peur », confirma Håkan et il repensa au message que lui avait laissé Ulf, un message qui prenait à présent une signification tout à fait différente. « Lilli... *elle...* » Caroline Wolff voulait se suicider, voilà ce qu'Ulf avait essayé de lui dire. Håkan toussa nerveusement. « Apparemment, elle a avalé les cachets avant de quitter la maison. Si nous voulons la retrouver en vie, il va falloir se dépêcher. »

Maybrit blêmit. « Caroline voulait se suicider ! » Elle était tellement épouvantée que sa voix vacilla. Elle avait à peine fini sa phrase que Björn s'était déjà levé. « Je vais à sa recherche...

– Björn, attends ! » lui cria Maybrit en voulant le retenir mais il ne parut pas l'entendre. L'évidence de sa réaction surprit le policier mais il n'eut pas le temps d'y réfléchir car, à cet instant, ils entendirent que les rotors de l'hélicoptère se mettaient en marche. Håkan aida l'infirmier à transporter Ulf sur un brancard, enveloppé dans une couverture et toujours inconscient.

« Je donne un coup de main jusqu'à l'hélicoptère, dit-il en se tournant vers Maybrit, mais je dois rester ici.

– Pas de problème, je vais accompagner Ulf pendant son transport vers l'hôpital », proposa-t-elle immédiatement.

Håkan sourit, reconnaissant : « C'est ce que j'avais espéré. »

Elle les suivit pendant qu'ils descendaient vers le ponton. Le bruit des rotors était amplifié par l'écho que renvoyaient les montagnes sur l'autre rive du lac. Transporter une civière dans une neige aussi haute n'était pas une tâche aisée, mais ils finirent, malgré tout, par atteindre le lac. Maybrit, qui venait de s'installer à bord de l'hélicoptère, aida à sécuriser le blessé.

Håkan s'adressa au pilote « Nous sommes à la recherche d'une seconde personne. Nous aurons rapidement besoin d'un autre appareil.

– Je peux être de retour dans une heure, répondit l'homme.

– Il sera peut-être trop tard, dit Håkan, l'air préoccupé.

– Je vais voir ce que je peux faire. »

Quelques instants plus tard, Håkan vit l'hélicoptère s'envoler au-dessus du lac, s'éloigner rapidement et disparaître derrière la montagne. Il ne parvenait pas à chasser l'image de son collègue, le visage blême et le corps inerte. Ulf avait vraiment perdu trop de sang. Qu'il ait réussi à téléphoner relevait du miracle mais c'est ce geste qui allait peut-être lui sauver la vie.

Håkan observa le lac enneigé en plissant les yeux. Pour le moment, il n'y avait aucune trace ni de Caroline ni de Björn mais il savait que ce dernier la retrouverait. Björn était né dans ces contrées sauvages, et avec ce genre de neige, même un pisteur inexpérimenté n'aurait pu rater les traces encore fraîches que Caroline avait laissées en fuyant. La seule question était de savoir s'il arriverait à temps. Et tandis qu'il avançait à contrecœur dans cette neige collante, il se surprit à souhaiter que Björn arrivât trop tard. Cela leur épargnerait à tous bien des soucis.

Il fit demi-tour et regagna la maison. Comme il gravissait les marches de la véranda, son téléphone sonna. C'était Mette.

« Comment vas-tu ? demanda-t-elle. As-tu repris contact avec Ulf ? »

Le portable collé à son oreille, il entra dans la maison, traversa le couloir et se figea sur le seuil du salon. En redécouvrant la scène qui s'offrait à ses yeux, le sang, le corps inerte du chien et les différentes traces qu'avait laissées cette tragédie, il fut soudain incapable de dire un seul mot. Il n'aurait jamais cru, même dans ses pires cauchemars, que la rencontre entre Caroline et Ulf pourrait se révéler mortelle.

« Håkan, tout va bien ? » s'inquiéta Mette.

Il déglutit avec peine. « Je... peux pas te parler pour le moment. Je te rappelle plus tard, Mette. »

Il mit le portable dans sa poche et franchit le seuil de la pièce. Que s'était-il passé ici pendant ces deux derniers jours ? Il avait essayé d'inciter Maybrit à lui en dire plus sur l'histoire entre Ulf et Caroline mais elle s'était contentée d'éluder le sujet, ce qui ne l'avait guère aidé. Il regarda le chien. Si seulement tu pouvais parler, se dit-il en son for intérieur avant de s'agenouiller à ses côtés. L'animal respirait faiblement mais il avait un cœur solide et sa blessure ne saignait plus. Il fallait l'amener au village, chez le vétérinaire. Il y avait peut-être moyen de le sauver. Il caressa l'épaisse fourrure de l'animal. Pour survivre, il lui faudrait probablement la même dose de chance qu'à Ulf. Håkan se releva, sortit une fois de plus son portable et composa le numéro du chef des opérations resté au village. « On en est où en ce qui concerne un second transport ? demanda-t-il.

– Avez-vous trouvé la personne disparue ? demanda l'homme.

– J'imagine que Björn Nyborg va se manifester d'une minute à l'autre. Elle n'a pas pu aller bien loin. »

34

Avec une obstination féroce, Björn avançait dans la neige haute, dépassant le ponton près duquel l'hélicoptère avait atterri. Il avait le cœur lourd, aussi lourd qu'autrefois lorsque Caroline avait disparu et qu'il était parti à sa recherche. C'est près du lac qu'il la trouverait, pas loin d'ici, il en avait l'intime conviction. Depuis qu'il avait appris l'appel de détresse d'Ulf, il avait craint le pire. Et, à présent, le pire était advenu.

Il avançait stoïquement, en regardant droit devant lui, jusqu'à ce qu'enfin il trouve les traces de Caroline, exactement à l'endroit qu'il avait pressenti, et il ne put s'empêcher de se demander quel aurait été l'avenir de Caroline si elle n'avait pas revu Ulf. À son arrivée tout avait changé, et surtout Caroline. Que s'était-il passé ? Björn ne put s'empêcher de penser à l'accident mortel qui avait emporté les parents de Caroline. Il se rappela ce que sa mère lui avait raconté et que cela avait soudain changé sa vision des choses. Autrefois, Caroline avait déjà essayé de se suicider. Pourquoi avait-elle recommencé ? Quelle douleur s'était révélée à ce point insupportable pour qu'aucune alternative ne s'offre à elle ? La perte de sa fille était une chose terrible mais cette explication ne suffisait pas. Le vent glacial qui soufflait sur l'immense surface lisse du lac lui fouettait le visage et pénétrait la couche de ses vêtements. Malgré le dur effort, il avait les pieds et les mains gelés. Il devait surtout éviter de penser au temps que Caroline avait déjà passé dehors et combien était faible l'espoir de la retrouver vivante.

Il arriva à un endroit où les empreintes suggéraient que Caroline s'était effondrée avant de parvenir à se relever. Mais ses pas semblaient de plus en plus rapprochés et les traces indiquaient qu'elle avait dû s'arrêter de plus en plus souvent. Les somnifères avaient probablement commencé à agir. Pour Björn, cette mort convenait finalement assez bien à Caroline : s'allonger et s'endormir dans la neige, en attendant de partir, sans souffrir, ce qui à une température de moins vingt-cinq arrive très vite. Il fallait continuer à marcher et la retrouver à tout prix. C'est ce qu'Ulf attendait de lui. Mon Dieu, elle lui avait tiré dessus ! Håkan Bergström pensait qu'Ulf et Caroline s'étaient disputés, mais Björn avait du mal à croire que Caroline aurait pu tuer quelqu'un au cours d'une dispute. Elle n'était pas si impulsive. Alors qu'Ulf l'était, avec ses accès de colères incontrôlés. Håkan Bergström leur cachait quelque chose. Il devait bien avoir une raison de se trouver ici, et à présent, il pensait comme Maybrit que le policier de la criminelle n'avait pas fait le voyage depuis Stockholm pour Ulf mais pour Caroline.

Devant Björn apparut une des petites îles du lac. Ses quelques arbres penchaient dangereusement sous le poids de la neige et jetaient des ombres étranges. Les traces de Caroline menaient directement à cette île. Björn accéléra le pas, persuadé d'avoir enfin trouvé le bon endroit, et en effet, au bout de quelques mètres, il la découvrit. Elle était étendue dans un creux, à l'abri du vent glacé. Elle était allongée sur le dos, les paupières closes, et sur ses lèvres se devinait comme un léger sourire. Pendant quelques secondes, il la regarda, se demandant de quel droit il brisait cette sérénité qu'elle avait choisie, puis il s'agenouilla dans la neige à côté d'elle, chassant de son esprit les images de cet autre été où il l'avait ramenée à la vie, sans se douter de la souffrance et finalement du malheur qui allaient en découler. Elle était si jeune à l'époque. Mais aujourd'hui, les choses avaient changé. Ulf ne comprendrait pas si Björn revenait sans elle. Il enleva son gant et chercha le pouls de Caroline. Au départ, il ne sentit rien puis il perçut un faible battement. Des larmes de soulagement coulèrent sur son visage. Il avait envie de la soulever, de la serrer contre lui afin de la réchauffer mais il savait que cette décision pouvait entraîner sa mort. Le sang froid remonterait vers le cœur et risquerait de provoquer un arrêt cardiaque.

Aussi la laissa-t-il allongée et tira-t-il son téléphone portable de sa poche, afin de prévenir Håkan, lequel décrocha aussitôt. « Tu l'as trouvée ? Est-elle encore en vie ?

– Oui, se contenta de répondre Björn. Mais plus pour longtemps si elle n'est pas rapidement prise en charge.

– L'hélicoptère est en route.

– Nous nous trouvons environ à huit cents mètres de la maison en direction du sud, en plein milieu du lac sur la petite île.

– Nous arrivons », dit Håkan d'une voix rassurante.

Björn regarda le visage blanc de Caroline, ses lèvres cyanosées. « Pourquoi n'as-tu rien voulu nous dire ? demanda-t-il doucement. À quoi ça sert d'avoir des amis sinon ? » Il chercha à nouveau son pouls. N'avait-il pas perdu en intensité ? C'était insupportable d'être impuissant à ce point, face au froid et au poison que les cachets instillaient irrémédiablement dans son sang. Où était l'hélicoptère ? Son bruit était puissant et s'entendait bien au-delà du lac. N'aurait-il pas dû l'entendre depuis un bon moment déjà ?

35

Ulf passait de l'inconscience à de brefs moments de veille. Des impressions se superposaient dans sa tête : le bourdonnement des rotors, le regard soucieux de Maybrit, la lumière, trop de lumière, et le visage d'un inconnu penché sur lui. Des voix, des couloirs qu'il traversait comme à travers le brouillard. La chaleur. De l'oxygène à travers un masque, et l'impression qu'il était seul à décider s'il voulait rester en vie ou non. Ils ne pouvaient pas l'obliger, il connaissait la musique, ce n'était pas la première fois qu'il rencontrait la mort.

Mais ils le ramenèrent à la vie.

Ils étaient en train de lui transfuser le sang d'un inconnu.

Ce sang fusait dans ses veines et ses artères, se frayait un chemin vers le cœur, s'enrichissait en oxygène dans les poumons. Et ce sang transportait cet oxygène dans chaque organe, chaque cellule, rallumait cette étincelle nécessaire à la volonté de survie.

« Ulf, tu m'entends ? » La voix de Maybrit le tira de son sommeil, l'obligeant à revenir à la réalité. « Ulf ? »

Il ouvrit les yeux. Elle était à ses côtés, devant un mur de cadrans clignotants. Ulf fronça les sourcils.

« Tu es à l'hôpital de Sveg. »

Il hocha la tête, se rappelant à présent les interminables couloirs. Les pas sur le linoléum. L'hélicoptère…

« Lilli… ? » C'est à peine si on l'entendait mais Maybrit avait compris.

« Lilli est ici, lui dit-elle, d'une voix rassurante, Björn l'a retrouvée. »

Le soulagement lui coupa le souffle.

*

« Son état se stabilise. » Il y eut un bruit de papier froissé. Il sentit un courant d'air. Des odeurs qui ne lui étaient pas familières. On lissait la couverture et on lui effleurait furtivement la main. « Tu crois que l'on pourra le changer de service ? » demanda quelqu'un tout en s'éloignant. La réponse se perdit dans un léger claquement de porte.

*

Il faisait nuit et l'hôpital se transformait en un univers sonore qui ne ressemblait à aucun autre. Le bourdonnement léger des appareils électroniques, la respiration des patients et les voix précautionneuses du personnel, tous ces bruits s'additionnaient jusqu'à former un mur de protection contre le monde extérieur. Ulf fixait l'obscurité. Dans sa chambre uniquement éclairée par le clignotement incessant du voyant rouge de l'interrupteur et par le vacillement des appareils médicaux, il songeait à Caroline.

Elle l'avait quitté. Toutes ses prières, toutes ses supplications n'avaient servi à rien. Elle était partie et avait tenté de se suicider. Avait-il mal agi en exerçant trop de pression sur elle ? Cette question ne cessait de le tourmenter.

« Elle n'a jamais pu supporter la souffrance, lui avait dit Björn, quelques heures auparavant, afin de le rassurer. Ce n'est pas ta faute. »

Ulf n'en était pas si sûr. Elle était toujours en vie. Elle était dans la même chambre. Il pouvait l'entendre respirer. Il lui suffisait de tendre la main pour la toucher. Mais il avait peur du moment où elle ouvrirait les yeux et comprendrait que son plan avait échoué. Oui, il avait peur. Une peur horrible. Elle l'avait quitté et il l'avait forcée à revenir. Et pourtant, quel bonheur de la sentir à ses côtés. Et de pouvoir la contempler. Contempler ce qu'il aurait pu perdre.

C'est Maybrit qui avait eu l'idée de les mettre dans la même chambre. Et pour arriver à ses fins, elle n'avait pas hésité à affronter la hiérarchie de l'hôpital. « Si tu veux que Caroline s'en sorte, elle a besoin d'un stimulant, l'avait-elle averti. Il n'y a que toi qui puisses être ce stimulant. »

À présent, alors que le crépuscule descendait et baignait la chambre d'une lumière pâle, Ulf écoutait la respiration calme de Caroline, tout en observant les mouvements réguliers de sa poitrine. Elle était en vie, oui, mais plongée dans un coma profond, dont personne ne savait si elle sortirait un jour. « Le Diazepam est un produit courant, qui en cas de surdosage peut conduire à la mort, lui avait expliqué le médecin traitant. Mais compte tenu de sa sévère hypothermie, son corps était à l'arrêt. Elle est très faible. Il faut être patient. »

Lorsque Caroline avait été prise en charge par le service d'urgence de l'hôpital de Sveg, sa température corporelle n'excédait pas les trente degrés. Sa vie n'avait tenu qu'à un fil. Ulf ne pouvait pas en vouloir aux médecins. Ils avaient fait tout leur possible afin de la sauver. À présent, c'était à elle de s'accrocher. Était-il vraiment le stimulant qu'il lui fallait ? Il tendit la main, mais juste avant de l'effleurer, il se ravisa. Que pouvait-il encore lui proposer qu'elle n'ait déjà refusé ? Une fois de plus, ses pensées se mirent à tourner autour de ce point crucial : Caroline n'était pas seulement partie, elle ne l'avait pas seulement quitté, elle avait aussi tenté de se suicider. Et il devait s'interroger sur sa part de responsabilité. Elle avait toujours été fragile. Pas le genre de femme qui prend son destin en main, mais plutôt qui se laisse porter par les événements. À l'époque, il n'avait pas voulu y croire, ou peut-être n'avait-il pas pu à cause de son manque d'expérience. Mais au cours de ses études, il avait beaucoup appris sur la psychologie des hommes et envisagé la situation qu'il avait vécue avec Caroline sous un tout autre angle. Il avait même réussi à remettre en question ses actes, son impatience et sa fierté. Non que ces réflexions l'aient amené à ressentir autre chose que de la culpabilité. Mais à présent n'était-il pas plus indulgent, moins susceptible ? Pouvait-il apporter à Caroline ce dont elle avait réellement besoin ? Il avait fait part de ses doutes à Maybrit.

« Donne-lui une chance », lui avait-elle dit.

Donne-lui une chance.

Hésitant, il tendit de nouveau le bras.

Les mains de Caroline reposaient sur le drap immaculé et, tandis qu'il contemplait ses longs doigts fins, il eut brusquement l'impression de les sentir à nouveau sur son visage, sur sa bouche. Durant un bref instant, le temps s'arrêta et il crut l'entendre rire tout bas.

Il lui prit la main. Une main douce et tiède, mais en même temps, il avait l'impression de toucher la main d'une morte. « Je ne veux pas te perdre, Lilli, lui murmura-t-il dans l'obscurité. Ne le comprends-tu pas ? »

36

« Maman ? » La voix de Lianne lui parvenait du jardin. « Maman, regarde ce que j'ai trouvé ! »

Caroline se leva de son bureau et se dirigea vers la porte de la terrasse. Lianne était assise sur une pierre en plein soleil, et elle dit en tendant vers elle ses deux mains en coupe.

« Regarde, maman ! »

Caroline sortit et découvrit une grosse coccinelle dorée dans les mains de l'enfant.

« On dirait l'homme coccinelle des histoires que tu me racontes, lança Lianne.

– Oui, c'est à ça qu'il ressemble, confirma Caroline, mais ne crois-tu pas qu'il serait plus à l'aise dans l'herbe que dans tes mains ? »

Lianne plissa son front bruni par le soleil. « Je voudrais le garder. Je vais lui construire une maison dans un bocal. » Caroline soupira. « D'accord, mais juste pour une nuit. »

Avec un sourire radieux, Lianne se précipita dans la maison. Caroline la suivit et, une fois à l'intérieur, elle vit sa fille debout devant la photographie d'Ulf posée sur le buffet. Elle lui montrait ce qu'elle avait dans les mains. « Regarde, papa, ce que j'ai trouvé. » Elle disparut ensuite dans la cuisine et se mit à farfouiller dans un placard.

Caroline s'arrêta un moment devant la photographie. Depuis qu'elle l'avait suspendue ici, sa fille s'était mise à parler à Ulf. C'était d'ailleurs elle qui avait eu cette idée. « Comme ça papa pourra toujours voir ce que je fais », avait-elle dit avec une gravité enfantine. Dans un premier temps, Caroline avait accepté ce petit manège, plus par mauvaise conscience qu'autre chose, mais ensuite elle s'était elle-même prise au jeu, lui confiant parfois, et à sa grande surprise, ce qui la préoccupait ou ce qu'elle devait mettre au clair. « Nous allons déménager une nouvelle fois, disait-elle à présent. Nous retournons en Europe. Du moins pour quelque temps. » Cela signifiait qu'elles allaient se rapprocher de lui. Rien qu'à cette pensée, son cœur s'accéléra. « J'ai obtenu un poste à Copenhague. » Il y avait presque six ans qu'elle l'avait quitté.

« Maman, pourquoi tu pleures ? » Elle entendit sa fille derrière elle et sentit une petite main se glisser dans la sienne. « Il te manque, papa ? »

Caroline ravala ses larmes. « Il me manque tous les jours, trésor. » Lianne effleura la bague que portait Caroline. « Mais il est avec nous, non ? »

Caroline prit sa fille dans ses bras et lui soutint à travers ses larmes : « Mais bien sûr, que je suis bête ! »

Lianne appuya sa petite tête contre les épaules de sa mère. « Tu lui as dit que nous déménageons ? »

Caroline acquiesça. « Tu es contente ?

– Je suis contente de voir la neige, je n'en ai vu qu'à la télé. » Puis elle fronça son petit nez. « Mais c'est un peu dommage que là où nous allons...

– Au Danemark, précisa Caroline.

– Qu'au Danemark il n'y ait pas de kangourous.

– Nous irons au zoo s'ils te manquent.

– Tu penses qu'ils en ont là-bas ?

– Sûrement, promit Caroline, et maintenant, il faut dîner, la nuit va bientôt tomber. »

Dehors, dans un vacarme joyeux, un groupe de perruches prit place sur un grand eucalyptus au feuillage échevelé qu'elle avait planté pour ses vertus apaisantes. Leur plumage aux mille couleurs brillait dans le soleil couchant.

Lianne avait placé la coccinelle dans son bocal sur sa table de nuit. « Tu peux laisser la lumière allumée, maman ? Comme ça, je peux encore la voir un petit peu.

– Bien sûr, mon trésor », répondit Caroline en souriant. La chambre lui parut froide, même si elle était encore meublée alors que, dans les autres pièces, leurs affaires avaient déjà été mises en caisse et confiées à une entreprise de transport. « Cela rendra votre départ plus facile », lui avait dit, à juste titre, une collègue de travail.

Caroline ferma doucement la porte de la chambre de Lianne et retourna au salon. La porte de la terrasse était encore ouverte, protégée par une moustiquaire, et l'on entendait au-dehors le chant des grillons. Caroline prit un verre, sortit une bouteille de vin blanc entamée du frigidaire et s'installa au jardin. Dans le ciel étoilé, la Croix du Sud qui venait d'apparaître répandait sa lumière juste au-dessus de la terrasse. Au lointain, on entendait l'océan et le bruit du ressac qui frappait la côte. C'étaient les seuls bruits qui lui parvenaient en plus du crépitement des grillons, et elle se demanda si l'Australie lui manquerait. L'immensité de ses paysages sereins. La chaleur et l'ouverture d'esprit des habitants qui l'avaient accueillie à bras ouverts et lui avaient permis de se sentir chez elle dans ce pays qui était pourtant à des années-lumière du sien et de ce qu'elle aimait. Cette grande distance avait distendu les liens avec la Suède. Devant toutes ces impressions nouvelles, la solitude et le mal du pays qui l'avaient guettée au début s'étaient rapidement dissipés. Quatre ans s'étaient écoulés depuis. Lianne était devenue une petite sauvage, dorée par le soleil.

Pour la centième fois, Caroline se demanda si elle avait pris la bonne décision. S'il n'aurait pas mieux valu rester ici. Au Danemark, on était au plus profond de l'hiver. Là-bas, elle ne connaissait personne. Mais la tentation avait été trop grande quand on lui avait proposé un poste d'interprète au consulat. À Copenhague, difficile de se trouver plus près de la Suède. Et qui sait, peut-être qu'Ulf viendrait un jour dans la capitale danoise et qu'elle le rencontrerait au hasard d'une rue ? Combien de fois s'était-elle représenté l'instant où, par le plus grand des hasards, ils se dirigeraient l'un vers l'autre. Leurs regards se croiseraient, ils s'arrêteraient, surpris, et tous les deux se mettraient à parler en même temps, ce qui les ferait rire puis ils se prendraient les mains. Elle avait imaginé cette scène si souvent qu'elle ne pouvait envisager qu'elle ne se produise pas. De Copenhague jusqu'à la frontière suédoise, la route n'était pas bien longue, il suffisait de traverser le détroit d'Öresund, et à Malmö habitait la sœur d'Ulf. Juste à deux pas. Personne ne pourrait lui reprocher de ne pas avoir rempli son contrat. Personne ne lui reprendrait Lianne. Elle sentit ses membres devenir lourds de fatigue. La journée avait été chaude et longue. Les années passées ici avaient été longues aussi. Elle s'étira et se leva. Avant d'aller au lit, elle jeta un dernier coup d'œil dans la chambre de sa fille. Le bocal contenant la coccinelle sous le coude, elle dormait paisiblement, ses boucles brunes et indisciplinées étalées sur l'oreiller. Sans faire de bruit, Caroline éteignit la lumière.

Elle ouvrit les yeux et, dans l'obscurité, elle tendit l'oreille en se demandant ce qui l'avait réveillée. Elle se sentait cotonneuse, comme si elle avait la gueule de bois, et pourtant elle n'avait bu qu'un verre. Comment allait-elle tenir toute cette journée, si elle se sentait déjà patraque ? Il y avait encore tant à faire, il fallait s'occuper des valises et...

Elle n'était pas dans sa chambre.

Cette pensée s'insinua en elle et un frisson la parcourut.

Où était-elle ?

Elle tendit de nouveau l'oreille, essayant de distinguer quelque chose dans la lumière crépusculaire. Puis, elle reconnut l'odeur.

Elle se trouvait à l'hôpital.

Terrifiée, elle tenta de reprendre son souffle et de maîtriser sa panique. Que s'était-il passé ? *Où était Lianne ?*

« Lilli ? »

Son cœur s'emballa. Il n'y avait qu'une personne qui connaissait son petit nom. Mais ce n'était pas possible.

« Lilli, grâce au ciel, tu es réveillée. »

Une main essayait de toucher la sienne, éveillant un flot de souvenirs. Et soudain, l'intimité qu'elle avait eue avec sa fille, leur tendre confiance mutuelle, tout disparut. Chaque jour passé en Australie, chaque image se reflétant dans les yeux brillants de sa fille, chaque seconde qui avait semblé si vivante, si réelle, si intense, tout cela gisait vingt ans en arrière. Elle était seule. Lianne était morte. Partie. Inaccessible. Elle respira profondément, luttant contre la déception et la solitude qui menaçaient de l'engloutir.

Contre ce vide soudain. Elle ne remarqua pas que les larmes mouillaient ses joues.

Ils ne l'avaient pas laissée mourir.

Ils l'avaient ramenée dans le monde des vivants.

« Lilli, dis quelque chose... » Il y avait de l'inquiétude dans sa voix.

Que pouvait-elle dire ? Elle se sentit submergée par des émotions contradictoires. Prise au piège du passé.

« J'ai fait un rêve, murmura-t-elle. J'étais avec Lianne en Australie. » Avait-elle vraiment rêvé ? Les images lui semblaient si réelles. « Tout était tellement plus simple là-bas, continua-t-elle à voix basse. Plus simple qu'à Copenhague car je n'avais aucun espoir de te rencontrer un jour. »

Elle n'aurait jamais dû déménager au Danemark. Elle n'avait alors cessé de chercher le visage d'Ulf dans chaque passant qui lui ressemblait. Lorsque le temps était dégagé, elle apercevait de sa fenêtre la côte suédoise, au-delà du détroit d'Öresund.

Elle sentit ses doigts serrer plus fort les siens et voulut ravaler ses larmes. N'était-il pas temps qu'elle lui dise la vérité ? Ne devait-il pas savoir qu'elle avait tant de fois eu envie de monter sur le ferry et de se rendre à Malmö ?

« Tu me manquais tellement », avoua-t-elle d'une voix à peine audible. Mais Lianne était tombée malade. L'enfant au teint hâlé et à la santé robuste s'était changée en une fillette chétive, à la santé fragile. « C'est le climat », avaient expliqué les médecins, et cela avait sonné comme une menace. Si elle continuait à céder à la nostalgie, elle perdrait Lianne.

Elle l'entendait qui cherchait ses mots, luttait et finissait par se taire, et tous les non-dits se dressaient de nouveau entre eux, et elle aussi retombait dans le silence et retournait à cette époque lointaine, à cette vie sans lui, à ce désir de le retrouver qui l'avait accompagnée jour et nuit. Comment avait-elle pu supporter tout cela ?

Les années continuaient à défiler. Des images de Lianne dans une école du Sud de la France. Lianne adolescente au Costa Rica. Lianne jeune femme à Hong Kong. Oui, plus elles avaient été loin de lui, et plus cela avait été facile. Il fallait à tout prix éviter de se souvenir de la Suède. De se souvenir de lui.

Devenait-on fou à force de vivre dans une réalité qu'on avait soi-même inventée ? Elle aurait voulu le lui demander mais elle n'en avait pas la force.

37

Elle s'est réveillée.

Björn caressa l'écran de son téléphone portable. Ses doigts parcoururent ces trois mots que Maybrit lui avait envoyés. Trois mots, et aucun commentaire. Il soupesa le téléphone dans sa main et regarda à travers la fenêtre en direction du lac. Puis il composa le numéro de Maybrit.

« Où es-tu ? lui demanda-t-il.

– Encore à la maison, répondit-elle. J'allais partir à l'hôpital.

– Tu m'emmènes ? »

Elle ne répondit pas immédiatement, et il lut dans ses pensées. « Bien sûr que je t'emmène », finit-elle par dire.

À peine dix minutes plus tard, il vit la Volvo blanche s'engager dans l'allée. Le temps de prendre ses clés, son téléphone et son manteau et il sortit. Il venait juste de fermer sa porte à clé lorsqu'il vit sa mère sortir de la maison d'à côté. Elle lui fit signe de la main. « Dis à Ulf et à Lilli que je leur souhaite un bon rétablissement !

– Entendu », lui cria-t-il avant de monter dans la voiture.

Maybrit lui lança un regard oblique. « Quoi que tu portes, tu as toujours l'air d'un bûcheron et tu dégages la même odeur. Tu peux m'expliquer pourquoi ? »

Björn ignora l'agacement dans sa voix. « Je le fais uniquement pour toi. Je sais que ça te plaît. » Elle secoua la tête, mais il vit un léger sourire se dessiner au coin de ses lèvres.

Il attacha sa ceinture de sécurité et s'enfonça dans le siège. Après le travail incessant durant la tempête et toute cette agitation autour de Caroline et d'Ulf, il avait du mal à croire à cette soudaine tranquillité. Ébloui par le soleil, il regarda défiler les sapins à travers la vitre que le vent transformait en blancs drapeaux et les cimes des montagnes qui se dressaient sous un ciel radieux. Dans cet univers qui tournait à un rythme de plus en plus fou, devenant de plus en plus global et qu'il était impossible d'ignorer même dans ces montagnes reculées, il lui paraissait presque anachronique de se réjouir de ces petites choses familières.

« C'est tellement beau ici, dit-il. Je ne comprends pas ce qui pousse les gens à aller à Stockholm ou à Göteborg. »

Maybrit rit doucement. « Je ne le comprends pas non plus. Mais je ne crois pas que nous soyons représentatifs de la moyenne des gens.

– Tu as raison, acquiesça-t-il. Nous sommes différents. » Il lui jeta un rapide coup d'œil. Elle semblait moins tendue, et ses traits étaient moins marqués. Tous deux allaient avoir cinquante ans cette année et pourtant Maybrit n'avait pas un cheveu blanc, et il savait que c'était sa couleur naturelle. Il ne lui avait jamais dit ce qu'il ressentait vraiment pour elle. Pourquoi d'ailleurs ? Voilà des années qu'ils cultivaient une entente harmonieuse, et même s'ils n'habitaient pas ensemble, ils partageaient bien plus qu'un simple lit. Il songea à Caroline et à Ulf, à la solitude qu'ils éprouvaient même lorsqu'ils étaient réunis, tout simplement parce qu'en dépit de leur passion dévorante ils ne parvenaient pas à se faire confiance. Björn comprit qu'il était temps de faire le premier pas.

« Maybrit, que dirais-tu de nous marier ? »

Elle fixa la route devant elle, sans bouger, seules ses narines frémirent. Au bout d'un moment, d'un long moment, elle finit par dire : « Tu es sérieux ? » Sa voix tremblait très légèrement.

« Il y a des choses avec lesquelles je ne plaisante pas », répondit-il calmement.

Maybrit se tut à nouveau et s'engagea sur la route enneigée en direction de Sveg.

« Et que va-t-il se passer avec Caroline ? » demanda-t-elle.

Depuis le brusque retour de Caroline, il s'était attendu à cette question. « Lilli compte beaucoup pour moi. Tout comme Ulf. » Il se racla la gorge. « Mais je ne l'aime pas. » Cela n'avait pas toujours été le cas, mais il y avait bien longtemps. Il effleura le tableau de bord aux couleurs sombres. « Tu comprends ? »

Elle acquiesça avec circonspection.

Trente-cinq kilomètres les séparaient de Sveg, et il fallut attendre l'apparition des premières maisons de la bourgade pour que Maybrit rompe le silence.

« Pourquoi me demander ça maintenant, Björn ? »

– Je ne sais pas, lui avoua-t-il avec sincérité. Mais je sais que j'aurais dû le faire depuis longtemps. »

Et il la vit avaler sa salive.

« Peut-être que j'ai du mal à oublier le regard que tu m'as lancé lorsque je suis parti vers le lac à la recherche de Lilli, enchaîna-t-il, peut-être que j'ai soudain pris conscience de cette relation impossible entre Lilli et Ulf. Je ne veux pas que nous fassions la même erreur. »

Maybrit pénétra dans le parking de l'hôpital, éteignit le moteur et se tourna vers lui. « Tu comprends bien que je dois y réfléchir ? »
Il sourit. « Le contraire m'aurait inquiété. »

Ulf était seul dans sa chambre. Il était toujours aussi pâle, presque transparent à cause de tout le sang qu'il avait perdu. Mais Björn eut l'impression que ce n'était pas la seule raison.

« Où est Caroline ? » demanda Maybrit en embrassant son cousin sur la joue.

Ulf s'assit avec difficulté. « On l'a de nouveau transférée en soins intensifs, répondit-il. Elle... » Il serra les dents, secoua la tête et détourna le regard.

« Tout va bien, le rassura Maybrit en posant la main sur son bras. Elle s'est réveillée, non ? »

Ulf acquiesça furtivement.

« Je vais voir comment elle va, proposa Björn, comme ça, je vous laisse bavarder. »

Après le transfert de Caroline et d'Ulf à l'hôpital, Björn et Maybrit s'étaient mis d'accord sur la conduite à tenir. « Lorsqu'elle sera réveillée, il faudra que tu lui parles, avait-il dit à Maybrit sur un ton insistant. Il a le droit de savoir. »

Maybrit, après mûre réflexion, avait fini par lui donner raison. « Oui, mais ça me fait horreur.

– Qu'est-ce qu'il y a, Maybrit ? » demanda Ulf d'une voix résignée qui toucha Björn en plein cœur. Avant de fermer la porte, il entendit Maybrit tirer une chaise et s'asseoir à côté du lit de son cousin. Il était certain qu'elle trouverait les mots justes et il valait mieux qu'il ne soit pas présent à ce moment-là. Au fond, il s'agissait d'affaires qui concernaient exclusivement leur famille.

Ce jour-là, Caroline était la seule patiente admise en soins intensifs, et comme Björn connaissait l'infirmière de garde, il s'était retrouvé, sans encombre et en l'espace de quelques minutes, à son chevet. D'innombrables fils et tuyaux la reliaient aux appareils installés autour de son lit, elle était si menue et si pâle qu'elle ne semblait déjà plus appartenir à ce monde.

« Hej, Lilli », dit-il à voix basse.

Elle tourna lentement la tête et esquissa un faible sourire.

« Hej, Björn. »

Il lui prit la main et caressa tendrement ses doigts.

« Pourquoi ne m'as-tu pas laissée mourir cette fois ? » lui demanda-t-elle en chuchotant.

Il déglutit péniblement. « On t'a déjà raconté que c'est moi qui t'avais trouvée. »

Son regard vacilla, et il se demanda si c'était à cause des médicaments. « Ulf me l'a dit. » Ses yeux se remplirent de larmes. « Je ne pouvais pas le quitter une fois de plus, Björn, chuchota-t-elle. Je n'y arrivais pas…

– Chut, fit Björn en lui caressant les joues. Ne pleure pas. »

Son désespoir lui fendait le cœur.

L'infirmière posa la main sur son bras. Elle a besoin de calme, semblait-elle lui signifier. Il ne l'avait pas entendue venir. À contrecœur, il dut se résoudre à lâcher la main de Caroline. Puis il se pencha sur son front et y déposa un baiser. « Tiens le coup, Lilli. »

Elle ferma les yeux.

« Qu'est-ce… commença Björn, mais l'infirmière lui posa doucement la main sur le bras.

– Partez maintenant, il faut qu'elle dorme.

– Qu'est-ce qu'elle a ? lui demanda-t-il, une fois la porte refermée derrière eux.

– Je ne peux pas en parler. »

Björn fronça les sourcils. « Caroline n'a personne à part Maybrit, Ulf et moi. Tu le sais. »

Elle s'humecta nerveusement les lèvres tout en regardant autour d'elle. « Tu as sans doute raison mais nous avons des consignes très strictes, dit-elle en baissant la voix. Ses organes ont été abîmés à la fois par les médicaments qu'elle a avalés, par des problèmes de circulation dus à l'hypothermie et par les dégâts dus aux tissus endommagés. Elle risque surtout une insuffisance hépatique et rénale qui lui serait fatale.

– Et ça signifie ?

– Son corps se bat, c'est pour ça qu'elle est si fatiguée. Mais le traitement semble marcher. »

Il se dirigea vers la fenêtre du couloir. La neige éclairait le paysage d'un blanc étincelant, et le ciel était d'un bleu limpide. Mais cette fois, les couleurs lui semblèrent différentes. Plus criardes, presque désagréables à regarder. Il ne parvenait pas à oublier les mots de Caroline : *Je ne pouvais pas le quitter une fois de plus.* Pourquoi devait-elle quitter Ulf ? Que s'était-il passé ? Et tandis qu'il retournait ces questions dans sa tête, il vit venir vers lui l'homme qui, il le savait, détenait les réponses. Encore fallait-il qu'il veuille bien les lui donner.

38

Dans une autre aile de l'hôpital, Ulf debout à la fenêtre, regardait la neige. Il s'appuyait lourdement sur ses béquilles. Sa jambe gauche était bandée et Maybrit pouvait lire sur son visage qu'il avait mal, mais il souffrait en silence. « Ça va », avait-il répondu en évacuant la question. Dans son malheur, il avait eu de la chance. La balle avait déchiré le muscle et laissé une profonde plaie, mais l'os n'avait pas été touché. Les transfusions l'avaient rapidement stabilisé, mais il se passerait pas mal de temps avant qu'il puisse remarcher sans béquilles. Elle soupçonnait qu'il aurait préféré quitter l'hôpital le plus vite possible, mais il ne voulait pas laisser Caroline seule, pas même une seconde.

Il se tourna vers Maybrit, le visage fermé. « As-tu des preuves de ce que tu viens de me raconter ? » Maybrit ouvrit son sac à main, en sortit un dossier avec des documents qu'elle posa sur le lit. « Il ne les avait pas gardés chez lui. Tout était déposé chez un avocat. »

Ulf se débarrassa de ses béquilles. Avec un léger gémissement, il se laissa tomber sur le lit et ouvrit le dossier. Maybrit l'observa pendant qu'il parcourait le contrat qu'Olof Svensson, son grand-père, avait passé avec Caroline ainsi que les documents concernant l'argent que le vieil homme avait mis à sa disposition. On y trouvait également tous les reçus de paiement qui montraient jusqu'au moindre détail où Caroline avait passé les trente dernières années de sa vie. Maybrit observait la réaction d'Ulf, elle le vit crisper les mâchoires et elle sentit monter sa propre inquiétude quant aux réactions imprévisibles de cet homme si la colère s'emparait de lui, même dans cet état d'affaiblissement. Mais il se contenta de ranger soigneusement les documents, ferma le dossier et garda un moment les yeux fixés sur lui. Puis il leva la tête pour la regarder, et elle retint son souffle. Pas la moindre trace de rage dans ses yeux. Seulement de la souffrance. Du désespoir.

« Comment tu l'as appris ?

– Par Alma Nyborg, la mère de Björn. »

Sans ajouter un mot, il haussa les sourcils.

Maybrit avait la gorge sèche. « À l'époque, le policier en charge de l'affaire lui en a parlé. Son nom est Martin Karlsberg, je ne sais pas si tu te souviens de lui. Il est à la retraite depuis longtemps. Au retour de Caroline, tout lui est revenu. »

Ulf baissa la tête, ferma les yeux et pressa les doigts contre ses tempes comme s'il était pris de brusques maux de tête. Maybrit n'osait pas parler. Ce qui s'était passé semblait à la fois incroyable et inconcevable. Un vieil homme avait acheté le silence d'une jeune femme en détresse pour effacer sa propre culpabilité, et cet homme n'était pas un inconnu, c'était leur grand-père, un homme que Maybrit avait admiré et profondément aimé. Quant à la jeune femme en question, elle n'était autre que Caroline.

Ulf leva enfin la tête. « Ça s'est vraiment passé comme ça ?

– Tu l'as lu dans les documents, confirma Maybrit, le cœur lourd. Grand-père avait vraiment tout gardé. Caroline était dans la voiture lorsque ses parents sont morts dans l'accident. C'est elle qui conduisait lorsque grand-père a forcé leur voiture à quitter la route. Il était fou de rage parce qu'il avait perdu les élections municipales contre le père de Caroline.

– Seigneur, la voix d'Ulf était à peine audible.

– Hier, j'ai discuté avec Karlsberg pour savoir pourquoi le protocole de l'accident n'avait pas été correctement enregistré, pourquoi la présence de Caroline n'avait pas été mentionnée. Grand-père considérait que Caroline était déjà assez punie par la mort de ses parents. Il ne fallait pas la poursuivre en justice par-dessus le marché, d'autant qu'elle avait consommé des drogues avant de prendre le volant. Les prises de sang le prouvaient. » Maybrit se racla la gorge.

« Karlsberg ne savait absolument pas que grand-père était le vrai responsable de l'accident. Il l'a su bien plus tard, mais il n'a pas eu le courage de déterrer l'affaire. »

Sans dire un mot, Ulf secoua la tête, le regard dans le vide. « C'est donc pour ça qu'elle est partie à l'époque », dit-il au bout d'un moment, comme s'il se parlait à lui-même, et sa stupeur et son ébranlement firent mal à Maybrit.

« Le plan diabolique de grand-père a parfaitement fonctionné, reprit-elle. Il a convaincu Caroline qu'elle avait causé la mort de ses parents, puis il s'est présenté comme le grand sauveur, il l'a mise sous sa coupe en maquillant l'accident de façon à prouver que ses parents étaient seuls dans la voiture. Deux ans plus tard, il a utilisé ce chantage pour empêcher votre mariage.

– Pour la chasser du pays ! » dit Ulf en serrant les poings. La colère avait pris le dessus. « Qu'est-ce qui a bien pu se passer dans sa tête ! » Son visage s'était figé, et Maybrit posa doucement une main sur son bras. Elle se rendit compte qu'il était sur le point de s'effondrer.

« Moi aussi, j'ai été choquée, dit-elle calmement Je me suis sentie trahie, trompée et… » Elle baissa le regard. « J'en suis toujours horrifiée. » Jusqu'à présent, elle n'avait pu en parler à personne, pas même à Björn. Ulf était le seul qui avait partagé avec elle l'immense tristesse qu'elle avait ressentie le jour où Caroline avait disparu.

Il acquiesça. « Si le vieux n'était pas déjà mort, je le tuerais pour ce qu'il a fait », dit-il calmement mais ce calme vibrait d'une émotion qui lui fit froid dans le dos. Il avait franchi une ligne dangereuse, au-delà de la simple colère.

Elle se racla la gorge. « Tu comprends pourquoi il a fait ça ?

– Il n'aimait pas Lilli. »

Elle fronça les sourcils « Il ne me l'a jamais dit.

– À moi, il me l'a souvent fait comprendre.

– Mais pour quelle raison ?

– Un vieux ressentiment contre les Allemands. Pendant la Seconde Guerre mondiale, il est resté longtemps en Norvège. »

Maybrit ne semblait guère convaincue. « Je n'y crois pas. Pas pour ça.

– Ce n'était peut-être pas la seule raison, mais une parmi d'autres. Une question de pouvoir. En fin de compte, jamais personne dans nos deux familles n'a agi sans la bénédiction d'Olof Svensson.

– À part toi », dit-elle.

Ils se regardèrent pendant un long moment, plongés dans les souvenirs qu'ils avaient péniblement refoulés, comme cette scène dans le jardin de leurs grands-parents à la fête du solstice. Ulf n'avait que dix ans. Après une dispute avec son grand-père, il avait voulu sortir de table. Le vieil homme s'était emporté et avait frappé son petit-fils pour qu'il revienne s'asseoir. De rage, le garçon avait balancé le dessert prévu pour tout le monde aux cochons du voisin. Grâce à l'intervention de la grand-mère, la fête n'avait pas complètement dégénéré. Un événement parmi tant d'autres dont Maybrit se souvenait parfaitement. Elle poussa un soupir. Ulf avait régulièrement provoqué la colère de son grand-père qui le punissait chaque fois sévèrement. Même s'il le craignait comme les autres, il avait été le seul à se révolter contre la toute-puissance du vieil homme.

« Si Caroline t'en avait au moins parlé... dit Maybrit.

– Elle ne pouvait pas. La mort de ses parents l'avait complètement bouleversée. Et elle avait peur du vieux. Il le savait parfaitement. »

Ulf avait raison. Maybrit se rappela que Caroline avait souvent fui la compagnie du Vieil Ours, comme elle l'appelait. Par la suite, elle l'avait même évité lors des fêtes de famille.

« Elle s'est désespérément accrochée à son enfant, continua Ulf. "Lianne était la seule chose qui me restait, m'a-t-elle dit. Je t'ai quitté pour elle." »

Maybrit regarda par la fenêtre la lumière froide de l'hiver. Cet été-là, avait-elle remarqué un changement dans le comportement de Caroline ? « Je me demande comment il a pu savoir que Caroline était enceinte.

– À présent, cela n'a plus d'importance », dit Ulf d'une voix lasse.

Maybrit serra les lèvres. « Il vous a volé votre vie. »

Ulf croisa les bras. « Je ne veux plus entendre parler de lui, Maybrit, plus jamais. Tu as compris ? »

Devant le ton glacial de sa voix, Maybrit se frotta involontairement les bras. « Tu vas dire à Caroline que tu es au courant ?

– Je ne pense pas. En tout cas pas maintenant. » Il lui rendit le dossier. « Mais je te remercie pour ta franchise.

– Je me serais tue, si... » Elle avait du mal à continuer, mais Ulf savait ce qu'elle voulait dire.

« ... si elle était morte », acheva-t-il pour elle.

Elle acquiesça.

Ulf se laissa retomber sur le lit et ferma les yeux. Il n'avait pas dit un seul mot sur ce qui s'était passé entre lui et Caroline durant la tempête, n'avait pas évoqué les raisons pour lesquelles elle lui avait tiré dessus avant d'essayer de se suicider. Maybrit n'avait pas insisté. Mais à présent, elle refrénait l'envie d'en savoir plus. Avant qu'elle puisse poser une question, on frappa à la porte. C'était Björn.

Ulf se redressa. « Comment va Lilli ?

– Nous n'avons échangé que quelques mots, répondit Björn. Elle s'est rendormie. » Il entra dans la chambre. « J'ai croisé Håkan dans le couloir. Je dois te prévenir, il va arriver. »

La mine d'Ulf s'assombrit immédiatement et Maybrit sauta sur l'occasion pour réagir. « Que fait-il ici, Ulf ? Il s'agit de Caroline, non ? »

Ulf secoua la tête et dit sèchement : « Désolé. Je ne peux rien dire de plus. »

Avec un geste d'excuse, Maybrit se leva en jetant un coup d'œil à sa montre. « Je ne voudrais pas me mêler de ce qui ne me regarde pas. On va te laisser avec ton collègue. Si tu as besoin de quoi que ce soit ou s'il y a un problème, appelle-moi. À demain.

– Merci d'être venus. »

« Il l'a pris comment ? demanda Björn quand ils furent dans la voiture.

– Il était bouleversé, il en est resté sans voix, comme moi, dit Maybrit en démarrant. Ça ne m'étonnerait pas qu'il cède la concession de la tombe de grand-père à la mairie et qu'il fasse détruire la pierre tombale. » Elle le regarda du coin de l'œil : « Comment va Caroline ?

– Ses organes, surtout le foie et les reins, ont été atteints. Mais il y a de l'espoir », dit-il. Pendant le reste du trajet, ils restèrent tous deux plongés dans leurs pensées. Il y a des gens avec qui ce silence complice aurait été impossible, ils l'auraient trouvé pesant et désagréable. Cela n'avait jamais été le cas pour eux.

« Håkan m'a demandé de m'occuper du chien, dit Björn quand ils arrivèrent au village. Dépose-moi chez le vétérinaire, je rentrerai à pied.

– Ça te dérange si je t'accompagne ? » demanda Maybrit.

Björn sourit. « Mais non. Au contraire. »

Le grand chien noir, allongé dans une cage, les regarda de ses yeux sombres et attentifs quand ils entrèrent chez le vétérinaire.

« Une vilaine blessure, dit le véto, mais nous allons le remettre sur pied. Dans quelques jours, il pourra rentrer à la maison.

– Rentrer à la maison, répéta Maybrit, en refermant la porte du cabinet derrière elle. Quelle maison ?

– Je le prendrai chez moi, proposa Björn. Ensuite, Ulf s'en occupera jusqu'à ce que Lilli soit sortie d'affaire. »

Jusqu'à ce que Lilli soit sortie d'affaire. Maybrit eut la gorge serrée. « Je vais passer un coup de fil à sa tante Andra. Il faut la mettre au courant. » Björn regarda ses chaussures « Oui, j'y avais pensé aussi. »

Peu de temps après, ils étaient arrivés devant sa maison. Il lui dit au revoir en l'embrassant furtivement sur la joue, elle se laissa faire. Elle le regarda gravir rapidement les quelques marches de l'entrée. Il se retourna, sourit et lui fit signe de la main. Alors elle repensa à Ulf et Caroline restés à l'hôpital de Sveg et elle comprit brusquement qu'elle n'avait pas envie de dormir seule cette nuit.

39

Perdu dans ses pensées, Håkan Bergström regardait par la vitre qui le séparait de la pièce des soins intensifs où dormait Caroline Wolff.

Cela aurait été tellement plus facile pour tout le monde si elle n'avait pas survécu. Surtout pour Ulf. Comment les choses allaient-elles évoluer à présent ?

« Rentre à la maison, lui avait conseillé Mette au téléphone. C'est à Ulf de tirer ses propres conclusions de cette affaire. Tu ne peux rien faire.

– Vous semblez tous oublier qu'il ne s'agit pas seulement d'une affaire privée. » Contrairement à ses habitudes, il avait haussé le ton. « J'ai un mandat d'arrêt sur moi. Elle est soupçonnée de meurtre.

– Oui, je sais, avait admis Mette. Et pourtant… »

L'instinct de protection. C'était ce que Caroline Wolff inspirait à tout le monde. Elle semblait si fragile, si vulnérable qu'on n'arrivait pas à l'imaginer braquant une arme contre quelqu'un. Et pourtant. Elle l'avait fait à deux reprises, et il était sûr qu'elle pourrait récidiver. Comment aurait-il pu laisser cette femme sans intervenir ? Celui qui a tué une première fois risque de continuer. Une fois l'esprit meurtrier libéré, difficile de le rattraper. Ce n'était pas pour rien que les policiers des pays civilisés étaient soumis à des interrogatoires et des procédures désagréables dès qu'ils avaient utilisé leur arme.

Mais en réalité, Caroline et l'éventuel danger qu'elle représentait pour les autres lui importaient peu. La priorité, c'était Ulf.

Håkan ne supportait pas l'idée de voir son ami courir à la catastrophe. C'était pour cela qu'il était ici.

Il se retourna et vit entrer le médecin responsable, son masque de protection vert autour du cou. Il avait l'air de sortir tout droit du bloc. Il enleva sa charlotte et passa les mains dans ses cheveux blonds. Il devait avoir une trentaine d'années et cela suffit à Håkan pour douter de ses compétences professionnelles. C'était ridicule.

« Håkan Bergström, police de Stockholm, dit-il avec un sourire d'autant plus chaleureux et il lui présenta sa carte. Je te remercie d'être venu tout de suite.

– Torben Lund. Qu'est-ce que je peux faire pour toi ?

– Il s'agit de Caroline Wolff. »

Lund jeta un regard à travers la vitre. « Mais encore ?

– Quelles sont ses chances de guérison ? » s'enquit Håkan.

Le médecin se gratta le menton et se tourna vers un bureau installé sous la fenêtre et sur lequel se trouvait toute une pile de dossiers médicaux. Il en sortit un et se mit à le feuilleter avant de conclure : « Nous sommes optimistes. Cela prendra du temps, mais si le traitement agit... »

Håkan l'interrompit : « Combien de temps ? »

Le médecin tourna les pages du dossier. « Au minimum quatre à six semaines. »

Håkan réfléchit une seconde. « Il serait possible de la transférer dans une autre clinique ?

– Quand ?

– Tout de suite. »

Lund regarda Caroline et l'important appareillage installé à côté de son lit. « Son état est resté à peu près stable, mais nécessite, pour l'instant du moins, des soins intensifs.

– Ce qui signifie ?

– Que pour le moment, un transport n'est pas vraiment conseillé. D'autant plus... » Torben Lund hésita.

« Oui ?

– Qu'elle n'est pas très stable au niveau psychique. Elle a essayé de se suicider. » Il se racla la gorge. « La transférer n'est vraiment pas une bonne idée. » Il remit le dossier sur le bureau. « Puis-je savoir pourquoi un policier de Stockholm est venu se perdre chez nous pour me poser de pareilles questions ? »

Håkan pensa à Mette. Il poursuivit. « Caroline Wolff a tiré sur un de mes collègues. Je suis chargé de l'affaire. » Ce n'était qu'une infime partie de la vérité.

Le jeune médecin mit les mains dans les poches de sa blouse. « Je ne peux autoriser un transfert que si tu as la possibilité d'organiser un transport approprié. Il faudra un hélicoptère.

– Merci », dit Håkan. Il quitta les soins intensifs et parcourut des couloirs interminables avant d'arriver à la chambre d'Ulf. Il savait pertinemment que le plus dur restait à faire.

*

« Tu veux faire quoi ? La faire transférer ? À Stockholm ? » Ulf n'en croyait pas ses oreilles. « Si tu fais ça...

– Ulf, s'il te plaît, dit Håkan en essayant de le calmer, écoute-moi d'abord.

– Je ne vois pas pourquoi je devrais... rugit Ulf, mais Håkan l'arrêta d'un geste de la main.

– J'en ai parlé au médecin responsable. Il n'a pas d'objection à un transfert. D'autant plus qu'elle sera mieux soignée dans un hôpital plus grand et plus moderne.

– Pourquoi ? demanda Ulf d'un air furieux. Pour que tu puisses la mettre en prison plus vite ?

– Ulf, s'il te plaît... »

Mais Ulf lui tourna le dos, regarda par la fenêtre et se tut. « Je croyais que nous étions amis, finit-il par dire.

– C'est pour ça que je suis ici », répondit Håkan.

Ulf secoua la tête. « C'est pas possible, Håkan. Tu peux pas débarquer ici et imposer tes idées.

– Mes idées ? » répéta Håkan, sur le point de perdre patience. Non, mais tu dérailles ou quoi ? Cette femme a tué un homme.

– Je suis au courant, bon sang !

– Et alors ? Tu comptes faire quoi ? »

Ulf finit par se retourner. « Partir avec elle.

– Pardon ?

– Je partirai avec elle, répéta Ulf. On va quitter la Suède. L'Europe même.

– Tu es devenu fou, objecta Håkan. Tu ne peux pas tout abandonner. Qu'est-ce que tu t'imagines ? » Il prit une profonde inspiration. « Et tu vivras de quoi à l'étranger, bon sang ? »

Ulf le regardait fixement, prêt à bondir, et Håkan bénit les béquilles qui limitaient les mouvements de son ami. « Ça, c'est mon problème », dit son collègue sans ambages avant de lui tourner le dos.

Håkan se laissa tomber sur la chaise à côté du lit. Il était désemparé. « On ne peut pas continuer comme ça, dit-il au bout d'un moment.

– En effet », répliqua Ulf sèchement, en s'appuyant lourdement sur ses béquilles.

Håkan sentit qu'Ulf essayait comme lui de retrouver assez de calme afin de pouvoir discuter sérieusement.

« Qui est au courant de ta présence ici ? finit par demander Ulf.

– Ma visite n'est pas officielle, avoua Håkan. Il n'y a que Bent qui est au courant. Nous en avons parlé parce qu'il se faisait du souci pour toi, vous êtes amis, après tout. »

Ulf s'assit difficilement sur le bord de son lit. « Nous aussi, nous sommes amis, Håkan. Et j'aimerais que tu comprennes pourquoi je te demande de retourner à Stockholm et d'oublier ce qui s'est passé ici.

– Vas-y, dit Håkan. Je t'écoute. »

Ulf poussa un soupir, se redressa et commença à lui parler de Caroline et de Lianne, de son grand-père, et Håkan vit combien cette confession coûtait à son collègue malgré leur longue amitié.

« Personne ne sait que tu te trouves ici, Håkan. Tu n'as qu'à renvoyer le mandat d'arrêt à Hambourg et… » Håkan l'interrompit et le fixa durement.

« Je dois y réfléchir. Björn Nyborg et ta cousine sont-ils au courant du mandat d'arrêt ? »

Ulf fit non de la tête. « Personne n'est au courant. Maybrit se doute que tu es ici pour Lilli. Elle m'a carrément posé la question…

– À moi aussi, ajouta Håkan.

– Et tu as probablement été aussi évasif que je l'ai été », conclut Ulf.

Malgré le sérieux de la situation, tous les deux finirent par sourire.

« Nous avons toujours formé une bonne équipe, dit Håkan, comme si tout cela faisait dorénavant partie du passé.

– C'est toujours le cas, assura Ulf. Et crois-moi, si je pouvais faire autrement, je le ferais. »

Oui, pensait Håkan. Dans le temps, je t'aurais cru. Mais tu as changé, Ulf. Cette femme t'a transformé. Tu n'es plus l'homme que j'ai connu. Mais il ne dit rien de tout ça. Il se leva simplement et demanda : « Je t'ai dit que Mette t'embrasse ?

– Tu viens de le faire », répliqua Ulf.

*

Peu de temps après, Håkan Bergström contemplait le tarmac du petit aéroport de Sveg en attendant l'avion de Stockholm. Son téléphone portable sonna, affichant le nom de Mette.

« Je ne peux pas te parler, là, dit-il après avoir fixé un moment l'écran sans répondre. Je te rappellerai.

– Tu me l'as trop souvent répété ces deux derniers jours, Håkan. Qu'est-ce qui se passe là-bas, bon Dieu ? »

Il se racla la gorge. « L'avion atterrit vers seize heures à Arlanda. Je dois me rendre au bureau ensuite. On se voit ce soir. Je te raconterai.

– Håkan... »

Il raccrocha. S'il avait su ce qui se passait juste à ce moment-là à l'hôpital, à quelques kilomètres de l'aéroport, il aurait probablement eu le cœur plus léger en décollant pour Stockholm.

40

« Je ne comprends pas ce qui s'est passé dans ta tête, maman ! » Lianne était dans une rage folle. « Tu te rends compte de ce que tu as fait ? » Elle criait de plus en plus fort, ses mots tombaient comme des couperets. « Tu te rends compte ? »

Le regard de Caroline se dirigea vers les fenêtres et les murs qui l'entouraient, imaginant ses voisins qui ne devaient pas perdre une miette de leur dispute.

« Lianne, s'il te plaît ! » Elle tenta de calmer sa fille, mais Lianne repoussa la main que sa mère posait sur son bras. Elle savait très bien ce que craignait sa mère. « Personne ne doit savoir ce que tu as fait, pas vrai, maman ? dit-elle amèrement. Je devrais ouvrir la fenêtre pour crier aux quatre vents que ma mère m'a menti pendant vingt-sept ans. »

Les paroles de Lianne étaient de véritables gifles. Caroline trouva à tâtons la chaise qui se trouvait derrière elle, s'assit sans mot dire et se mit la tête entre les mains. Elle n'avait même pas enlevé son manteau, des gouttes de pluie coulaient le long du tissu pour former une flaque de plus en plus étendue sur le bois de la table ancienne. Elle la regardait fixement. Si elle ne se levait pas tout de suite pour aller chercher un chiffon, la tache resterait indélébile. Elle leur rappellerait à jamais cette malheureuse journée. La journée où Lianne avait retrouvé Ulf. Au fond d'elle-même, Caroline avait toujours su que cela arriverait. Elle n'avait pourtant rien fait pour l'empêcher. Elle n'avait pas osé entamer une discussion avec sa fille, lui raconter comment tout s'était passé, lui avouer que son père, ce jeune homme dont la photo l'avait accompagnée à travers le monde entier, n'avait pas disparu dans un accident. Qu'il était vivant. Que c'était elle qui l'avait quitté. Caroline avait écouté sa fille sans dire un mot, sa fille criant sa colère, sa souffrance, sa détresse. Et elle ressemblait tellement à son père que Caroline ressentit la même solitude, le même désespoir qu'à l'époque. Une seule et unique question ressortait de cela : qu'avait découvert Lianne sur son père ? Soudain, c'était comme s'il était là, à leurs côtés, plus vivant que jamais.

« Pourquoi tu ne dis rien ? Parle ! » Lianne exigeait une réponse, sa voix fit tressaillir Caroline. Sa fille se tenait devant elle, au milieu des rares meubles du salon. La seule lumière provenait d'une guirlande accrochée à des branches sèches dans un vase posé sur le rebord de la fenêtre et qui projetait l'ombre agrandie de la jeune femme sur les murs. Caroline regarda sa fille d'un air las. Elle percevait une supplication dans sa voix. Comment as-tu pu me laisser croire qu'il était mort ? Tu m'as trompée sur mon père.

Tout ce qu'elle aurait pu répondre n'aurait servi qu'à nourrir, attiser la colère de Lianne. S'il s'était agi de quelqu'un d'autre, Caroline se serait levée, serait partie, en attendant que les émotions retombent. Mais elle ne pouvait pas abandonner sa fille dans une telle détresse.

« Comment as-tu découvert la vérité ? » demanda-t-elle finalement.

La colère s'empara à nouveau de Lianne « C'est tout ce qui t'intéresse ? » Sa folle douleur s'était muée en une colère noire. Caroline connaissait sa fille. « Lianne, je suis tellement désolée, je ne pouvais pas faire autrement.

– Tu ne pouvais pas faire autrement ? répéta Lianne, et Caroline ne put ignorer la pointe de cynisme dans sa voix. Tu voulais m'avoir pour toi toute seule. C'est ça, n'est-ce pas ? »

Caroline se rebiffa. « Que veux-tu dire ? » demanda-t-elle prudemment.

Lianne fusillait sa mère de ses yeux noirs. « Cela fait deux jours que je suis au courant pour papa. »

Caroline suffoqua. « Et tu ne me le dis qu'aujourd'hui ?

– En effet. Il me fallait du temps pour réfléchir. »

Lianne s'assit en face de sa mère. « Et sais-tu ce que j'ai compris depuis deux jours ? »

Caroline hocha la tête sans répondre. Elle résista à l'envie de se lever tout simplement et de quitter la pièce.

« J'ai compris que toute ta vie, tu m'as considérée comme ta propriété. C'est toi qui as toujours décidé de tout, tu m'as dominée, tu bouclais nos valises pour partir aux quatre coins du monde sur un coup de tête, sans jamais te soucier de mes besoins, de mes désirs. »

Caroline ferma les yeux. Les paroles de Lianne lui parvenaient, mais elle n'écoutait plus. Elle finit par se lever, décidée à partir.

« Je m'en vais à présent », dit-elle calmement, même si elle avait l'impression d'être en miettes.

Lianne resta bouche bée. « Tu ne peux pas t'en aller comme ça.

– Si, répliqua Caroline. Nous pourrons en discuter quand tu te seras calmée. » Elle attendit un instant, la main posée sur la poignée de la porte. « C'est pour toi que j'ai quitté l'homme que j'aimais éperdument. Je ne sais pas si je supporterais de le revoir. » Sans se retourner, elle sortit.

« Ah oui ! » La colère de Lianne ne faiblissait pas. « C'était ta décision, bien avant que je ne sois en âge d'en prendre. J'ai une dette envers toi jusqu'à la fin de mes jours, c'est ça que tu veux dire ? »

Caroline ne répondit pas.

En descendant l'escalier elle aperçut du coin des yeux la silhouette de sa fille penchée par-dessus la rampe : « Je ne te crois pas quand tu dis que tu ne veux pas savoir où se trouve cet homme actuellement, ce qu'il fait, à quoi il ressemble ! Il... »

La voix de Lianne se perdit au loin.

Pour se transformer en une autre voix qui lui parlait dans une autre langue. « Caroline ? Tu m'entends ? » L'infirmière. Une aiguille enfoncée dans son bras. « Elle ne montre aucune réaction... »

Elle n'était pas à Hambourg.

Elle avait encore une fois replongé dans un de ces étranges états où les rêves et les souvenirs s'entremêlaient, s'unissaient, et elle avait encore l'impression de trembler, de sentir le froid, la pluie, et d'être confrontée au regard furieux de Lianne. Puis elle entendit à nouveau la voix de l'infirmière. « Voilà... elle reprend conscience. »

Elle enfonça ses ongles dans la couverture et tendit l'oreille pour écouter le ronronnement des appareils dans la pièce, pour chasser les images qui défilaient si vivantes dans sa tête. Elle entendit une porte claquer quelque part, des pas dans le couloir, des murmures, ensuite ce fut à nouveau le silence. L'intimité n'existait pas quand on était en soins intensifs. Elle était allongée dans son lit comme sur un plateau, exposée aux yeux de tous ceux qui passaient. La plupart du temps, elle était dans un état second, trop fatiguée pour s'offusquer de cette situation, mais dans les moments d'éveil elle aurait voulu être seule et ne pas être dérangée. Un autre claquement de porte. Juste après, une main effleura sa joue, ses lèvres. Les yeux clos, elle le reconnut tout de suite. « Emmène-moi loin d'ici ! » murmura-t-elle.

41

Ulf observa le visage translucide et les lèvres pâles de Caroline. Son chuchotement était encore dans son oreille : *Emmène-moi loin d'ici.*

« Que s'est-il passé ? jeta-t-il au jeune docteur blond qui entrait dans la chambre.

– Son état s'est subitement dégradé, mais nous avons pu la réanimer. » Ulf comprit qu'il y avait quelque chose de plus grave, il suffisait de voir Torben Lund se tourner vers les appareils pour éviter son regard.

« Qu'est-ce qu'elle a ? »

Lund se raidit. « Une insuffisance hépatique qui a rapidement altéré la fonction rénale. »

Ulf fixa le médecin, sans vraiment croire ce qu'il venait d'entendre. « Mais elle était pourtant sur la voie de la guérison, elle...

– Il faut que tu te fasses une raison, dit Lund.

– Ça, je ne crois pas ». Ulf était stupéfait. « Et il n'y a rien que vous puissiez faire ?

– Nous pourrions la mettre sous dialyse, mais son mauvais état général exclut totalement la transplantation du foie nécessaire. Tout ce que nous pouvons faire, c'est retarder l'échéance de la mort. Je suis désolé.

– Et si elle était transférée dans un hôpital plus grand ? » suggéra Ulf, se souvenant de la conversation qu'il avait eue avec Håkan. À Stockholm. »

Le médecin secoua la tête d'un air désolé.

« Nous avons vraiment cru que nous pourrions la sauver, mais le danger d'une insuffisance hépatique due aux médicaments qu'elle a ingurgités a toujours été latent. » Plus les nouvelles étaient mauvaises et plus les médecins devenaient objectifs. Ulf ne connaissait que trop bien cette tactique, c'était leur manière à eux de se protéger.

« Combien de temps ? » Le policier en Ulf refaisait surface, habitué à continuer, à ne pas laisser tomber même quand il semblait ne plus y avoir d'espoir.

« Peut-être deux ou trois semaines, à condition de rester sous surveillance médicale en soins intensifs. »

Caroline ouvrit les yeux et se tourna vers Ulf avec un air interrogateur. Ulf déglutit. Bon sang, ils étaient à son chevet à parler de sa mort. Il en fut bouleversé. Il allait la perdre, quoi qu'il fasse, quoi qu'il entreprenne. Il lui saisit la main et la serra très fort. « Je vais te ramener à la maison », lui promit-il à voix basse. Caroline parut soulagée. Elle esquissa un léger sourire et il dut lutter contre les larmes qui lui montaient aux yeux.

Björn attendait Ulf devant l'unité de soins intensifs et il lui suffit d'un regard pour comprendre la gravité de la situation. Sans un mot, il posa son bras sur les épaules de son vieil ami.

« Allons prendre l'air ! » fit Ulf.

Dehors, il s'adossa, sans dire un mot, contre le mur de l'hôpital, le regard fixé sur le terrain enneigé. Combien de temps lui restait-il ?

« J'ai besoin de ton aide, finit-il par dire à Björn. J'ai promis à Lilli de la ramener à la maison. »

Björn baissa le regard « Il n'y a vraiment aucun moyen de la sauver ? » demanda-t-il après un moment de silence.

Ulf secoua la tête.

Ils se turent à nouveau. Le froid glacial pénétrait Ulf mais il n'en sentait pas la morsure. Il savait qu'il aurait dû être auprès de Caroline, qu'il ne fallait pas la laisser seule, surtout en ce moment, mais il était conscient que son désespoir risquait de se transformer en colère. Il devait rassembler ses esprits et se calmer. C'était la seule façon de lui apporter l'aide dont elle avait besoin.

« Je vais m'en occuper, promit Björn. Ensuite, je viendrai vous chercher. Aujourd'hui même. »

Ulf lui jeta un regard reconnaissant.

« Est-ce que tu as parlé au médecin de ton intention de ramener Lilli ? » demanda Björn pendant qu'ils revenaient vers le bâtiment.

« Je vais prendre les mesures nécessaires, répondit Ulf en toussant légèrement. Il m'a déjà prévenu que le seul fait d'être chez elle, entourée de ses amis, pouvait lui donner l'impression qu'elle allait mieux, mais après... » Il haussa les épaules en signe d'impuissance.

« Je comprends », répondit Björn d'une voix altérée. Puis il considéra les bandages autour de la jambe de son ami et les béquilles dont il ne pouvait pas se passer. « Est-ce que tu y arriveras ?

– Ne t'inquiète pas pour moi », répliqua Ulf.

Ils venaient d'atteindre la chambre et Björn ouvrit la porte. « Je dois encore te demander quelque chose », dit-il quand ils furent dans la pièce stérile, où la seule touche de couleur était le bouquet de fleurs que Maybrit avait apporté. Ulf fronça les sourcils. Il posa ses béquilles et se dirigea, en clopinant, vers l'armoire où étaient rangées les affaires de Caroline.

« Pourquoi Lilli a-t-elle essayé de se suicider ? »

Ulf resta immobile. Il s'attendait à cette question et la redoutait. Et au son de la voix de Björn il comprenait à quel point ça avait été difficile pour lui de la poser. « Est-ce que ça a un rapport avec ce qui s'est passé entre vous deux ces derniers jours ? »

Ulf reposa le sac qu'il s'apprêtait à sortir de l'armoire, se tourna vers Björn et regarda ce visage qui, malgré les nombreuses rides autour des yeux, était resté juvénile. « De façon indirecte seulement. »

Les mains dans les poches de son jean, Björn attendait, tandis qu'Ulf hésitait, tiraillé entre son devoir de réserve de policier et son désir impérieux de dire la vérité à son ami, afin de se libérer de ce poids. En parler serait une telle délivrance, surtout à quelqu'un qui non seulement connaissait Caroline depuis longtemps mais qui était presque aussi proche d'elle que lui. Comprendrait-elle, s'il se confiait à Björn ? « Il y a une raison bien réelle pour laquelle Caroline a tenté de se suicider, dit-il enfin. Elle fait l'objet d'un mandat d'arrêt international. Elle a tué l'homme qui a renversé sa fille en voiture. »

Il vit la stupeur se dessiner sur le visage de son ami. Il regarda Ulf, incrédule. « Et ce mandat, tu l'as reçu à Stockholm ? C'est pour ça que tu es venu ?

– Non, je ne l'ai appris qu'une fois arrivé ici.

– Mais tu savais qu'elle se trouvait ici.

– Je m'en suis douté, après avoir eu entre les mains la photo d'un radar qui la montrait au volant de sa voiture en plein milieu de la Suède. »

Björn allait et venait dans la pièce en secouant la tête, incapable de croire ce qu'il venait d'apprendre.

« J'ai essayé de la convaincre de se rendre, expliqua Ulf. Jamais elle n'aurait eu à purger toute sa peine. Je lui avais même proposé de m'épouser et...

– Et elle n'a pas voulu, compléta Björn.

– Non, et elle ne voulait pas non plus partir à l'étranger avec moi, continua Ulf. Bon sang... » En disant cela, il sentit son désarroi se réveiller douloureusement.

Björn s'arrêta devant la fenêtre, l'air songeur. « Tu sais... commença-t-il, je crois qu'elle était venue ici avec la ferme intention de se supprimer. »

Ulf lui lança un regard surpris. « Qu'est-ce qui te fait dire ça ? »

Cette fois, c'était Björn qui hésitait. « Elle avait déjà essayé après la mort de ses parents.

– Pas étonnant », remarqua Ulf. Caroline s'était sentie responsable de l'accident et elle aimait ses parents par-dessus tout. *Elle n'a jamais pu surmonter sa douleur.* Il comprit vite à quoi son ami faisait allusion. « À l'époque, c'est toi qui l'as trouvée. »

Björn acquiesça en silence.

« Tu ne m'en as jamais parlé, constata Ulf.

– Je lui en avais fait la promesse. »

Ulf plissa le front. Se pouvait-il que Caroline ait tout planifié, et ce depuis le début ? Qu'elle ait su que la police la retrouverait tôt ou tard ? Non, cela n'avait aucun sens. Caroline n'était pas du genre à planifier les choses. Elle agissait toujours de façon spontanée et irréfléchie. C'était pour cette raison qu'elle avait fui l'Allemagne et s'était réfugiée ici. C'était le premier endroit qui lui était venu à l'esprit, sans penser que c'est là que les autorités viendraient la chercher en premier. Elle était prisonnière d'une culpabilité qu'elle traînait depuis trois décennies. Il ne put retenir un soupir et se tourna vers le visage interrogateur de son ami. « J'ai eu beaucoup de temps pour réfléchir depuis ma conversation avec Maybrit, lui confia Ulf. Lilli a tué l'homme qui a écrasé sa fille parce qu'il n'avait pas été condamné pour son crime. On a fini par classer l'affaire. »

Björn hocha lentement la tête. « Pour être honnête, je ne peux pas lui en vouloir de lui avoir tiré dessus.

– Il ne s'agit pas seulement d'un désir de vengeance, enchaîna Ulf. Ce que j'essaie de te montrer, c'est à quel point les événements se ressemblent : à l'époque Lilli n'avait pas payé pour la mort de ses parents.

– Là en revanche, je ne te suis plus, avoua Björn.

– Tu n'es pas obligé. » Ulf épargna à son ami d'autres points de sa réflexion : en assassinant le conducteur responsable de la mort de sa fille, Caroline s'était en réalité punie elle-même – sauf qu'au moment de la tragédie de ses parents, elle avait été innocente. Et ça, elle l'ignorait.

À présent, devait-il révéler à Caroline qu'en réalité elle avait été la victime d'un vieux menteur qui l'avait utilisée de manière éhontée afin de se disculper ? Qu'elle n'aurait jamais dû abandonner la Suède ? Apprendre qu'elle n'était pas responsable de la mort de ses parents serait-il pour elle un soulagement ? Au fond, il n'en savait rien. La seule chose dont il était sûr, c'était qu'il leur restait peu de temps. Très peu de temps. Le médecin l'avait mis en garde : pas plus de quarante-huit heures. C'était le prix à payer pour quitter les soins intensifs. Mais c'était le souhait de Caroline.

Elle allait mourir.

Quoi qu'il fasse.

Il n'y avait pas de retour en arrière, pas d'aide possible, aucune sortie de secours. La seule chose qu'il pouvait faire, c'était accompagner cette femme sur le chemin qu'elle avait choisi, mais en aurait-il la force ?

Björn sembla lire dans ses pensées. Il se leva et posa une main sur l'épaule de son ami. « On y arrivera, je serai avec toi », dit-il d'une voix tranquille.

*

La banquette dans le pick-up de Björn permit à Caroline de prendre place entre les deux hommes. Ulf la serra contre lui et lui offrit son épaule afin qu'elle puisse s'y blottir durant le trajet. Il était incapable de dire si elle dormait ou non. Il pouvait juste sentir le poids et la chaleur de son corps. Il se demanda comment il allait supporter les heures qui les séparaient de sa mort. Sa raison aurait voulu que tout soit déjà fini mais son cœur le haïssait pour cette pensée. Chaque regard était une vaine tentative de la retenir, de chasser la mort, comme s'il était possible de la garder en vie à travers lui. Il y avait encore tant de choses qu'il aurait voulu lui dire. Il languissait d'entendre sa voix, de plonger ses yeux dans les siens, de sentir son souffle sur sa peau. Il refusait d'imaginer le monde sans elle. Et pourtant il voyait cela approcher irrémédiablement.

Ils atteignirent la maison. L'endroit était paisible, comme protégé par la neige, et l'on pouvait voir de la fumée s'échapper de la cheminée en volutes légères. Lorsqu'ils s'engagèrent dans l'allée, Maybrit ouvrit la porte et sortit sur le perron. Caroline était heureuse. Ulf l'avait senti lorsque lui et Björn l'avaient aidée à sortir de la voiture puis à gravir les marches de la véranda. Il l'avait vu dans ses yeux lorsque la chaleur de la maison l'avait enveloppée et qu'une bonne odeur de cuisine l'avait accueillie. Il remarqua les regards complices qu'échangèrent Björn et Maybrit, des regards qui en disaient long et qu'il aurait pu, depuis longtemps, interpréter sans problème, si seulement il s'en était donné la peine. Mais il ne parvenait pas à s'en réjouir. Pas maintenant et surtout pas ici.

Maybrit avait déposé des fleurs sur le lit de Caroline, comme le faisaient les femmes pour la nuit de noces, et dans la salle à manger, la table était dressée comme pour un jour de fête. « Tu préfères t'allonger un peu ? » demanda-t-elle à Caroline après lui avoir dit bonjour. Caroline secoua la tête. « J'ai juste envie d'être avec vous. »

Maybrit avait préparé du poisson, Ulf était certain qu'elle avait pris soin de demander à l'hôpital quel genre d'aliments Caroline pouvait supporter, et pour la première fois, lorsqu'ils furent tous réunis autour de la table, ils eurent la douce sensation de se retrouver comme avant. La tension de ces derniers jours avait disparu. D'un commun accord, ils décidèrent de profiter des quelques heures à venir. C'était un bonheur simple, un bonheur qui n'avait rien de forcé, d'ailleurs, en les voyant ainsi, personne n'aurait pu penser que la mort attendait derrière la porte, qu'elle guettait Caroline. Ses yeux pétillaient et ses joues avaient retrouvé leurs couleurs, c'était exactement comme le médecin l'avait prévu.

« Tu es sûre de prendre la bonne décision ? lui avait demandé une fois encore Ulf à l'hôpital, et elle l'avait regardé en souriant.

– Si tu avais le choix, n'aurais-tu pas envie de profiter de tes dernières heures au lieu de sombrer dans le brouillard ? », lui avait-elle dit en guise de réponse, et il s'était rendu compte qu'elle avait décidé de mourir bien avant ce moment-là. À présent, alors qu'il la voyait entourée de ses amis, loin de cette chambre stérile et de l'environnement oppressant de l'hôpital, il remarqua à quel point elle était calme et sereine. Peut-être que Björn avait eu raison, peut-être avait-elle planifié sa mort depuis son retour en Suède, mais peut-être aussi que cette idée n'avait existé que dans son inconscient.

Le crépuscule tombait doucement, et même si l'électricité avait été rétablie, ils décidèrent de ne pas éclairer. À la place, Maybrit alluma des bougies qu'elle disposa autour d'eux, et Björn entonna quelques chansons puisées dans le folklore suédois, des airs qu'ils avaient autrefois chantés ensemble. À voir l'expression sur le visage de Caroline pendant qu'ils chantaient à l'unisson, à sentir ses doigts serrer sa main, Ulf comprit qu'il n'était pas le seul à être envahi par cet étrange sentiment. Comme si le passé leur était soudain redonné et s'envolait en même temps. Ils étaient redevenus jeunes et impétueux, chantant à tue-tête, buvant de bon cœur comme après une longue journée passée à dévaler les pistes de ski. Et bien sûr, à côté des rengaines, il y avait aussi toutes ces complaintes du passé qu'on se plaît toujours à ressusciter, et ils restèrent jusque tard dans la nuit, jusqu'à ce que Maybrit se décide à poser une main sur l'épaule de Björn et dise : « Il serait peut-être temps de les laisser tous les deux, tu ne crois pas ? » Leurs adieux furent brefs mais ils étaient empreints de la même tendresse, de la même intimité et du même amour qu'ils avaient ressenti tout au long de la soirée. Ulf et Caroline observèrent Maybrit et Björn quitter la maison, enlacés. Une fois dehors, dans le froid glacial, leur souffle se changea en un épais nuage dont les volutes restèrent un instant suspendues dans l'air alors que la porte s'était refermée et qu'ils avaient regagné la douceur du foyer.

42

Caroline regarda Ulf fermer la porte, marquer un temps d'arrêt, caresser le bois du bout des doigts. Puis il se tourna vers elle et la regarda en silence. Le sentiment de légèreté qu'elle avait éprouvé quelques instants plus tôt s'envola. Ce qu'elle vit dans les yeux d'Ulf n'était que souffrance et frayeur. Frayeur devant la mort qui approchait, et elle se demanda soudain s'il aurait assez de force pour surmonter l'inévitable. Le regard angoissé d'Ulf finit par lui enlever sa propre inquiétude, sa propre faiblesse et cette fatigue écrasante qui rendait son corps si pesant, et elle comprit brusquement que ce n'était pas elle qui avait besoin d'être rassurée. Elle se tourna vers lui, prit sa tête entre ses mains et l'embrassa tendrement. Il ne s'était pas rasé, sa peau était rugueuse et son haleine sentait l'alcool. « Merci, murmura-t-elle, tandis que leurs lèvres se frôlaient. C'était une si belle soirée. »

Elle vit qu'il tentait de ravaler ses larmes. « J'aimerais tellement passer d'autres soirées comme ça avec toi, répondit-il doucement.

– Chut... », dit-elle en l'attirant tendrement contre elle. Il n'opposa aucune résistance et enfouit son visage dans le creux de son épaule, afin d'y trouver un refuge, puis il l'enlaça, comme si en la serrant suffisamment fort il allait chasser la mort.

Ils avaient éteint toutes les lumières de la maison. Seule une petite lampe dans la chambre à coucher éclairait les murs d'un halo doré. Ulf, appuyé sur ses béquilles, sur le seuil de la porte, observait les fleurs éparpillées sur le lit qui exhalaient un lointain parfum d'été. Puis son regard croisa celui de Caroline. Elle voyait bien qu'il hésitait. « Viens, dit-elle d'une voix basse, mais il secoua la tête.

– Je ne peux pas, Lilli. »

Elle acquiesça doucement. Il était ici, à ses côtés. C'est tout ce qui comptait. Elle l'entendit marcher en clopinant jusqu'au canapé du salon où il se laissa lourdement tomber. Puis elle commença à se déshabiller. Chaque mouvement lui demandait un effort et elle se sentit soulagée quand elle fut allongée sous la couverture dans l'odeur délicieuse des fleurs. Et comme chaque fois qu'elle se couchait dans ce lit, elle fut rattrapée par sa vieille habitude enfantine de chercher dans les lambris du mur les visages et les personnages familiers que dessinaient les nœuds et les veines du bois. Tout en haut, un gnome avec un gros nez était accroupi, vers le milieu, des moutons paissaient tranquillement. Vers le bas se tenaient le papillon et la petite fille en robe légère. Caroline sourit en se souvenant des nuits qu'elle avait passées dans ce lit, à côté de sa mère, regardant ces personnages s'animer au clair de lune et quitter la maison. Ce n'était qu'à l'aube qu'ils se dépêchaient de revenir, un peu ébouriffés, pour reprendre leurs places. Puis elles avaient donné un nom à chacun et son plus grand plaisir fut dès lors d'imaginer les aventures qu'ils vivaient au bord du lac pendant la nuit. Épuisée, elle ferma les yeux. Ces énigmes resteraient à jamais un secret.

Plus tard, elle n'entendit pas Ulf entrer dans la chambre, la contempler longuement, ôter ses vêtements et se coucher à côté d'elle. La chaleur de son corps contre le sien la réveilla mais il lui murmura à l'oreille : « Je suis désolé, Lilli. »

Elle sourit. Personne ne prononçait son nom comme lui. Elle se retourna lentement « Tu n'as pas à t'excuser, chuchota-t-elle. Tu es là, c'est tout ce dont j'ai besoin. »

Il lui embrassa les joues avant de poser ses lèvres sur les siennes. Ils firent l'amour une dernière fois et elle s'endormit au creux de ses bras pour ne se réveiller qu'au moment où les étoiles pâlissaient et où les premiers rayons d'un soleil rouge et éclatant s'élevaient au-dessus des montagnes. La journée promettait d'être belle. Elle jeta un œil sur le visage endormi d'Ulf, observant à quel point la lumière soulignait ses traits, les contours de sa bouche, son menton carré sous sa barbe naissante. Lumière qui finalement inonda son corps, à demi caché sous la couverture.

Elle était trop faible pour se lever. Elle savait ce que cela signifiait. Le médecin le lui avait expliqué. Elle s'allongea avec difficulté sur le dos et respira profondément afin de lutter contre la sensation d'oppression. Elle sentit Ulf bouger, puis il ouvrit les paupières, le regard inquiet. Je suis encore en vie, eut-elle envie de dire mais elle préféra garder le silence, lui sourire et caresser doucement sa joue.

Ulf plaça quelques oreillers dans son dos et l'aida à se redresser puis il lui apporta un café. Elle était en train de le boire lorsqu'elle s'aperçut qu'il s'habillait pour aller dehors.

« Où vas-tu ? demanda-t-elle.

– Nous avons besoin de bois, je voulais... commença-t-il mais il se tut lorsque leurs regards se croisèrent.

– Reste ici », dit-elle avec douceur.

Il blêmit.

« Aide-moi à m'habiller, le pria-t-elle. J'aimerais descendre au lac. »

Ils mirent beaucoup de temps à se préparer, au point qu'ils crurent ne jamais y arriver à temps. Ignorant la douleur dans sa jambe, il la soutint pendant qu'ils s'éloignaient lentement, très lentement, de la maison. De ses doigts, elle caressa les murs, les poignées des portes, la balustrade de la véranda contre laquelle elle s'était appuyée tant de fois. Et lorsqu'ils suivirent le sentier battu qui menait vers le lac, son regard s'accrocha aux contours des arbres, aux buissons, au hangar à bateaux et, comme absente, elle caressa le poteau sur lequel le busard avait l'habitude de se poser à l'aube. Son chien lui manquait mais Björn lui avait dit qu'il était sain et sauf. Depuis que la tempête était tombée, il n'avait plus neigé et l'on pouvait encore voir près du ponton les traces qu'avait laissées l'hélicoptère. Le froid lui brûlait les poumons, ou alors c'était l'effort qui l'empêchait de respirer normalement ? Ulf l'aida à s'asseoir sur le rebord du ponton, il prit place à côté d'elle et, tandis qu'elle s'appuyait contre lui, leurs regards se perdirent au loin dans l'immensité immaculée. Un soleil haut dominait les montagnes, la neige étincelait d'une blancheur virginale et le ciel était délesté de tout nuage. Une fatigue aussi extrême que soudaine la submergea mais il fallait qu'elle lutte car elle avait encore quelque chose à dire à Ulf. Elle chercha le contact de sa main. « Lianne savait que tu étais en vie », dit-elle à voix basse. Parler lui demandait un effort. « Était-ce la raison de votre dispute avant l'accident ? » demanda-t-il doucement.

Elle fit un oui de la tête à peine perceptible. « Elle voulait te rencontrer. » Il l'attira vers elle et elle posa sa tête contre sa poitrine, sentit ses lèvres contre ses cheveux et son souffle chaud sur son visage, et même ici, dans cet air glacial, elle sentait l'odeur de sa peau. Il l'entourait, elle en était imprégnée, il l'accompagnerait, quel que fût le lieu vers lequel elle partirait.

43

Pouvait-on sentir la mort se rapprocher ? Son souffle semblait de plus en plus lointain, tout comme les battements de son cœur. Il lui tenait toujours la main mais il sentait son étreinte se défaire, se relâcher. Avec une infinie précaution il lui releva la tête et l'embrassa. Elle souriait. Elle était partie.

Ulf aurait tellement aimé la suivre. Y avait-il quelque chose de pire que d'affronter l'inéluctabilité de la mort ? Sans dire un mot, il serra le corps de Caroline contre lui, un corps encore chaud mais qui n'était plus qu'une enveloppe vidée de son âme. Il effleura, pour la première fois sans émotion aucune, son visage, ses lèvres à peine entrouvertes qui semblaient, obstinément, réclamer encore un peu de tendresse, et il lui ferma doucement les yeux, conscient du cadeau qu'elle lui avait fait en lui offrant son ultime regard, son ultime souffle de vie. Mais comme bien souvent dans l'existence, il prit conscience, durant ces quelques instants qui suivirent sa mort, de tous ces non-dits qui étaient restés en suspens et qui formaient une barrière invisible, aussi opaque et dense que pouvait l'être le brouillard, une barrière infranchissable qui resterait à jamais entre elle et lui.

« Mon Dieu, Lilli », ces trois mots déchirèrent le vide abyssal pour laisser place à une souffrance incommensurable.

*

« Ulf ? »

Björn était là. Ainsi que Maybrit.

Il ne voulait ni les voir ni leur parler, mais ils insistèrent. « Il s'agit de l'enterrement. »

Caroline n'avait jamais voulu d'un cercueil ni être enfermée dans l'obscurité de la terre. Voilà ce qu'il leur confia et ils le laissèrent en paix. Il resta auprès du corps durant deux jours puis il s'éloigna, amenant le chien avec lui.

*

Personne ne chercha à le dissuader d'habiter dans la maison de Caroline. Sans elle, l'endroit était vide et pourtant rempli de souvenirs. Il se laissa submerger par eux, plongeant dans un passé qui remontait à plus de trente années en arrière, et dans des images qu'il s'était longtemps interdit de regarder. Il écoutait de la musique, feuilletait des livres qui les avaient émus à l'époque, parcourait l'album de photos. Il savait qu'il courait le risque de raviver les souvenirs liés à ces images, de succomber à leur pouvoir, mais il constata que les démons du passé qui l'avaient poursuivi toutes ces années étaient tombés en poussière. Les désirs d'antan s'étaient envolés, car la femme sur les photos disparaissait derrière celle qu'il avait retrouvée de manière inattendue, qui l'avait à nouveau charmé, captivé après toutes ces années de séparation et avec qui il avait vécu, pendant quelques jours, dans une si grande intimité – la seule et unique femme qui ait su le toucher au plus profond de lui.

Il tenait entre ses doigts une photo de Caroline et de Lianne, le visage souriant, plein d'insouciance. Il ne croyait pas à une vie après la mort, et pourtant il trouva un certain réconfort dans l'idée qu'elle avait peut-être rejoint sa fille. Quelque part. Les derniers mots de Caroline avaient été destinés à sa fille. Avant de rendre son dernier souffle, Caroline avait invoqué sa fille, elle lui avait parlé de leur relation. *Elle voulait te rencontrer.* Il effleura du doigt la photo et le visage de la jeune femme qui ressemblait tant à Maybrit. Que serait-il arrivé si Lianne l'avait rencontré ? Elle les avait séparés mais elle les aurait réunis à nouveau. Il se mit à rêver, tout éveillé, à leur rencontre à Stockholm. À la découverte de son visage à la porte d'arrivée de l'aéroport. À leur première conversation dans un café. Et peut-être même à un dîner. Il vit soudain Caroline apparaître dans l'encadrement de la porte, Caroline un peu gênée, hésitante, le bras autour de cette jeune femme sûrement bien plus déterminée que sa mère. Tellement plus sûre d'elle. Elles auraient eu une seconde chance si, à Hambourg, un chauffard imprudent n'avait pas tout gâché. Le cœur lourd, il reposa la photo de Caroline et de Lianne et regarda à travers la fenêtre le lac et les montagnes enneigées. Il avait honte d'éprouver de la satisfaction à l'idée que l'homme qui lui avait volé sa famille était mort. Mais il savait aussi que ce n'était pas juste de le rendre responsable de toutes les fautes. Les raisons de cette tragédie étaient enracinées dans un passé bien plus profond.

D'un geste absent, il caressa le chien qui était étendu à côté de lui sur le canapé, la tête reposant sur sa cuisse valide, puis il prit la bouteille de whisky sur la table basse. Il se servit généreusement et but une longue gorgée. Il renversa la tête en arrière et ferma les yeux, pendant que la chaleur de l'alcool se répandait dans son corps et l'engourdissait peu à peu. Il n'était pas encore midi et pourtant la bouteille était déjà à moitié vide mais c'était la seule façon de surmonter sa souffrance. Avec le temps, tout s'arrangerait. Du moins, c'était ce qu'il espérait.

« Tu devrais rentrer à Stockholm », lui avait dit Maybrit avec son habituel ton cassant et autoritaire. C'était quelques jours plus tôt. Elle lui avait montré sa réprobation devant l'amoncellement des bouteilles vides dans la cuisine.

« Et sinon tu vas faire quoi ? M'enfermer de nouveau ? » lui avait-il demandé d'un air provocant, tout en se servant un autre verre. Elle avait continué à le regarder droit dans les yeux, sans dire un mot, et il s'était immédiatement excusé. « Je suis désolé, je n'aurais pas dû te parler comme ça.

– Tu es injuste », avait-elle répondu. Il savait ce qu'elle avait enduré autrefois, lorsqu'elle l'avait enfermé et tenu bon malgré ses supplications, malgré ses menaces. Mon Dieu, elle était à peine une adulte à ce moment-là !

« Accorde-moi un peu de temps. » C'est tout ce qu'il lui avait demandé. Et à Håkan aussi qui l'avait appelé, pour avoir des nouvelles et savoir quand il reviendrait. « Tout ce dont j'ai besoin pour le moment, c'est d'un peu de temps. » Le temps d'admettre que durant toutes ces années, même s'il ne se l'était jamais avoué, il avait vécu avec l'idée que Caroline se trouvait quelque part dans ce monde et avec l'espoir qu'il la retrouverait un jour. Il avait aussi besoin de temps pour décider comment il allait continuer à vivre, à présent que cet espoir lui avait été brusquement retiré. S'il allait pouvoir supporter la désolation du monde, cette grisaille qui le rongeait, ce néant sans Caroline. Trois semaines s'étaient écoulées depuis sa mort et il n'avait encore trouvé aucune réponse. À côté de lui, le chien s'étira puis il ouvrit ses larges yeux noirs et le regarda. « Elle te manque à toi aussi, n'est-ce pas ? » dit-il à voix basse tout en lui caressant le museau.

Le chien sauta maladroitement du canapé et se dirigea tant bien que mal vers la porte. Il n'était pas encore tout à fait guéri. Une longue cicatrice parcourait sa patte avant gauche. « Il aura toujours un peu de mal à se déplacer, lui avait dit le vétérinaire lorsque Ulf était revenu chercher l'animal. Et cela risque d'empirer avec l'âge. »

Ulf se leva lui aussi en soupirant légèrement. Ce n'était pas facile de vieillir. Le trop-plein d'alcool de ces derniers jours avait irrité son estomac et chargé son foie, mais sans atténuer pour autant la douleur. Pas encore. Il se rendit à la salle de bains et s'observa dans la glace. Ce qu'il vit correspondait au sentiment qui se répandait de son estomac à son corps.

Lorsqu'il fut de retour dans le couloir, son regard tomba sur le costume sombre accroché à un cintre juste derrière la porte, le costume que Maybrit lui avait apporté pour les obsèques. Il n'y était pas allé. Il avait toujours haï les enterrements et la fête des funérailles qui suivait. Il n'avait donc pas été obligé d'écouter tous ces discours pleins de bons sentiments à la mémoire de Caroline. Il avait pris congé d'elle à sa manière. Björn lui avait raconté que presque tout le village était présent, comme d'habitude. Thomas, l'homme de Hambourg qu'elle avait failli épouser, était là lui aussi. Ulf était heureux de ne pas l'avoir croisé. Peut-être cela aurait pu provoquer une altercation. C'était Andra qui avait mis Thomas au courant. La vieille dame de Blekinge avait fait, elle aussi, le déplacement. Après les obsèques, Björn l'avait conduite jusqu'à la maison.

Elle avait toujours été petite et menue et à présent, à quatre-vingt-quatre ans, elle n'était plus qu'un souffle de femme mais sa poignée de main était restée étonnamment ferme. Elle l'avait observé de ses yeux bleu-gris, des yeux qui rappelaient tellement Caroline qu'il en avait eu le souffle coupé. Puis elle lui avait demandé s'il voulait acheter la maison.

« Seulement si je peux garder le chien et tout ce qu'il y a à l'intérieur », avait-il répondu. Elle avait regardé les livres, puis la grande bête noire, et après avoir poussé un long soupir, elle avait acquiescé. Il avait essayé de l'interroger sur ce rêve qu'elle avait eu, ce rêve prémonitoire qui l'avait inquiétée au point d'appeler Caroline afin de savoir si tout allait bien. Ce rêve qui avait joué un rôle déterminant. Mais il y renonça.

Il prit son manteau d'hiver et, pendant qu'il l'enfilait, son regard se posa sur le banc qui se trouvait sous la fenêtre de la cuisine. Après les funérailles, on avait amené le corps de Caroline au crématorium. L'urne devait être enterrée plus tard, aux côtés de ses parents. Quelle absurdité. Qui avait envie de reposer dans la terre entre les morts ? La place de Caroline était ailleurs. Il laça ses bottes, se dirigea vers le banc et prit l'urne qu'il avait posée dessus la veille.

Le chien bondit à l'extérieur et le devança dans la neige, malgré le handicap de sa blessure. Ulf le suivit en boitant. Il s'arrêta en bas, près du ponton. Les piliers gelés étincelaient au soleil, et du toit du hangar à bateaux tombaient des stalactites. Il se sentit submergé par le silence, l'immensité des terres et cette solitude abyssale que ce paysage lui renvoyait.

Caroline avait aimé ce sentiment, « un sentiment de liberté », lui avait-elle avoué un jour, et durant un instant aussi fugace que précieux, il crut sentir sa présence. Elle était à ses côtés, se déplaçait autour de lui, furtive comme le vent qui soufflait sur les cendres en direction du lac, en tourbillonnant comme la neige qui scintillait dans la lumière du soleil, avant de retomber à terre.

Remerciements

L'histoire et les personnages de ce roman sont le produit de mon imagination et donc inventés de toutes pièces, sauf le cadre. Le village de Lofsdalen, situé dans le Centre de la Suède, m'a servi de modèle pour l'endroit où se déroule l'action de *Ta fille morte*, le Fjällkrogen est une référence au restaurant Trapper. Depuis plusieurs années, j'y ai rencontré des gens adorables, nos discussions m'ont inspirée et ils m'ont donné des réponses aux questions surgies au cours de l'écriture. *Tack så mycket Camilla, Evelina, Simon, Allan, Kjerstin och Marit !*

Du côté de l'Allemagne, j'aimerais remercier Els Steffin pour son précieux soutien, Jörg Ahrens pour son aide spontanée concernant les questions médicales et Andrea Kammann, Steffi Dobbertin et Claudia Braatz, mes premières lectrices, nos échanges intellectuels m'ont fait avancer dans mon travail.

Mes remerciements particuliers vont à ma lectrice officielle, Alexandra Löhr et à mon agent Franka Zastrow. Mesdames, sans vous et sans notre collaboration extraordinaire, ce roman ne serait pas ce qu'il est !

Et *last but not least*, je remercie mon époux et mes fils pour leur soutien indéfectible et leur capacité à supporter, sans sourciller, mes sautes d'humeur pendant l'écriture de mes romans.

ALEX BERG,
janvier 2013.

Ouvrage réalisé
par les éditions Jacqueline Chambon.
Achevé d'imprimer
en décembre 2015
par l'Imprimerie France Quercy
à Mercuès
pour le compte des Éditions Actes Sud
Le Méjan, place Nina-Berberova
13200 Arles

Dépôt légal 1re édition : janvier 2016

N° impr. : 51276

(Imprimé en France)